# 结婚！离婚

## 孤男寡女

瞿凯明 ◎ 著

JieHun LiHun
guananguannü

重庆出版集团 重庆出版社

# 目录

1 夫妻情事　1

2 老公是保姆　10

3 隆胸风波　19

4 小三挑衅　29

5 离婚路上遇到抢劫　41

6 红颜相助　56

7 驱赶公婆　70

8 试探成外遇　83

9 翻身老公把歌唱　101

10 流产事件　116

11 又一次越轨　125

12 寻证却成了鉴证　147

13 网友性伙伴　151

14 生气到咳血　158

15 要老婆孩子还是要工作　172

16 肚子里的孩子和外边的女人　184

17 副总救浴女　198

18 肉身的疼痛抵不过心灵的伤痛　232

19 尘埃落定　247

## 1 夫妻情事

李文博已经一个月没有碰他的老婆黄依彤了，别说过夫妻生活，连亲吻都没有。他们结婚才几个月，按理说，应该卿卿我我，如胶似漆才对啊，怎么会如此冷淡呢？

老公总不碰自己，黄依彤很郁闷，状态也很差。以前，她皮肤光泽细腻，气色红润，十足的时尚丽人。而现在，皮肤干燥，脸色蜡黄，失去了往日的魅力。女人要是缺少了男人的滋润，一眼就能看出来。

一天下班后，黄依彤和几个好友在网上聊天，谈起了彼此夫妻之间的小情事。

一个女友问黄依彤和老公一个月做多少次？黄依彤也没多想，随手打出了两次。

然后她又问对方一个月和老公做几次？那个女友打出了十次。

她不解，又问其他几个女友的夫妻生活情况，大家一般都是两三天一次。

如果是这样，那么别说每月两次，就算四次也不正常。黄依彤不相信，又旁敲侧击地问其中最亲密的一个朋友，她说只要她愿意，她老公每天都想要。这天大的差别让黄依彤恐慌，不知到底出了什么问题。

黄依彤自己琢磨了几天，却始终也解不开心结，便找闺密吴柳倾诉。吴柳比她小一岁，是她最好的朋友。她们小时候一起长大，后来一起读小学、中学和大学。即使结婚后，她们也经常在一起泡吧、逛街，称得上是铁得都不能再铁的好姐妹了。

到了吴柳家，只见吴柳穿着粉色的睡裙，脸上贴着黑糊糊的面膜，一副慵懒的样子。她的老公秦文不在家，去外地出差了。一进门，没等黄依彤发一句牢骚，吴柳就问："彤姐，你脸色不太好，怎么了？"

黄依彤说："唉，别提了，郁闷死了！"

"怎么了？刚嫁了个大帅哥，还有什么不开心的？"

黄依彤叹了口气，说："我老公最近好像对我没兴趣了，怎么办啊？"

"怎么没兴趣啊？"

"他最近都不怎么碰我了！"

"啊？那你和老公一个月做几次？"

"三四次吧！"

吴柳笑起来，黄依彤感到很疑惑："有什么好笑的？"

吴柳又问："你说的是真的还是假的？"

"当然是真的！"

"像我们这个年纪，一个月四次是不正常的，我和老公几乎每天一次。"

黄依彤惊讶得张大了嘴巴，说："是吗？你真幸福啊！"

吴柳又问她："是你不想，还是他不想？"

黄依彤想了想，说："好像是我老公从来没主动过，已经有好长时间了。"

吴柳开玩笑似的说："那你老公估计是外面有女人了，彤姐，你可要小心点。"

其实，吴柳说的是一句玩笑话，但黄依彤心中早已开始怀疑了。像李文博这样年轻的大男人，身体强壮，精力旺盛，一个月只有三四次夫妻生活是绝对不正常的。男人四十岁才走下坡路，还早着呢！

回家后，黄依彤越想越气，怒气冲冲地质问李文博："你到底还爱不爱我？"

李文博躺在沙发上看电视，一言不发。这句话，他听了无数次了，耳朵都磨出了茧子，如果再问，他有可能都要跳楼了。

黄依彤见他不说话，更来气了，单刀直入地质问他："你为什么不想和我做爱？"

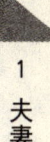

李文博顿了顿，漫不经心地说："我也不知道为什么，反正就是不想要。"

黄依彤一听，差点晕倒，这算什么理由？李文博连一个像样的借口都没找出来，这不禁让她更怀疑了，自己不仅家里有钱，而且要相貌有相貌，身材也凹凸有致，既漂亮又性感。可是，他为什么还是对自己没兴趣呢？

黄依彤始终想不明白，刚结婚的时候，李文博和自己过夫妻生活的时候还是很正常的，时间也在半小时左右，这足以证明他性功能是没问题的。既然身体没问题，为什么就不肯过夫妻生活呢？

她多次向李文博暗示，但他一点反应都没有，不知道他是真不知道还是假装不知道？黄依彤有一种不祥的预感，难道真的是他那方面出了问题？可是，据她的观察，他各方面都很好，没有什么不对劲的。

黄依彤在大学时代就是有名的校花，追求她的男生有一个加强连。工作之后，她身边也从没缺少过男人的追求。她有着令无数男人垂涎、令很多女人嫉妒的傲人身材，身高168厘米，三围84、62、86，这可是亚洲女性的标准三围。如果穿着低胸装和超短裙走在大街上，回头率几乎是百分之百，不仅男人回头看，很多女人也忍不住会多看她几眼。黄依彤对自己的相貌和身材一向很自信的，那这到底是什么原因呢？

黄依彤今年二十六岁，是出生在大城市的时尚女孩，家里很有钱，大学毕业后，她进入一家外企做总经理秘书，月薪八千，是令人羡慕的白领丽人。二十四岁那年，她在一次业务活动中认识了老公李文博。李文博高大帅气，大她两岁，不过老家是农村的，经济很困难，好不容易东拼西凑才读完大学，大学毕业后他一直在一家公司做小职员。遗憾的是，每月工资很少，两千都不到，如今这年头，这一丁点的工资，过得真是相当的寒酸呀。

别人都羡慕李文博找了个好老婆，但李文博却苦不堪言，倒不是老婆比自己工资高，觉得没面子，而是自己的老婆婚后来了个一百八十度的大转弯，翻脸比翻书还快，整天高高在上，简直不把他当人看。在老婆面前，她自己是领导，是统治者；而他是奴隶，是被统治者。

李文博清楚地记得，第一次见到黄依彤的时候，漂亮的黄依彤在人群中特别打眼：淡绿色的吊带衫、粉红色的短裙，露着香肩和修长白皙的大腿，艳丽多姿。漂亮性感的女人总是很吸引男人的，那一晚，李文博带着"君子好逑"的眼神多次停留在黄依彤的身上。也许黄依彤注意到了李文博在看她，每次李文博看她的时候，她也在打量李文博，她明亮的大眼睛和温柔的眼神，让李文博怦然心动。自从那晚见到黄依彤后，李文博就开始喜欢上了她，也许传说中的爱情就这样不期而遇地来了吧。

巧的是，黄依彤对李文博的印象也不错，觉得小伙子不仅斯文，而且很有绅士风度，关键是长得很帅，看着舒服，养眼。男人喜欢美女，女人自然也喜欢帅哥。他们一见钟情，后来，经过几次单独的约会和亲密接触，李文博和黄依彤走到了一起。黄依彤和李文博谈了两年恋爱，终于在二十六岁的时候把自己嫁了过去，她觉得女人年龄越大越贬值，到了三十岁就成了剩女，没人要了。女人的青春不能耽误，否则过期作废。

刚结婚那会儿，小两口很亲热，整天黏在一起，甜甜蜜蜜。黄依彤不是一般的小鸟依人，每天与李文博形影不离。黄依彤内心是个小女人，喜欢撒娇，很依赖他，做什么都要让他陪着，哪怕是洗澡，也要他在外面等着，直到她洗完出来为止。三两天这样可以，时间一久，李文博有些受不了，他喜欢有自己的空间，但黄依彤就是不给他空间。李文博很反感，碍于结婚没多久，他尽量避免吵架。但可能就是这种依赖，让李文博无法忍受，当李文博满足不了黄依彤的时候，黄依彤就会大发雷霆。

有一天下了班，李文博很累，回到家就开始洗澡。刚进浴室不久，他放在茶几上的手机响了一下，显示收到一条短信。黄依彤在旁边见了，随手拿过来看了一下，这一看，她吓了一大跳，只见短信的内容是：亲爱的，你今晚还来吗？我刚买了新的内衣，款式很漂亮哦！热吻。

黄依彤看罢，顿时热血翻涌，短信明显是个女人发的。愤怒之后又有一丝惶恐：天哪，老公出轨了，在外面有女人了。她火冒三丈，冲到浴室门口，刚准备质问李文博，但她又一想，何不暗中监视，等抓到证据或者捉奸在床，看他还有什么好说的？想到这，黄依彤先记下了那个手机号码，接着，再以李文博的口气，回了条短信：对不起，刚才不小心按错了键，删除了，你再发一次，等你。

发完短信，黄依彤把手机放回原来的位置，她悄悄地到厨房做饭去了，一边暗中观察。

李文博洗完澡出来，拿起手机看了一下，急忙穿衣服，一边擦皮鞋一边对黄依彤说："老婆，我出去一下，同事过生日，晚上不在家吃饭了。"

哼，心里肯定有鬼，肯定是要和那个奸妇鬼混去了，刚结婚就玩女人！黄依彤心里气愤至极。就按照自己的计划办，先装不知道，暗中跟踪他，捉到再说。想到这，黄依彤说："这么晚还要出去啊？谁过生日啊？"

"哦，一个同事。老婆，晚上失陪了啊！"说完，李文博出门了，临走的时候，还梳了梳头，照了照镜子。

不用问，肯定是赴那个女人的约会去了！厨房都没来得及收拾，黄依彤出门悄悄地跟在李文博的后面。

李文博走得很快，出了小区，赶紧拦的士，黄依彤也拦了一辆，跟在他的后面。到了一家酒店门口，李文博下了车，这时，门口一个年轻的女孩赶紧迎了上来，拉住李文博的胳膊急切地说："快点，我都等不急了！"

不远处的黄依彤看得真真切切，她刚要冲过去，李文博被那女孩子拉着胳膊，飞快地跑上楼了，顿时没了踪影。黄依彤上楼找了几圈，也没找到，她气得咬牙切齿：浑蛋，我在这儿等着，看你们什么时候出来？

黄依彤看着外边来来往往的人，她在门外不停地徘徊。大约过了两个小时，李文博出来了，不仅有那个女人，后面还有好几个男男女女，说说笑笑的。李文博一抬头，看见黄依彤，一愣，问道："老婆，你怎么在这里啊？"

"啪！"黄依彤上来就给李文博一个耳光："你和这个死女人鬼混，以为我不知道？"

"什么啊？你怎么打我？"李文博一下蒙了，同行的人也都愣住了，大家面面相觑。

"你和她乱搞，以为我不知道？"黄依彤指着那个年轻的女孩子说。

"你胡说什么啊？她是我的同事梁雪，今天过生日，发短信让我来参加她的生日聚会，我们之间没什么啊！"李文博辩解道。

"哼，没什么？你以为那个恶心的短信我没看到？"黄依彤怒不可遏。

"什么？"李文博一头雾水。

"你还装糊涂？"

"我真的不知道啊，我手机里哪有什么恶心的短信？只有同事发给我的短信。"

黄依彤拿过一看，果然是李文博同事梁雪发的短信：快来参加我的生日晚宴，在胜利酒店，就差你了，赶快来啊！

"那条暧昧的短信，被我删除了！"黄依彤说。

"嫂子，你真的误会了，今天同事梁雪过生日，她邀请我们大家参加，真的，我们都可以作证。"同事张兵走过来解释说。

"是啊，是啊，大家都可以证明的。"其他的同事也纷纷应和。

"这就奇怪了，那条短信到底是谁发的呢？"

"你记得号码吗？打过去问问不就行了？"李文博委屈地说。

"我现在就打过去。"黄依彤说着，拨了那个手机号码。

"喂，你好，请问你是哪位啊？"对方果然是个年轻女人的声音，她问黄依彤。

"哦，你给这个手机号码发过短信吧？请问你和他是什么关系啊？"黄依彤压着火，尽量心平气和地问她。

"哦，对不起，我发错了。"对方说。

"哦，这样啊，那没事了！"

挂了电话，黄依彤见眼前确实是大伙在给那个女同事过生日，也就不再追问了。但是给李文博发暧昧短信的这个女人说的话，是不是骗自己的呢？她将信将疑。

黄依彤这一行为，让李文博在同事面前丢尽了面子。

自从这件事后，李文博感觉，黄依彤的疑心好像越来越重了。有时候，李文博公司里很忙，稍微晚些回来，黄依彤就不停地打电话催他，问他，你什么时候回来，还要多久？有时他正在回家的路上，她的电话一个接一个，问他，你到哪里了，还有几分钟到家？

李文博想，也许女人天生都是很黏人的，她这样做，也是在乎自己。可是，时间久了，他觉得没有这么简单，好像黄依彤不信任自己。因为，每次他和同事们在一起聚会的时候，黄依彤都会严加盘问，问他都有哪些人？在哪个地方？这还不够，她还要给他的同事打电话证实，搞得同事们都嘲笑他。

有次过节，李文博以前的女同事和女同学给他打电话，问候他，黄依彤知道了，怀疑他和她们有关系。于是，她打印出李文博的通话记录，按照上面的电话号码，挨个打电话骂人，然后，又和李文博大吵大闹，说他和那么多女人联系，招蜂引蝶。尽管李文博一再解释，黄依彤就是不相信，最后，非要李文博与所有的异性断绝来往。

很快，李文博的朋友们都知道了情况，渐渐地疏远了他，不再与他来往，他一个朋友也没有了。因为，没有人愿意自找麻烦。

此后，李文博几乎过着完全封闭的生活，下班准时回家，节假日基本不出门，就待在家里看电视、上网或者做做卫生之类的，基本与世隔绝了。

然而，就是这样，黄依彤还是不相信他。有一天，黄依彤的妹妹黄菁过来玩，李文博和黄菁多说了几句话，黄依彤居然怀疑他和黄菁有暧昧关系。连自己的妹妹也要如此多心，这实在让李文博无法忍受，这日子还能过下去吗？

平时，李文博被黄依彤看管得很严，她从来不让李文博在外面过夜，就是出差，她也要打电话随时随地查岗。黄依彤要求李文博每天上班到办公室，要用座机给她打个电话，下班也要打电话告诉她回家的时间，决不允许他在外面逗留一刻。

每当下班或者节假日休息，黄依彤对李文博也是寸步不离。老公出门逛街购物，她跟着；老公同事聚会，她跟着；老公去理发店剪头发，她跟着；就连老公去市场买菜，她也要跟着，总之，除了上班之外，不管他到哪里，她都跟着……不仅如此，她还要查老公的手机、电子邮件、QQ好友，对任何一个和老公有联系的人，都严加盘问……

按照黄依彤的理论，她要将一切有可能发生的事情都扼杀在摇篮里，决不给任何可疑的事物提供滋生的温床。这样的生活，谁能受得了？黄依彤的疑心实在是太重了，李文博活得太压抑了。黄依彤如此苛刻地限制他的自由和空间，他就像生活在真空里一般，无法呼吸，濒临崩溃。这样的生活，别说做爱，就是做任何事情都没兴趣！

每天晚上，就算黄依彤穿着性感的内衣出现在李文博面前，李文博也是视而不见。黄依彤多次用语言暗示老公，但他完全没什么反应，麻木了。时间一长，黄依彤预感到，再这样下去，婚姻就要面临危机了。

黄依彤憧憬的婚姻生活是温馨甜蜜的。然而没想到，结婚还不到一年，婚姻就亮起了红灯，不是都说婚姻七年之痒吗？怎么还没一年就痒了？难道是自己没有情调？黄依彤想了想，自己平时表现得还可以啊，穿着和打扮也都挺性感的。难道是老公要自己主动？以前，在夫妻生活上，虽然自己被动点，但毕竟自己是个女人，如果太主动了，男人会觉得女人放荡。但从目前的情况来看，如果自己不主动点，肯定是不行的，于是，她决定试一试。

晚上，洗完澡，黄依彤刻意洒了些诱人的香水，换上了崭新的半镂空的性感内衣，然后风情无限地躺在床上对着李文博撒娇："老公，这么晚了，该上床睡觉觉了！"

"你先睡吧！"李文博应了声，头也没回，依然在客厅里看电视。

"老公，你看我今天刚买的内衣好看吗？"黄依彤在床上翘起臀部，继续对老公撒娇。这款性感的内衣是她在大商场花了三百多块钱买的，目的就是想给老公一点新鲜感。

"好看！"李文博看都没看她一眼，敷衍了一句，仍旧在看电视。

"老公，我屁股上的肉好像越来越多了，你说要不要减肥呀？"黄依彤娇滴滴地卖弄风情。

李文博没有说话，目不转睛地看着电视，他连敷衍都不想了。

"老公，你怎么都不看我？是不是对我没兴趣了？"黄依彤委屈地说。

"我再看一会儿电视，你别烦我！"李文博有些不耐烦了。

"你是不是觉得我身材不好了？"黄依彤质问他。她可以忍受别人对她漫不经心，但绝不能容忍老公对她的漠视。

"你让我一个人安静一会儿，好不好？"李文博火了。

"哼！有什么了不起？死鬼！"黄依彤生气了，背过身去。

看完电视，李文博去洗澡间洗了个澡。进卧室睡觉时，黄依彤突然转过身，掀开被子，一下钩住李文博的脖子，温柔地说："老公，我们很久没亲热了，你想要吗？"

"别闹了，我很累，早点睡吧，明天还要上班呢！"李文博甩开她的手，毫无兴趣。

"你最近怎么了？"黄依彤愣住了，好像不认识他了一样，这还是曾经那个很爱自己、很宠自己的老公吗？

"没什么，睡吧！"李文博倒头就睡了。

"哼，不理我算了，你以为你是谁啊？告诉你，喜欢我的男人多的是！"说完，黄依彤钻进被窝，使劲地蒙住了头。

李文博和黄依彤背对着背，睡了一夜……

第二天上班，黄依彤起得早些，洗漱完毕，对着镜子开始化妆，洁肤，润肤，擦粉底，涂眼影，画眼线，夹睫毛，描眉，抹唇膏。忙了大半天，她看见李文博还没起来，就催促道："老公，快起来，上班要迟到了！"

都说夫妻没有隔夜的仇，两口子吵架都是床头吵床尾和，所以，黄依彤还是先和李文博说了话。李文博只动了下身子，又睡了过去，没有理她。

黄依彤化完妆，收拾妥当后，还不放心，对着镜子左照照，右照照，生怕有什么不完美的地方。女人的脸面比什么都重要，俗话说，没有丑女人，只有懒女人。所以，黄依彤是肯花时间来打扮自己的。

黄依彤拍了拍李文博的肩，问他："老公，你说我这妆化得好看吗？"

"嗯。"李文博极不情愿地睁眼看了一下她，心想，好端端的眉毛刮了去，再画上去，像鬼一样，还好呢？他心里反感得不得了，但这话他没说出来。

"你又在敷衍我，哼，不理你了！"黄依彤气呼呼地走了。

李文博见她走了，这才起床，洗脸，刷牙，换衣服，三分钟就解决了问题。随后，他上班去了。

以前，李文博和黄依彤上班都是一起出门，下班约好会面地点，然后一起回家。但现在，一切都变了，李文博经常找各种理由和借口，不再与她出双入对，这让黄依彤很郁闷。虽然在同一个屋檐下，但却如同陌生人。

## 2 老公是保姆

晚上下班，李文博先回来了，开始买菜、做饭。平时，李文博很少让黄依彤做饭，因为，他总担心油烟会熏坏了老婆娇嫩的皮肤。黄依彤也落得轻松，女人不用做饭，那是打着灯笼都难找的好事，自己求之不得呢！

李文博正在厨房忙碌，黄依彤回来了，她一进门就兴奋地说："老公，今天发奖金了，我们出去好好吃一顿吧？"

"不想出去！"李文博说。

"为什么？"

"很累！"

"哎，你这人怎么了？一天到晚没精神，你怎么就那么累呢？搬石头还是挖煤啊？"黄依彤火了。

"我心累，你懂什么？"李文博回敬道。

"你心累，我的心比你更累！"黄依彤吼道。

"又不是我让你累，爱怎么着怎么着！"

"你……"

两个人话不投机，又开始吵起来，本来黄依彤发了奖金，开开心心的，准备大吃一顿，好好犒劳犒劳自己，没想到刚回来，李文博就一下扫了她的兴。

黄依彤不高兴，李文博怕又吵架，因为他晚上要写公司的销售报告，明天开会必须要，如果搞不好，领导要追究他的责任，这对自己的升职和加薪很不利。想到这，他只好忍了又忍，忙赔着笑脸，迁就她说："老婆，对不起，我的意思是现在要节省一点，如果不存点钱，将来要是生了宝宝怎么办啊？"

"那还早着呢，你想那么远干吗？"

"我这是未雨绸缪啊！"

"我看你是脑子进水了！"

"好，好，好，我是脑子进水了！"

"本来就是！"

"宝贝，这样吧，明天请你吃西餐，算是赔礼道歉，怎么样？"

"这还差不多！"

经过李文博的一番哄骗，黄依彤这才转怒为喜。李文博长出了一口气，这回，总算又避免了一场战争。不然，自己的报告还真写不下去呢！女人是要哄的，看来，这真是一个颠扑不破的真理。

吃过饭，李文博准备去写报告，刚要走，黄依彤说："干吗去？先洗碗！"

"老婆，我今天有任务，必须要写一份报告，明天交给公司，很急的，你能洗一次碗吗？"李文博用商量的口吻说。

"不行，我要看《蓝色生死恋》和《豪杰春香》。"黄依彤拒绝了。

当然，对于这个回答，李文博没有感到意外，因为他本来就没有抱什么希望。结婚以来，一直都是他洗碗，老婆是什么都不做的。

李文博很无奈，只好先去洗碗，做好了清洁，他这才坐下来写报告。刚写完报告，还没喘口气，李文博又接到老婆的命令："老公，去把我衣服洗了，对了，还有袜子，别忘了啊！"

此刻，黄依彤跷着腿斜倚在沙发上，她一边喝西瓜汁，一边看着韩剧，嘻嘻哈哈地笑个不停，一副懒散自得的样子。

李文博伸了伸酸痛的胳膊，站起来，慢腾腾地挪开步子，他有些不情愿，带着情绪，但又不好发作。结婚前，李文博自己的衣服都不想洗，而结婚后，不仅要洗自己的衣服，还要洗老婆的衣服。他有时想，我娶老婆究竟是为了什么呢？

"快去，别磨蹭了，洗干净点！"老婆又发布了命令。

李文博无奈，只得照办。他走进洗澡间，撩起老婆的衣服一看，内裤上面沾满了血迹，肯定是老婆的例假来了。说实话，一个大男人，帮女人洗内裤，他还真有点难为情，尤其是洗女人这种特殊生理期的内裤，虽然说结婚了，但毕竟自己是个大男人，让他心里怎么接受？据说，在我国的有些地方还有一个风俗：洗女人来例假的内裤是犯大忌，要倒霉的。

李文博本不想洗，但一想，黄依彤那么有钱，不计较自己是个穷小子，嫁给了自己，也委屈了人家，帮她多做点事，就算是补偿她了，何况她现在又是在例假期间，自己发挥一点男人的风格，洗吧！

他一声未吭，埋头在洗澡间里洗起来。还没洗完，黄依彤又在客厅里叫起来："老公，给我洗脚！"

李文博擦了擦手上的肥皂沫，去给黄依彤倒水洗脚。当他弯腰的一刹那，他觉得有一种屈辱感，虽然说是在家里，没有外人，但他心里还是有些不舒服。一个女人懒到这种地步也确实够厉害了，自己的衣服不洗也就罢了，居然连自己的脚还让别人洗，简直太不像话了。要是遇到大男子主义的男人，早就翻脸并拳脚相加了：什么？不伺候老子，还让老子伺候你？我打不死你才怪！

"你帮我揉揉脚掌，最近我很累！"老婆又命令他。

李文博低头默默地给老婆揉捏起脚掌来，没办法，谁让自己娶了个千金大小姐呢，人家有资本、有底气，要是娶的灰姑娘，借给她十个胆子她都不敢。

"哎哟，你轻点好不好？怎么用那么大的劲啊？疼死我了！"黄依彤大叫起来，一边埋怨。

"对不起,对不起！"李文博忙赔不是,然后又小心地、轻轻地揉搓起来。他想，刚才力气大了，现在肯定要轻一点了。

"你没吃饭呀？怎么一点力气没有，你得软骨病了啊？"黄依彤又吼起来。

李文博终于忍不住了，他说："你这个人怎么这么难伺候？你以为你是谁啊？要不是看你是女人，我一拳就把你……"

"什么？你敢打我？有种你打啊？"黄依彤咆哮起来。

"懒得理你！"

李文博回房睡觉去了，刚躺下，黄依彤冲了过来，拿起沙发上的靠垫对着李文博就劈头盖脸地打了起来，李文博捂着脑袋，躲避这场暴风骤雨。黄依彤足足打了五分钟，还没有停止的意思，李文博终于爆发了，他一把扯过靠垫，使劲扔了出去，吼道："你闹够了没有？"

黄依彤发疯般地扑上来，在李文博的身上乱抓乱挠，使劲地捶打。突然，李文博感觉鼻子一热，鲜血流出来了，挂彩了！

黄依彤似乎还不罢休，李文博心里烦得不得了，使劲一推，黄依彤摔倒了。她一气之下，回娘家了。

一进门，黄依彤的妈妈张清正在做饭，一见女儿回来了，就问："依彤啊，你回来怎么不提前打电话跟妈说一声呢？吃了吗？"

"妈，我不饿！"黄依彤和妈妈打了个招呼，就进自己的卧室去了。自从她出嫁后，父母一直把她的房间留着，为的是等她有空的时候可以回来住一住，和家人团聚一下。

黄依彤的妹妹黄菁的卧室在隔壁，听到黄依彤的声音，黄菁跑过来高兴地说："姐，你回来了啊？这是我今天刚买的果冻，很好吃，你尝下！"

黄依彤看了看妹妹，说："你呀，天天就知道吃，老大不小了，看你怎么嫁得出去？"

黄菁吐了吐舌头，讨了个没趣，又回自己的房里了。

"妈，我爸呢？"黄依彤走到厨房，问她妈妈。

"你爸出去散步了，他最近腰有些酸，医生让他没事多出去走走。"

"哦，对了，妈，我想在家多住几天。"黄依彤说。

"孩子，怎么了？你和文博又吵架了？"母亲皱了皱眉头，敏感地问。

"没有，怎么会呢？"

"是吗？"

"妈，我在家太闷了，想回来和你们团聚一下，您难道不想我吗？"

"不对吧？依彤，你有事别瞒着妈，啊！"

"妈，哪有啊，您放心吧！"

"傻孩子，你还能瞒得过妈？我是看着你们长大的。"

"妈，我……"

"文博又欺负你了？明天我过去，好好骂他一顿！"

"妈，不是，您别提他了，行吗？"

正说着话，黄依彤的爸爸黄阅兴高采烈地回来了，他手里拿着一瓶五粮液，刚在超市买的。看到黄依彤，他笑着说："哟，宝贝女儿回来了！"

"爸，我回来看……"

"酒鬼，就知道喝酒，医生不是说你不能多喝酒的吗？"黄依彤的话还没说完，她的妈妈就骂了起来。

"我喝点酒怎么了？又不是犯罪？"

"滚，一边待着去！"

"爸、妈，你们就别吵了，人家刚回来就不得安宁！"黄依彤不高兴地说。

"好，看在女儿的分上，我今天不和你吵，快吃饭去吧！"

一家人默默地吃了一餐饭，妹妹黄菁回房上网去了。黄依彤和妈妈去厨房洗碗，爸爸到书房看书去了。

"依彤，我看你气色不太好，最近哪里不舒服啊？"妈妈问。

"没有啊，我很好！"

"别瞒我了，哦，是不是怀上了？"妈妈摸了摸她的脸，神秘地问。

"妈，哪有这么快啊！"黄依彤拍了下妈妈的手，急切地说。

"是不是啊？妈可急死了，早就想抱外孙了，呵呵！"

"妈，还没影呢，看您急的！"

"妈就是想抱外孙啊，再晚，妈就抱不动了，呵呵，快生一个吧！"

"妈，他一个月都不碰我一下，生个鬼啊！"黄依彤没好气地说。

"什么？他一个月都不碰你？"妈妈惊呆了。

"唉，我也不知道怎么回事，他结婚以后好像完全变了一个人。"

"是不是他那方面，不行了？"妈妈疑惑地问。

"没有，我感觉他还好，但他就是不想和我亲热。"

"孩子，是不是他在和你赌气啊？"

"我们是经常吵架。"黄依彤无奈地说。

"孩子，你们两个年纪轻轻的，又不愁吃，不愁喝，房子有了，车也有了，有什么好吵的？"

"妈，我也不想和他吵，但他总是惹我生气！"黄依彤委屈地说。

"为什么啊？"妈妈更疑惑了。

"你不知道，房子是您和爸爸买的，他不住，车子是您和爸爸买的，他不开啊！"

"我就知道文博这孩子自尊心很强，宁愿租房子住，也不住我们给你们买的新房。唉，我下次去，一定要好好说说他。"

"妈，我为这都和他吵过不知多少次了，他这人就这个死德行，没用的！"

"我就不信这个邪，当初你爸还不是很倔犟？我照样把他训得老老实实的！"

"妈，他死活不愿意住我们家的！"

"他的工作我来做，你别管，还反了天了？"

黄依彤嫁给李文博的时候，李文博还没事业，穷小子一个，穷得叮当响，几乎什么都没有。黄依彤的爸爸妈妈都是经商的，生意很不错，因此，家里存了不少钱。结婚之前，她家在市中心买了一套三居室的房子，六十多万，另外还买了一辆奥迪A8轿车。买了新房后，黄依彤的父母把旧房子卖了，现在一家人都住了进来。本打算她结婚后一家人住一起的，但李文博死活不愿意住她们家的新房。李文博租了个房子，黄依彤暂时和他住在了外面。

李文博为了男性的尊严，从来不花她的钱，不管是和黄依彤谈恋爱，还是结婚以后。李文博认为，男人不能吃软饭，不能靠女人，否则，他会一辈子抬不起头。男人穷没什么，但绝对不能没骨气。他特别喜欢电影《长江七号》里的一句台词：只要有骨气，不吹牛，不打架，努力读书，就算穷，到哪里都会受到尊重的！

晚上，黄依彤和妈妈睡一个被窝，爸爸在书房研究他的生意，就睡在书房。妹妹在上网，是个夜猫子，妈妈也懒得管她。这是个好机会，正好母女两个好好说说心里话。妈妈说："依彤啊，你们什么时候搬回来住啊？"

"我一直想要他回家里住，但找不到借口。"

"你一定要让他和你回来住,妈老了可没人照顾啊!"

"嗯,我会劝他的!"

"孩子,是不是因为这,文博和你吵架,才不碰你的?"

"不是,我也不知道什么原因!"

"这就怪了,不过,孩子,妈不是说你,文博老这样可不对劲,你要看紧点,看他是不是外面有人了?"

"嗯,妈,这个我知道,我看得可紧了,天天查他的岗,他每天打几个呵欠,我都知道。"

"男人如果对女人没了兴趣,婚姻就不会长久,孩子,你要小心呀!"

"妈,那我该怎么做呢?"

"孩子,依我看,你还是赶快怀孕吧!"

"为什么?妈。"黄依彤很不解地问。

"你要是怀孕了,就能拴住他的心了,男人有责任心,就不会再三心二意了。再说,爸妈年纪大了,也想早点抱孙子了!"

"可是,他现在不想那么早要孩子啊,怎么办?"

"笨,他说不要,你就不要啊?你可以偷着做手脚,造成意外呀!"

"他以前总是采取保护措施,很小心的,现在,又不怎么碰我了,我想怀也怀不上啊。"

"那就要看你的了!"

"可我总觉得他很烦,当初真不该嫁给他!"

"孩子,这你就错了,当初我们之所以同意你和他结婚,就是因为他家是农村的,好办!"

"为什么啊?"

"他家是农村的,在大城市肯定买不起房子,结婚后,肯定要到我们家住,那就等于是上门女婿了。不花一点力气,爸妈就白捡了便宜,将来有人养老了。"

"哦,我当时也是这样想的,可是,他太不好相处了!"

"再忍一忍,等你怀了孕,马上要求回来住,你说家里条件好,要安胎,他就没办法了!"

"妈，这个主意好！"

"等他住到我们家，就要看我们家的脸色，那时我们就掌握了主动权，让他做什么都可以，天天让他洗碗，洗衣服，收拾卫生。哈哈，我们就轻松了。"

"能行吗？"

"肯定行，你想啊，他住到我们家，至少你不会受气，还能避免你和婆婆的矛盾，多好啊！"

"对，人家都说婆媳是冤家，特别是农村的婆婆，没文化，不讲卫生，很恐怖！"

"还有，将来你们生了孩子，户口肯定要上在我们家，跟我们家的姓，你爸妈没儿子，但照样可以抱孙子，享天伦之乐，这多好？"

"妈，那我该怎么做呢？"

"你要这么，这么做……"

"好，妈，我试试！"

"嗯，知道吗？过几天你就回家，别使性子啊！"

经过黄妈妈的一番指导，黄依彤心情好了一些，在娘家待了几天后回家了。回家之前，她先是到商场买了两套新的性感内衣，又买了瓶法国香水，一共花了三千多。黄依彤的观点是，女人，对自己下手就要狠一点。

回到家，黄依彤破天荒地主动给李文博洗衣服、做饭，对李文博的态度也好了很多。奇怪的是，李文博居然没有表现出一丝的喜悦，黄依彤心里骂道：妈妈的，我就当你是个呆子。

晚上睡觉时，黄依彤光溜溜地在李文博的身上蹭来蹭去，希望自己的主动和女人的温柔，能唤起李文博一丝男人的雄风。但是，她失望了，李文博睡得像死猪一样，一点反应都没有。

黄依彤心烦意乱，顿时没了心情。她坐起来，开了壁灯，借着柔和的灯光看着熟睡中的老公，想起刚结婚时的情景。那时，李文博对她很殷勤、很体贴，做爱也很主动，常常扮演着高大威猛的角色，而她，则小鸟依人地躲在他的臂弯里，享受幸福的滋润……如今，这一切都不复存在。她想不明白，这到底是怎么回事？怎么幸福像流星一样，转瞬即逝呢？漫漫长夜，今后的日子怎么过？难道自己美好的青春就这样白白浪费？

她穿上睡衣，走到窗前，抽出一支烟，点燃，狠狠地吸了几口，她要发泄心里的怨气。李文博和黄依彤都不抽烟，烟是平时招待客人的，但黄依彤今晚心情坏到了极点，她很想抽。刚吸了几口，李文博醒了，看见黄依彤在抽烟，他生气地说："你怎么抽烟？半夜不睡觉，发什么神经？"

"你管得着吗？我想抽。"

"我都不抽烟，你抽什么？"

"我高兴，行了吧？"

"堕落！"李文博骂了一句，抱着枕头和被子去客厅睡了。

黄依彤看见李文博走了，她的心在滴血。这叫新婚燕尔吗？简直是守活寡啊！别说怀孕了，连正常的女人需求都得不到，还生什么宝宝？

黄依彤那几天很想要，但是老公就是不和她亲热，把她气得发疯。她心里恨恨地想，再不和我亲热，我就给你戴绿帽子。

黄依彤内心非常压抑，她想不通李文博为什么会对自己没兴趣，别的男人对自己可是垂涎三尺，做梦都想和自己上床呢！当初，她还没有认识李文博的时候，有多少男人追求自己啊！可是，她和妈妈愣是一个没有看上。很多人都觉得黄依彤太清高，目中无人，谁也没想到，她后来居然嫁给了一个农村的穷小子。很多人都说她自我贬值，应该找大城市的，或者是有钱人，但她和妈妈都不这样认为。她们觉得，找一个农村的穷小子结婚，有很多好处：家里去商场购货、装修搬家、外地扫墓、节日全家出游等，一概用女婿，因为，女婿既是免费的司机，又是勤恳的劳务工，再加五好服务生，关键还是慷慨的埋单者。可怜男方的亲妈，呕心沥血，辛辛苦苦养大的儿子，读完大学，自己不舍得用，被人抢了去，白白便宜了人家的妈。

## 3 隆胸风波

因为闹情绪，李文博和黄依彤一夜无话。第二天，黄依彤又去找吴柳诉苦。吴柳说："彤姐，是不是你老公对你身材不满意啊？"

"怎么会呢？我的身材还差吗？"

"你身材是不差，但男人喜欢的风格不一样，你对你身体哪个部位最满意？"

"我觉得我的臀部最性感。"

"那你对你身体哪个部位不太满意？"

"我觉得我的胸不是太大。"

"你觉得他喜欢你的臀部和胸部吗？"

"他之前夸过我的臀部，一直没有夸过我的胸部，好像他觉得还是不够大。"

"那这就找到原因了，肯定是你的胸部吸引不了他。"

"那怎么办呢？"

"这还不简单？隆啊！"

"隆胸？这行吗？"

"哎呀，现在都什么年代了，你还怕这个？现在的女人，有几个没隆过？"

"我不是这个意思，我的意思是，我隆过之后，他能感兴趣吗？"

"你又没做，怎么肯定他不感兴趣？再说了，哪个男人不喜欢胸大的女人？我老公每次出门，看到胸大的女人，眼珠子都要掉出来了。"

"那我就试一试吧！"

黄依彤回到家，开始查阅一些关于隆胸的资料和医院，左挑右选后，她终于选定了一家专业的隆胸医院，听说医生技术非常高超，能做到无切口，痛苦小，长期稳定，自然得如同自身发育一样，而且不留手术痕迹，医疗仪器都无法发现，甚至还可以改善身体曲线。黄依彤很兴奋，立即找到医院签署了手术协议。

晚上回到家，黄依彤兴奋地构想将来自己理想的胸围。想到自己离传说中的波霸越来越近，她有种说不出的激动。

吃饭的时候，黄依彤因为激动，也没吃多少，匆忙扒了几口就放下碗去洗澡了，她要好好地调整一下自己的心情。刚洗了一半，她的手机响了，手机在她的小挎包里，她在浴室里着急地叫道："老公，快把我的手机拿来！"

李文博正在看报纸，极不情愿地走过来给她拿手机。他打开黄依彤的小挎包的时候，发现里面有一张 A4 纸，上面写的"手术协议"引起了他的注意。手术？她要做什么手术？李文博吃了一惊，难道她得了什么病？

李文博把手机送给黄依彤后，回来开始看那张协议，看完了，他差点晕倒，居然是黄依彤要隆胸，这简直太荒唐了！

这时，黄依彤洗完澡出来了，她裹着浴巾，头发湿漉漉的："老公，你帮我吹下头发，好吗？"

"你为什么要隆胸？"李文博生气地说。

"怎么了？老公。"她看到李文博发怒，有些吃惊。

"我问你为什么要去隆胸？"

"我，我……"黄依彤一时说不出话来，她不理解老公为什么知道她要隆胸，会发那么大的火。

"你真是疯了！"李文博高声骂道。

"我想隆胸，怎么了？又不是让你去隆！"

"我不同意！"

"哼，你不同意我就不去了吗？"

"那咱们走着瞧。"李文博恨恨地说。

晚上，李文博和黄依彤赌气，他跑到客厅去睡了，谁也没理谁。半夜，黄依彤起来上厕所，李文博开了灯，问了句："谁？"

"我，怎么了？"黄依彤问。

"我以为是贼呢！"李文博没好气地说。

黄依彤觉得好笑，但她没有笑出来，李文博随后关了灯。过了一会儿，李文博觉得有个肉乎乎的东西爬了过来。"老公！"黄依彤温柔地说。

"你干什么？"李文博问。

"老公，我想和你，想和你亲热！"

"唉，我很累，不想做。"

"我不累，我想！"

"去，去，去，我真的很累了！"

"不，就不，人家想要嘛！"

黄依彤撒起娇来，往李文博睡的地方挤，李文博无奈，只好往一边移，黄依彤趁势爬上来，骑在李文博的身上，李文博再想拒绝，也觉得有些过分，随即不再反抗。黄依彤很兴奋，很快解开了李文博的衣服，也把自己脱得光溜溜的。

"等等！"李文博突然说。

"怎么了？"

"我还没戴套套！"

"好，我去拿！"

黄依彤去卧室找安全套了，她趁李文博不注意，偷偷用回形针在上面扎了一下。拿来后，她主动给李文博戴上了。就这样，一个多月来，夫妻俩终于有了一次难得的亲密接触。

虽然黄依彤觉得李文博草草完事，是应付自己；但她觉得总比没有强多了，以后再循序渐进。再说了，自己怀孕的阴谋即将得逞了！

第二天，黄依彤开开心心地上班去了，刚到办公室不久，她接到了妈妈的电话，妈妈似乎很着急，劈头就问："依彤，你怎么好端端的要去隆胸啊？"

"妈，您听谁说的啊？"黄依彤一下愣了，妈妈怎么会这么快就知道了呢？

"别管我听谁说的，一定不能去做手术。"妈妈在电话里严肃地说。

"为什么？妈！"

"孩子，那绝对不行，万一手术不成功，将来会害了自己的。再说了，你的胸不小，还隆什么啊？"

"妈，您别听人乱说。"

"孩子，妈担心你呀，前几天，我在报纸上看到一个报道，说一个女的做了隆胸手术后不久乳房就感染化脓了，后来越来越严重，不断地有脓水从里面流出，乳房已经全部空了，不得不切掉了乳房，成了八级伤残啊……"

妈妈苦口婆心地劝了她一小时，就是怕她去做隆胸手术，她心里也烦得不得了了。她想，自己隆胸的事没有告诉过别人，只有好朋友吴柳知道，还有就是老公李文博。当然，吴柳不可能和妈妈说，那只有一种可能，一定是李文博说的。

黄依彤越想越生气，当即给李文博打电话，把他狠狠地骂了一顿。骂完了，她似乎还不太解气，又给他发了一条短信：等着，回来我再好好和你算账。

黄依彤和自己胡闹，李文博心里也很烦，想来想去，为了轻松一下，他没有回去，因为，他不想吵架。当天晚上，他给黄依彤发了条短信说自己晚上不回去了，然后关机，找了个宾馆住了一夜。

李文博不想理会她，他知道，女人一旦不讲道理，比无赖还可怕。惹不起，我总躲得起吧？

第二天一早，李文博刚上班，就接到了黄依彤的电话，一通谩骂，质问他昨晚是不是和别的女人鬼混去了？李文博向黄依彤解释了半天，她还是不肯罢休。李文博一烦，又关机了。

下班之前，李文博接到通知，公司晚上要开会。他没有回去，因为事情比较多，他甚至都没顾得上吃晚饭。正在忙着，手机响了，他一看，是黄依彤打来的，他接电话想告诉她晚上不回去吃饭了，还没开口，只听黄依彤在电话里吼道："死鬼，你怎么还不回来？再不回来，有你好看的！"

李文博没有理会，开会去了。会开了一半，李文博忽然听到会议室外一阵喧哗，接着有人捶门。大家都很疑惑，开门一看，原来是黄依彤和保安在门外推推搡搡。

保安说："他们在开会，你不能进去！"

"我偏要进去，我要找他，我是他老婆！"

这时，黄依彤冲了进来，指着李文博的鼻子就开始骂起来："你这个不要脸的，昨晚和哪个女人在外面鬼混了？"

李文博的脸一阵红一阵白，鼻子都气歪了，再怎么闹也不能闹到公司啊？领导们都在场，李文博不便发作，只是把黄依彤推到门外。

公司的副总陈江火了，说："要吵架就回家吵，别在公司折腾！"随后关上门，大家继续开会了。

李文博对黄依彤说："有话回去再说，在这里闹，成什么样子？"

"谁让你不回家？你躲我干什么？肯定有鬼！"黄依彤质问他。

"我在开会，回去再说好吗？"李文博铁青着脸说。

"我问你，你到底和哪个女人鬼混去了？"

"我只是在外面住了一晚而已，你这么激动做什么？"

"你是心里有鬼，不敢承认吧？"

"别在这里说，我们回去再说吧！"

"我偏不，我就要在这里说。"

李文博终于忍不住了，一甩手，径自走了。黄依彤仍骂骂咧咧不肯罢休。经过这一闹，李文博在公司丢尽了面子。他不明白，自己的老婆怎么会这样强悍，而且蛮不讲理。李文博很后悔，怎么当初娶了个这样的女人呢？要是现在，就是打一辈子光棍都不会娶她。

娶一个喜欢无理取闹的女人，等于自毁前程，而娶一个喜欢控制男人的女人，等于自我毁灭。

黄依彤和李文博结婚以来，她一直怀疑老公和别的女人有不可告人的关系，而且，还不止一个。她从没有相信过老公，为什么呢？因为，第一，老公长得很帅，是女人喜欢的对象，哪个女人不喜欢帅哥。第二，老公女性朋友很多，包括领导、同事、同学，等等。第三，老公对女性比较谦让，很有女人缘，一般的女人，他都能相处得很好。

不久，李文博参加同事张兵的生日，他对黄依彤说："我晚上要参加同事张兵的生日，不回家吃饭了，男的。"他特意强调是男的，就是怕黄依彤误会。

黄依彤说："我也要去。"

李文博说："我同事过生日，你去做什么？"

"你去，为什么不带我？"

"我参加同事的生日，你就不能给我一点点空间吗？"

"我是你老婆，为什么我就不能去？"

"懒得和你说了！"李文博转身出去了。

到了约定地点，张兵已经准备好了，十几个人，有男的有女的，正在高高兴兴地喝酒。李文博的手机响了，他一看，是黄依彤打来的，刚要接，张兵笑着说："文博，是不是老婆打来的？又是来查岗的吧？"

一句话，勾起了李文博的怒火，想到黄依彤像间谍一样，处处查他的行踪，他骂了句："妈的，老子不接了！"说完，他把手机一关，扔到了一边。

"来，兄弟们，咱们继续喝。"他笑着招呼大家。

同事们正要举杯，张兵的手机又响了，张兵接电话问："哪位呀？哦，嫂子啊，我们在好运来大酒店吃饭，哦，他在，你要他接电话啊？好，你稍等。"说完，他看了看李文博，笑着说："兄弟，你老婆的电话，都打到我这里来了，你接吧！"

李文博的脸顿时挂不住了，他接过手机，生气地说："你到底想干什么？"

"你为什么不接我电话？"黄依彤在电话里吼道。

"我死了。"说完，李文博挂了电话。

大家哄堂大笑起来，李文博很尴尬，脸上发热。

"来，兄弟们，咱们继续喝。"李文博为了掩饰自己的窘相和尴尬，热情地招呼大家。

"好，大家一起干杯啊！"张兵附和说。

他们又开始喝起酒来，大家正喝得高兴，只见黄依彤气势汹汹地冲进来，指着李文博的鼻子，嘴里大骂："你现在不回家，就永远不要回了！"说完，狠狠地瞪着李文博。

李文博气坏了，一句话没说，转身走了。出来时，李文博漫无目的地向前走，心里暗暗发誓：贱人，早晚我要给你点颜色看看，咱们走着瞧！

李文博在街上走了一圈，回去了。进了家门，黄依彤坐在客厅里阴沉着脸，显然还在生气。今晚当着那么多朋友的面被她一闹，李文博很没面子，他没有理会黄依彤，径直进房了。进了房，他气血往上翻涌，电脑屏幕上，赫然显示着他的手机通话清单。

他愤怒了，冲出去，质问黄依彤："你为什么偷查我的手机通话单？"

黄依彤不冷不热地说："我看看你都给哪些人打了电话，到底和谁在一起？"

"你太过分了！"

"什么过分，我是你老婆，有权知道你的行踪。"

"你简直太不可理喻了。"

李文博感觉自己像被剥光了扔到大街上一般，他愤怒了，心中的怒火像火山一般爆发了。从结婚到现在，他基本上就是过着一种被监视的生活，这哪里是把自己当老公啊？简直是当贼了！

李文博看着黄依彤，心里堵得厉害，他现在越来越觉得她不可理喻了。本来自己一向安分守己，在公司也是有口皆碑，在她的无理要求下，他已经很少与女人来往了，但现在却被老婆如此地监视，他简直要爆炸了。

正在生闷气呢，他的手机响了，拿出来一看，原来是大学同学张萌打来的电话，邀请他参加同学会。他想了想，毕业这么多年了，和同学们聚聚，看看大家的变化很好，于是，马上答应了。

次日，李文博开始着手准备参加同学会的事，下午却突然接到张萌打来的电话，不让他去了。李文博很奇怪，昨天不是说得好好的吗？怎么今天突然又不让去了呢？他很纳闷，忙问张萌为什么？张萌很生硬地说，你不参加更好，免得大家都麻烦。李文博一下愣住了，他不知道这到底是怎么回事？

原来，黄依彤打印出了他的手机通话单，查到了张萌和他的通话记录。黄依彤很敏感，只要看见有陌生的号码打李文博的手机，她都会打过去查询，看看对方和李文博是什么关系！她打通张萌的电话后，听到是个女人的声音，就开始大骂起来，警告张萌不要勾引她老公。张萌向她解释，说是同学关系，黄依彤根本不相信，骂不绝口。张萌气得不得了，于是，马上打电话通知李文博不让他参加同学会了。

事情弄清楚后，李文博火冒三丈，忍无可忍，他和黄依彤大吵起来，两个人闹得不可开交，几乎到了鱼死网破的地步。

第二天，李文博上班，女同事梁雪问他："昨晚你老婆给我打电话了，问我和你是什么关系。我说是同事，她骂了我几句就挂了电话，不知道是什么意思？"

"啊？有这回事？"

"是的，我当时还很奇怪呢，难道她怀疑我是你的情妇？"

"对不起，可能是她太多疑了！"

原来黄依彤趁李文博在浴室洗澡时。她拿过来开始查看手机里的短信和通话号码，看了半天，没有发现什么，但她还是不放心，用笔一一记下里面的号码，然后打过去询问对方和李文博是什么关系。李文博洗完澡出来，并不知道这些情况，因为很累，他很快就睡着了。

正在说话的时候，又有几个朋友纷纷发来短信，说昨晚黄依彤给他们发短信询问他们和李文博是什么关系的事，李文博怒火中烧，他心里骂道：这个女人太可恨了，让我以后在朋友们面前怎么抬头，怎么做人？

从此以后，李文博决定和黄依彤冷战。回到家里，他不动声色，黄依彤和他说话，他也不理，就当没听到。他每天下班回家，除了做饭，就是洗澡、看电视、上网，然后到书房睡觉。

一连几天，黄依彤也觉得怪怪的，她和李文博说话，他也不理，心中很不满，她无法忍受这样的氛围。但李文博不管这些，依然自己做自己的事，你喜欢干什么，我不干涉，随你的便。

其实，这种情况已经说明，他们之间的婚姻已经亮起了红灯，这样发展下去，只有一种可能，那就是离婚。他们都意识到了这个问题，只是彼此再也无法心平气和地坐下来好好沟通了。

一天下午，李文博临时接到公司通知，让他晚上加班。他给黄依彤打了个电话，告诉她要加班，晚点回家。他在办公室还没一会儿，电话响了，是黄依彤打来的，她问李文博："你什么时候回家？"

很明显，黄依彤在查岗。李文博说："估计要晚上十点左右，你不要等我吃饭了，我在公司随便吃一点。"

挂了电话，他开始忙了，公司里的事情很多，他忙得不可开交。过了半小时左右，他的电话又响了，又是黄依彤打来的，问他："你还要多久？"

李文博说："不是说了吗，要到十点钟，你怎么又打来了？"

黄依彤说："我问问你什么时候到家，没别的。"

其实，黄依彤不放心，打电话是为了看看李文博是不是在办公室，如果不在办公室，就说明他有情况。

过了一小时，电话又响了，还是黄依彤打来的，李文博的火腾地就上来了，他说："你怎么了？发什么神经？我加个班，你就这样不停地打电话，你还让不让我活了？"

黄依彤说："我打电话怎么了？是关心你，你这个人怎么不知好歹？"

"滚，我不想理你！"

回到家里，李文博和黄依彤又吵了起来，黄依彤给她的妈妈打了电话，告李文博的状，这下，真是捅了马蜂窝，岳父岳母一听女儿受了委屈，立刻赶到李文博的家里，岳母不问青红皂白，指着李文博的鼻子骂他欺负自己的女儿，岳父也批评李文博脾气暴躁。李文博摔门出去了，他关掉手机，离家出走了。

李文博很窝火，他现在几乎和一个犯人差不多，这样的生活，他无法忍受，他娶的是老婆，不是管家婆，什么事都要向她交代，这简直是非人的生活。他开始怀念一个人的时候，那时想干什么就干什么，想怎么玩就怎么玩。现在，他有了离婚的念头，甚至想在离婚之前，真的出一次轨，你不是认为我和别的女人有染吗？那我就玩一次真的，不然，太冤枉了。

## 4 小三挑衅

李文博心情很不好,压抑得要命,这样的日子,简直没法过了,他想到了离婚,可是,父母那一关怎么过呢?因为,他曾经和父母说起过想离婚的事,可是,父母觉得离婚是一件很丢人的事,今后在家会抬不起头,强烈反对。父母还说,如果他敢离婚,就死给他看,李文博没有办法,最终打消了离婚的念头。

可是,李文博感觉现在的婚姻,就像是鸡肋,索然无味,很没意思,他很想逃离这样的生活。

晚上,李文博很晚还没有回来,黄依彤有种不祥的预感,她打他手机,关机了,打他办公室的电话,也没人接,她不甘心,又打他领导的电话,人家说公司早下班了。

黄依彤在家里焦躁不安,怎么也静不下来,老公这么晚不回来,她无论如何放不下心的。

晚上十一点多的时候,她突然接到了一个年轻女人打来的电话,那个女人嗲声嗲气地说:"你老公在我这里,他晚上不回去了。"

"你是谁?"黄依彤问。

"我是谁不要紧,我先告诉你,让你有个心理准备!"

"什么?你到底是谁?怎么这么不要脸?"还没等她说完,对方挂了电话。

黄依彤接着打老公的电话,一直关机,她预感到事情的严重性了。她辗转反侧，一夜无眠。

没想到，她平时这么严格，老公居然还是出轨了。而且第三者打电话向自己叫板了。看来，这个女人也不是等闲之辈，绝不是省油的灯。

对方到底是一个什么样的女人呢？有什么魅力能迷住自己的老公？黄依彤很想调查清楚，可是，该从哪里入手呢？找调查公司还是找那个女人直接谈判？

第二天早上，李文博疲惫不堪地回来了，黄依彤火冒三丈："你昨天晚上去哪里了？"

李文博看了看她，漫不经心地说："我心情不好，喝酒去了。"

"那怎么一夜没回来？"

"我睡办公室了。"

"怎么可能？我打你办公室的电话，根本就没人接。"

"我不想接，怎么了？"

"你是找别的女人去了吧！那个女人是谁？"

"你胡说什么啊？我一直在办公室。"

"别人的电话都打到我这里来了，你看看。"说着，黄依彤把电话号码给李文博看。

李文博看了看，说："我不认识这个人。"

黄依彤杏目圆睁，吼道："别装了，你分明是有女人了。"

"我再说一遍，我昨晚是在办公室，不信拉倒。"说完，李文博睡觉去了。

"还骗我？你今天一定要给我说清楚！"黄依彤把李文博从床上拽起来，不肯罢休。

李文博很烦要出门，黄依彤扯住他的衣服，死活不让他走，李文博使劲一推，黄依彤摔倒了，这下李文博又捅了马蜂窝，黄依彤大哭起来。

紧接着，黄依彤给李文博的父母打电话告状，说李文博在外面和别的女人鬼混，还动手打她，让他们赶快过来。然后，她又打电话向自己的父母哭诉。很快，黄依彤的父母来了。

黄依彤的妈妈一进门就扯着嗓子大骂："你这个忘恩负义的家伙，白眼狼，你怎么能做这事？良心都被狗吃了！"

"妈，您说话太武断了吧？"李文博委屈地说。

"张清，有话好好说，别这样嘛！"黄依彤的爸爸劝解说。

"怎么？你胳膊肘往外拐，吃里爬外？"

"我是说，坐下来好好谈，有话慢慢说！"

"慢你的头，事情都这样了，你还替他说话？回去再收拾你！"黄依彤的爸爸不说话了，坐到一边开始抽烟。

黄依彤的妈妈拔高了嗓子，像女高音，继续骂李文博："你个乡下的愣头青，也不看看自己的德行，看我们家依彤好欺负是吧？"

"妈，您怎么不问青红皂白？"

"也不撒泡尿看看自己，你神气什么？"

李文博知道说不过她，低头不语，任凭她骂。第二天，天还没亮，李文博的父母也连夜赶到了。一见面，黄依彤的妈妈指着李文博的父母大骂："你们生的什么儿子？简直是畜生，在外乱搞女人。"

"亲家母，别生气，俺家文博有错，我叫他给您赔个不是！"

"你看看你们，都什么货色？"

"请您说话尊重点，您有什么资格骂人？"看到岳母骂自己老实巴交的父母，李文博气愤不已。

"我告诉你，这事不算完！"岳母威胁道。

李文博的父母都是农民，见亲家这么生气，怕事情闹大，赶紧批评儿子："孩子，快去给你岳母赔个不是，认个错，妈求你了！"

李文博气得脸色发青，想到父母这么大年纪，还和自己一起受气，眼眶红了。他想，人在屋檐下，不得不低头，为了息事宁人，他强忍住泪给岳母道歉。他心里暗暗发誓：走着瞧！

岳母大吵大闹，骂骂咧咧，闹了大半天，不欢而散。李文博也好言相劝自己的父母，让他们不要担心，两位老人诚惶诚恐，生怕得罪了儿媳妇一家人，千叮咛万嘱咐，让李文博与儿媳妇好好相处，好好过日子。李文博不忍两个老人担心，点头答应着。

父母走了之后，李文博越想越气，本来没有的事，小题大做，把自己的父母从那么远的老家折腾来，还骂人，简直太过分了，他有种想杀人的冲动。

因为咽不下这口气，李文博索性又不回家了，没想到，他前脚刚走，很快，那个女人又给黄依彤打来了电话，声音比以前还嗲，几乎让黄依彤浑身起鸡皮疙瘩，她说："你想好了吗？"语气咄咄逼人。

"你真是太无耻了，贱货，不要脸！"黄依彤在电话里和那个女人对骂起来，什么难听的话都说了，奇怪的是，那个女人一点也不害怕。

黄依彤气愤不已，立即跑到老公的单位又和他大吵大闹。很快，公司所有的人都知道了这件事，弄得满城风雨。

经过这一闹，李文博干脆搬出去住了。黄依彤心情很不好，又去找闺中密友吴柳诉苦。吴柳告诉她，大吵大闹是最愚蠢的方式，正好把老公推向了自己的对立面，白白地送给了别的女人。那样既损失了爱情，也便宜了别的女人。别的女人不仅睡你的老公，还住你的房子，花你的钱。

李文博一连七天没有回来，第八天，那个女人又打来了电话，那个女人说："你老公和我上床了！"

这是黄依彤第三次接到她的电话了，前两次，她都将对方骂得狗血喷头。可是，不但没有击退小三，对方反而越来越嚣张了。这回，她决定改变战术。她心平气和地回敬小三的挑衅："我老公睡了你，他不吃亏。谢谢你，我最近很累，正好没时间陪他！"

第三者也不甘示弱，说："你老公已经不喜欢你了，你还是趁早退出吧！不然，等到人老珠黄，没人要了，就亏大了，现在离婚，还来得及。"

"胡说，我老公怎么会和我离婚呢？他只是玩玩你而已，别做梦了。对了，他有没有给你什么好处啊？如果没给，我会转告他，睡了人家，最起码要给点表示嘛，找小姐还要几百块呢！"

黄依彤的嘴巴很厉害，居然噎得小三半天说不出话来。对无耻的女人，你要比她更无耻，否则，你根本就战胜不了她。这是黄依彤的最新研究成果。

转眼，老公李文博已经半个月没有回家了，黄依彤知道，他肯定是在和那个女人鬼混。她明白，这场没有硝烟的战争，是个持久战，到底能不能把老公抢回来，她心里还没底。

李文博不回家，是不想被黄依彤像犯人一样监视。他早已厌倦了这样的生活，很想逃离。没有结婚的时候，他想去哪里就去哪里，想怎么玩就怎么玩，想什么时候睡觉就什么时候睡觉，想和谁交往就和谁交往。但现在，什么都没有了。他已经疏远了朋友，疏远了异性，疏远了一切被她怀疑的对象，但是她还是不肯相信他。

这个神秘的第三者究竟是谁呢？她又是一个什么样的女人呢？她和李文博是怎么认识，怎么在一起的呢？

自从黄依彤接到第三者的电话后，和李文博经常大吵大闹。家里能摔的东西都被她摔得差不多了，手机、电视机、电脑、鱼缸，就连婚纱照都没能幸免。

黄依彤也曾强烈地要求和李文博离婚，但她的妈妈坚决不同意。她妈妈离过婚，不想让女儿重蹈自己的覆辙。所以，黄依彤放弃了离婚的念头。

黄依彤没事就跑到李文博公司，和他天翻地覆地吵。奇怪的是，无论怎么吵，老公一直矢口否认出轨。当然，没有捉奸在床，没有确凿的证据，李文博打死也不承认，谁也说服不了谁。其实李文博也纳闷，自己没有和别的女人有不正当的关系，难道是有人想陷害我？自己没得罪过谁啊？

黄依彤歇斯底里，双方举家震动，鸡犬不宁。后来，李文博在父母的要求下，勉强搬回了两个人的家，但从回家那天起，他们又开始了冷战。

李文博不理黄依彤，夫妻两个同一屋檐下，却每天各忙各的，形同陌路，黄依彤最终忍受不了，又回娘家了。

就这样，冷战持续了几周，双方都没有妥协的意思。李文博每天依然忙忙碌碌，他的心里除了工作，已经再没有别的东西了。生活需要情调，爱情需要情调，人活着也需要情调。但这一切在他的眼里已经无所谓了，完全可有可无。

黄依彤是个厉害的女人，以前，只要是认识她的人，谁也不敢惹她，她可以把一个大男人骂得抬不起头。不过，这几年，她脾气好多了。她与李文博属于一见钟情，刚认识李文博那会儿，她担心自己的脾气吓走了他，一直收敛着，不敢有任何流露。

李文博到酒吧里喝酒，只有喝酒才能缓解心中的苦闷。他在一个不起眼的角落里一杯接一杯地喝，一边漫不经心地看着身边的红男绿女。李文博心里想,等我有了钱,老子让你生不如死,到时别怪我无情!那一晚,李文博喝得大醉。

其实,男人的忍耐是有限度的,一旦无法忍受,就会像火山一样爆发。

结婚的时候,黄依彤曾对李文博说,本姑娘下嫁给你,你要感恩戴德,以后不能让我受委屈。李文博知道她嫁给自己,确实是有点委屈了,为此,他默默地接受了。

李文博因为不愿住黄依彤家的房子,他在外面租了一套两居室的房子作为新房,小两口稍微布置一下,倒也温馨舒适,其乐融融。

婚礼的当天,在五星级的酒店隆重举行,办了五十多桌,婚车二十辆,整个婚礼花费十几万。本来,李文博想婚事从简,请双方的家长和亲戚朋友吃顿饭就行了。可黄依彤说,人生一辈子就这一次,花再多的钱也值得。没钱,她让父母出钱。

为了浪漫,黄依彤要去马尔代夫度蜜月。李文博不想去,他觉得太花钱,去海南也行啊,没必要去国外,如果真的想去,等以后有合适的机会再说。但黄依彤不同意,死活一定要去。由于黄依彤的坚持,李文博无奈,只得答应了。于是,小两口分别请了假,去了马尔代夫,花了好几万——当然,这些费用是黄依彤出了大半的。李文博心疼不已,用这些钱,可以办多少事!

婚后的生活也不尽如人意,黄依彤无论做什么事,总是对李文博一副命令的口吻,就像雇主对用人一样,如果是在家里,小两口之间这样也就无所谓了。

一天,李文博和黄依彤到朋友家做客,很多朋友在一起聚会,大家有说有笑很开心的。其间,黄依彤的鞋带松开了,她命令李文博:"你把我鞋带系好!"当着朋友们的面,李文博很尴尬,心想让我以后还怎么在朋友们面前抬头啊?他拒绝了。黄依彤当时火了,非让他系。为了息事宁人,李文博最终还是弯腰给她系好了鞋带,朋友们取笑他怕老婆,是"妻管严",他很没面子。其实,男人最在乎的就是面子,丢面子比丢钱还难受。李文博强忍怒火，当着朋友的面，不好发作。虽然说大丈夫能屈能伸，但是，对于一个男人来说，被一个女人如此对待，活得很窝囊。

怨气就这样一点点地积累下来，越积越深。有一天，李文博说想回家看看父母，黄依彤不同意，她说："不是逢年过节，回什么家啊？"

李文博说："我父母年纪渐渐大了，我很想他们，回去看看也是应该的！"

"你回去了，谁给我做饭啊？"

"你自己不会做饭吗？如果你不想做饭，回娘家也行啊！"

"算了，你别回去了。农村，鸟不拉屎的地方，有什么好回的？"黄依彤说。

"你怎么说话的？农村怎么了？"李文博生气了。

"乡下人！"黄依彤嘟囔了一句。

"亏你读了大学，我看你是垃圾。"

两个人吵了起来，李文博收拾完东西，准备出门，黄依彤追出来，拦住李文博说："你要回去也可以，把钱留下。"

"我身上没多少钱！"

"多少？"

"五百。"

"我搜搜！"

"你搜身？"

"对。"说着，黄依彤一把从李文博身上抢过钱包，把钱拿出来，一数，两千块。

她说："这是什么？"

"拿来！"

"不给！"

李文博火了："你别欺人太甚，我自己的钱，凭什么给你？"

"你的钱就是我的钱，是夫妻共同财产，我有权要回来。"

"你怕我把钱给我爸妈？"

"我没这么说！"

"你是这个意思吧？"

黄依彤没说话，但她已经默认了。她死活不让李文博带钱回去，李文博愤怒地说："我自己赚的钱孝敬父母，你凭什么不让给？"

"我是你老婆，就凭这！"

"父母生我养我三十年，什么时候有的你？你算什么东西？"

黄依彤骂道："我说不让给就不给！"

李文博听到黄依彤骂自己，恼了，他吼道："滚，我的钱，我当家！"

黄依彤威胁道："有种回去就别回来了！"

"你以为我离不开你？你以为你是谁？在我眼里，你就是垃圾！"

"你才是垃圾！"

……

李文博最终回去了，他觉得父母生他养他，呕心沥血，儿子孝敬父母，这是人之常情，她凭什么不让？这还是人吗？

李文博一怒之下，关机了，还拔了家里的电话线，他想一个人好好地静一静，在家孝敬孝敬父母。

李文博在家待了几天，父母觉察到有些不对劲，开始劝他回去，李文博也消了气，于是，回去了。

但事情没那么简单，黄依彤见他回来，不依不饶，认定这些天李文博是到外面和别的女人鬼混去了，她决定要弄个水落石出。她想，等我抓到了证据，看你还有什么好说的？

工夫不负有心人，终于有一天，黄依彤捉奸在床，把李文博和那个女人逮了个正着。那是五一前夕，黄依彤被公司派去北京出差，因为办事很顺利，提前一天完成了任务。回家那天晚上，下了飞机已经十一点钟了，她没有打电话告诉李文博。

进了家门，她突然发现房里多了一双小巧的女式凉鞋，凉鞋不是自己的，很明显，是另外一个女人的。

卧室的门虚掩着，里面一个女人哎哟一声，听起来，绝不是电视机里男女床戏的声音，她的心里有一种不祥的预感，难道老公带了女人回家？

想到前些天第三者的电话挑衅，她知道老公确实出轨了，而且自己还亲自把他们捉奸在床了，她心里一下踏实了。换作平时，她一定会以最快的速度冲进卧室，和那个女人打起来，但今天她却静静地坐在客厅里，等待事情的真相。

她努力地控制自己的情绪，让自己平静下来。其实，前些天，闺中密友吴柳早就告诉过她，说她老公出轨了。当时，她还有些不相信，因为，那天她打李文博办公室的电话求证，是李文博接的电话，他确实在办公室。吴柳说，我出去玩的时候，亲眼看见你老公和一个年轻女人到如意宾馆去了，肯定是在开房。黄依彤还认为是吴柳看花了眼，认错了人。没想到，今天，老公居然把女人带回家了！黄依彤此刻愤怒得想杀人，她身体里都要冒火了。

不一会儿，卧室的门开了，一个年轻漂亮的女人穿着性感的吊带装扭扭捏捏地走了出来，半裸胸口，估计是去洗手间。看见黄依彤，那个女人惊讶得张大了嘴，愣住了。

黄依彤上下打量了一下那个女人，二十多岁的样子，很漂亮，长发披肩，皮肤很白，看样子挺清纯的，不像是勾引老公的狐狸精。这时，李文博出来了。

"你不觉得她的胸太小了吗？找也找个像样的呀！"黄依彤看了看老公李文博，一句话甩到了他的面前，冷气逼人，令他不寒而栗。

"对不起，你误会了，我……"李文博忐忑不安，说不下去了。

"都在一个床上了，还误会？你不觉得很无耻吗？"

"你真的误会我们了，事情不像你想象的那样……"

"我亲眼所见，还抵赖？拜托你以后不要把女人带到家里，外面没地方吗？"

"我……"

"你们滚出去，别弄脏了我的床。"

李文博悻悻地进了卧室，很快，那个女人和他一起出去了。看着他们的背影，她心情坏到了极点。天天防贼，没想到，贼还是进来了。

捉奸在床之后，李文博就失踪了。黄依彤知道，李文博在躲她，逃避现实。

没过几天，黄依彤又接到了那个女人的电话，要求她退出，说她老公不爱她了。黄依彤怒火中烧，恨得咬牙切齿。后来，她查清楚了，那个女人叫陈娜，是一个刚毕业的大学生，是李文博公司新来的秘书，她怎么会那么快就勾搭上自己的老公了呢？

黄依彤心情很坏，她天天到李文博的公司去找领导反映情况，说李文博和他们公司的女秘书在家偷情。公司一调查，根本就没有这回事，李文博人品口碑都很好，不会做这样的事，而且那个女秘书，人家作风也很正派。不管公司领导如何解释，黄依彤就是不相信。

她天天去李文博的公司闹，这天早上，她一大早又去了。突然，她呆住了，只见上次和老公在家里偷情的那个女孩从一个男的车子里出来，男的给她拎着包，进公司大门的时候，女孩在那个男的脸上亲了一下，笑着进去了。

这一幕正好被黄依彤看得清清楚楚、真真切切，因为，对勾引自己老公的女人，她天生就有一种特别的警惕。现在，那个和老公偷情都偷到自己床上的不要脸的女人就在眼前，真是仇人相见，分外眼红。

"你，你怎么又找了个男人？"黄依彤质问她。

"你胡说什么啊？这是我男朋友，我们都谈了好几年了，感情好着呢！"

"那你怎么还勾引我老公？"黄依彤奇怪了。

"谁勾引你老公了？"

"你那晚不是到我家去了吗？"

"那天你老公生病了，我是去找你老公拿公司的资料急用，不小心上楼的时候扭伤了脚，你老公帮我擦药。"

"啊？你们，你们不是？"黄依彤几乎说不出话来。

"哈哈哈……"她笑着走了。

黄依彤顿时傻了。原来这件事情真的是场天大的误会，可是，那个给自己打电话挑衅的女人是谁呢？难道是另外一个女人吗？如果真的是另外一个女人的话，那么，那个女人又是何方妖孽呢？

李文博在外面住了几天，心烦意乱，理不清头绪，他想，老这样躲下去，也不是办法。同事梁雪问他:"文博,你天天下班不回家,老婆最近发飙了吧?"

"你怎么知道?"李文博有些奇怪。

"那几个电话是我打的!我故意用发嗲的声音,向她挑衅,气气她,呵呵。"梁雪平静地说。

"啊?你怎么这样?你害死我了!"李文博几乎跳起来。

"你老婆总是打电话骚扰我,搞了几十次,非怀疑我和你有那种关系,我只好'坦白'了!"梁雪无奈地说。

"我们是清白的啊,你怎么乱说?"

"但是,她非说我们有那种关系,天天打电话、发短信骂我,害得我男朋友真的以为我是第三者,现在,和我分手了!"说到这,梁雪有些伤心了。

"啊?真对不起!"李文博感到很愧疚。

"我现在都被她逼得走投无路了,还能有什么办法?"梁雪很委屈,也很无奈。

"唉……"李文博说不出话来。

"其实,我观察你很久了,你有这么变态的老婆,活得真窝囊!"梁雪说。

"没办法啊!"

"你真的太不值得了,我觉得她就是一个神经病!"梁雪气愤地说。

"是啊,我痛苦死了。"

"所以,我这样做,其实也是帮你脱离苦海啊!"

"天哪,你这是给我火上浇油,本来我没有出轨,这下好了,我跳进黄河也洗不清了!"

"大哥,算了,这样的女人,甩了吧,再找个好的,你那么帅,什么样的女人找不到?"

"这不是那么简单的事,我也想早点摆脱她,可是,家里死活不同意!"

"我告诉你,你要是再这样下去,将会一事无成。男子汉大丈夫,志在四方,怎么能被一个女人捆住手脚呢?"

李文博一听，梁雪说得有道理。自己总这样下去，别说出人头地了，能活多久都是问题，肯定会被活活气死啊！思前想后，李文博终于下定决心要和黄依彤离婚。

## 5 离婚路上遇到抢劫

李文博回到家里，黄依彤冰冷着脸，李文博走过去，看了看她，非常平静地说："明天，我们离婚吧！"

黄依彤没有说话，默默地看着他，眼神有些诧异。也许，她没想到，农村出身的李文博，居然向她这位大城市出身的老婆提出离婚，她简直有些不敢相信自己的耳朵。

李文博见她没做声，又说了一遍："听着，明天我们去办离婚手续！"

"好，这可是你说的，别后悔！"黄依彤叫起来。

"我已经想好了，不会后悔！"李文博平静地说。

"好，明天谁不离，谁就是孬种，乌龟王八蛋！"黄依彤怒目圆睁。

李文博没有说话，走进卧室整理东西去了。想到明天要结束噩梦一般的生活，重新恢复自由之身，他忽然觉得特别的轻松和畅快。他去超市买了很多菜，回来做饭。

他说："明天就要离婚了，好聚好散，我今天最后一次下厨，做一餐散伙饭。"

黄依彤没有理他，默默地在一边看电视，与往日看韩剧不同的是，她今天再也没有嘻嘻哈哈了。李文博心想，管她呢，自己做好了饭，她爱吃不吃，反正是最后一顿了，无所谓。

李文博吃过饭，早早地上床睡觉了。第二天，他找出户口本、身份证、结婚证，对黄依彤说："你准备好了吗？走吧！"

黄依彤没说话，默默地也找出了身份证、户口本和结婚证，然后，她开始对着镜子化妆。李文博一想，也许是最后一天了，她想把自己好好地打扮一下，不过，再怎么打扮，再怎么漂亮，也已经与我无关了。

不一会儿，黄依彤化好了妆，又换上了性感时尚的短裙和吊带衫，戴上了钻戒、铂金项链，还戴了一对漂亮的铂金耳环，显得大方、高雅、出众。李文博一看，简直让他眼前一亮，也许是之前吵架闹矛盾，没怎么看她，今天居然发现她有那么多漂亮的地方。

唉，再漂亮也要离了，当断不断，必受其乱。他心一横，就这么定了，认命了。

文博走在前面，黄依彤走在后面，两个人一前一后，始终保持着一段距离。

走出了小区，来到马路边，李文博准备拦的士，突然，听到身后传来黄依彤刺耳的惨叫声："哎呀，有人抢劫了，救命啊！"

李文博吓了一跳，回头一看，只见两个男青年骑着一辆红色的摩托车，戴着头盔，后座上的人正在拉扯黄依彤脖子上的项链，扯断项链后，那个人又开始扯她手里的挎包。黄依彤紧紧抓住挎包，死活不肯松手，由于摩托车的惯性，黄依彤被带倒了，在地上拖行，慌乱中，她的一只鞋子也掉了。

李文博大惊失色，大喝一声："住手！"冲上前去。

歹徒看见有人过来，马上开足马力逃窜，黄依彤被拖行了十几米，李文博冲上去，一把扭住抢包的歹徒，一拳打过去，歹徒从摩托车上应声倒下，驾驶摩托车的歹徒掉转车头，撞向李文博。

李文博一闪身，躲过摩托车，后面的那个歹徒从身上拔出一把明晃晃的刀来，叫嚣着："再不放手，老子捅死你！"

李文博毫不畏惧，与那个歹徒扭打在一起，他高声喝道："你跑不了了！"

驾驶摩托车的歹徒见李文博没有被吓退，也拔出刀，使劲向李文博刺去，李文博一闪身，躲了过去，紧接着，另一个歹徒又捅了过来，慌乱中，李文博被刺中了大腿，鲜血流了出来。

这时，一个歹徒抓住黄依彤，用刀抵住她的脖子，威胁道："你再过来，老子捅死她！"

李文博吓坏了，赶紧高举双手说："你别乱来，别伤害她，你不是要钱吗？我这儿有，你拿去好了！"说着他从口袋掏出一沓钱来，扔在了歹徒的面前，他想以此分散歹徒的注意力，保住黄依彤不受伤害。

此时，有热心的群众把两个歹徒围了起来，有人报了警。两个歹徒一见跑不了了，绝望地吼道："都给我让开，不然，就杀了她！"

李文博担心黄依彤受到伤害，他对挟持黄依彤的歹徒说："你别激动，这样吧，你先把她放了，我来做你的人质，行吗？"

"不行，你们都离远点，快给我叫辆车，不然，我杀了她！"歹徒困兽犹斗。

两个歹徒四下扫视，寻找逃跑的机会，李文博瞅准了机会，一个箭步冲上前，抱住挟持黄依彤的那个歹徒，一边夺他的刀，一边大喊："依彤，你快走！"随即，他与两个歹徒扭打起来。

黄依彤使劲挣脱了那个歹徒的胳膊，逃出了魔掌。而此时，李文博的胳膊上又被另外一个歹徒扎了几刀，血流如注。见黄依彤脱离了危险，李文博这才长出了一口气，放心了。

这时，警察赶到，将两个歹徒全部擒获。李文博浑身是血，他强忍着伤痛，艰难地移过去看黄依彤。黄依彤由于被歹徒在地上拖行了十几米，她的大腿和腰部皮肤已经被水泥路面擦得鲜血淋淋，胳膊也受伤了，惨不忍睹。

李文博紧紧地抱住她，安慰她说："老婆，别怕，你哪里受伤了？疼吗？"

"我的腿和腰很疼，皮都破了！"

"我送你去医院！"

"老公，你伤得重吗？"

"我还好，不要紧，你还疼吗……"

很快，救护车赶到，李文博死活不肯上车，摇摇手说："先救我老婆，先救她，她受伤了！"

李文博看着黄依彤被抬上车。黄依彤很感动，她心里清楚，老公比自己伤得要重。在歹徒拿刀威胁生命的危急关头,老公冒着生命危险救自己,已经证明老公很爱她了!想到这里,她不禁嘴角泛起一丝得意的笑容。

到了医院,一检查,李文博身中四刀,伤得很重,其中有一刀伤及了动脉,必须立即做手术。黄依彤吓坏了,她心里默默地祈祷:老公,婚不离了,只希望你平安无事!

很快,家人和单位都得到了消息,黄依彤的父母和公司领导同事,以及李文博公司的领导和同事都来到了医院。黄依彤的父母眼泪婆婆地看着她,心疼万分,妹妹黄菁吓哭了。

妈妈急切地说:"孩子,你好点了吗?妈心疼死了!"

黄依彤点点头,妈妈抚摸着她的伤口,流泪不止,爸爸在一旁叹息。妹妹黄菁紧紧地握住她的手说:"姐,我好担心你!"

黄依彤强忍着泪,笑着说:"爸、妈、小妹,现在没事了,别难过了,我这不是好好的吗?"

好在,黄依彤的伤没有致命伤,不是很严重,包扎一下就没事了。单位领导和同事也进来安慰她,表示慰问。

"对了,姐,姐夫怎么样了?"妹妹关心地问起了李文博。

"是啊,孩子,文博伤得重吗?"父母一起问她。

"他伤得很重,现在还在做手术呢,也不知道情况怎么样了?"

的确,李文博的伤势很重,情况不容乐观。不过,李文博的手术很顺利、很成功,终于脱离了生命危险。得到这个消息,黄依彤欣喜万分,她来到李文博的身边,说:"老公,你好点了吗?"

"老婆,我好多了,没事了!"

"还疼吗?"

"不疼了,放心吧!"

"可是,老公,我好心疼你!"说着说着,黄依彤哭了。

"傻丫头,算命的都说我命大,死不了!不到九十岁,阎王爷是不会要我的。"李文博一边给她擦眼泪,一边安慰她。

"都什么时候了,你还说俏皮话,多不吉利啊!"黄依彤嗔怒道。

随后,黄依彤的父母和妹妹也来看望李文博,交谈过后,一家人都放心了。接着，李文博公司的领导和同事也来看望他、慰问他。

李文博的同事梁雪也来了，她一进来就关切地说："文博，你没事了吧？可把我们大伙吓坏了！"

"我没事了，谢谢你们的关心。"

"这是我和同事们给你买的营养品，你要好好补补！"

"好的，我一定会的，非常感谢你们！"

"还客气啥？又不是外人！"

"我很感动啊，真的。"

"希望你早点恢复健康，我们大家都等着你呢！"

听到梁雪关心老公，黄依彤在旁边立刻"晴转多云"了，摆出了一副苦瓜脸，因为，她心里很不舒服。见梁雪这么漂亮，她的醋坛子又打翻了，她在心里骂道：这个死女人，唠唠叨叨，啰唆个没完。

李文博似乎看出来了一点不对劲，心里开始暗暗叫苦。他对梁雪使了个眼色，那意思是提醒梁雪赶快走，别在这里耽误，不然，又要出乱子了！然而，倒霉的是，李文博对梁雪使眼色的时候，偏偏被黄依彤看见了，她误解了，以为李文博和梁雪在调情。她的脸色一沉，挂不住了，对梁雪吼道："你这个不要脸的女人，居然跑到病房来勾引我老公，给我滚出去！"

梁雪看了看黄依彤，轻蔑地说："原来，你就是李文博的老婆啊。就这素质，怪不得文博不要你呢！"

"你说什么？给我滚出去！"黄依彤吼道。

"算了，你是病人，我不和你一般见识！"梁雪回过头，看了看李文博，又说，"文博，你多注意休息，好好养伤，我走了！"

黄依彤气急败坏，她冲上去一把扯住梁雪，要打她，别看黄依彤受了伤，却依然凶悍。李文博赶紧让人制止住她，梁雪这才脱身离开。

看着梁雪走出去，黄依彤气得脸一阵红一阵白。再看李文博，脸都绿了。不是他胆小，害怕黄依彤，而是他怕黄依彤会拿刀杀了梁雪。他很清楚，黄依彤是一个凶悍的女人，什么事都做得出来。

李文博替梁雪捏着一把汗，黄依彤见老公不替自己说话，很生气，骂李文博是软骨头、窝囊废，老婆被别人欺负，居然无动于衷。李文博这个时候也没法与她争论,都伤成这样了,还吵什么呢?

其实,黄依彤不知道梁雪就是那个给自己打电话挑衅的"小三",因为梁雪打电话时改变了自己说话的声音,所以黄依彤没有听出来。

梁雪之所以打电话装小三,是想让他们吵个你死我活,然后赶紧离婚,因为,她看着李文博被老婆管成那样,气不过。她想,干脆拆散他们算了。本来眼看他们离婚就要成功了,没想到,他们遭遇了抢劫,李文博为了救老婆,还受了重伤,简直让她感到白费了工夫。要知道,那段时间,她为了准确地刺探了解李文博和老婆之间的矛盾,暗自付出了多少努力啊?跟踪、盯梢、偷窥等,她甚至在李文博家楼下一待就是几小时,为的就是看他们是否还在争吵。这还不算,她还经常晚上去公司查看李文博是否在办公室?如果李文博深夜还在办公室,那就说明他和老婆肯定又在吵架,她好趁机打电话给黄依彤,冒充第三者,她多累啊!

梁雪走后,黄依彤开始和李文博赌气,她心里不舒服。李文博也不理她,当前,他最重要的事就是安心养伤。

李文博住院之后,问黄依彤什么时候再去办离婚手续,没想到,黄依彤居然不同意离婚了。他感到很意外,不是明明说好了要离婚的吗?黄依彤说离婚的事以后再说。就这样,离婚的事暂时搁浅了。

李文博冷静了一下,心想也好,双方再好好沟通一下,毕竟离婚也不是一件很光彩的事。如果真的离了,父母那一关肯定也不好过。父母要是真的有个什么三长两短,那后果不堪设想。

在医院里住了两周,李文博好些了,已经能随意活动了,医生准许他出院。出院后,黄依彤提出要回娘家看看,李文博答应了。

回到家,妈妈一边做饭,一边对她说:"依彤啊,你们回来住吧,让文博把那个房子退了,妈每天少了你吃饭,总觉得没意思。别人家都团团圆圆的,我们家却冷冷清清的,妈心里失落。"

"好,妈,我让他明天就搬回来住,我们天天陪着您。"

"那就好,妈放心了!你们要是回来了,家里也多了个大男人做事,我和你爸也轻松些。"

"是啊，妈，您别太累了，多注意身体！"

吃过饭，黄依彤说她很累。妈妈不让她回去，李文博想回去。黄依彤说，既然来了，就住一晚，明天再回，李文博只好答应了。

第二天回去，黄依彤要求李文博和她一起搬回娘家住，说有家人照顾，方便些。李文博不同意，他觉得男人要是住进女人家，别人会说闲话的。再说了，那样不成了倒插门？以后在同事和朋友们面前还怎么抬头啊？肯定很没面子。不仅在亲戚朋友同学面前抬不起头，就是在街坊邻居面前，也抬不起头！

虽然说现在时代不一样了，但是中国几千年的传统思想还是根深蒂固的，难免不让人有看法的。知道的人，觉得他是心疼老婆；不知道的，还以为他是吃软饭，靠女人养活呢！所以，他不能答应。

黄依彤见他不同意，说："既然不回去住，那每天回我妈家吃饭。"

李文博说："每天都回去，多累啊！"

"我想吃妈妈做的菜，怎么办？"

"我去外面餐馆买！"

"不，餐馆的不好吃！"

"那好，要回去你自己回去。"

"什么？你不和我一起回啊？"黄依彤不高兴了。

"你回娘家，我回去做什么？我上班够累的了！"

"哼，你就是不想陪我回家。你是不是想趁我不在，去和别的女人幽会？"

"你这说的什么话？"

李文博一听不高兴了，两个人又吵了起来。最后，黄依彤开始哭闹，李文博被吵得心烦意乱，只得勉强答应。

李文博和黄依彤回娘家，交通拥挤，车子在路上一堵就是半天，因为租的房子离他们两个上班的地方都不远，半小时就到了，而回娘家，起码要一个半小时。

好不容易到了娘家，两个人坐下来都疲惫不堪。黄依彤的妈妈迎上来说："依彤啊，你喜欢吃什么菜？妈妈做饭！"

"妈，我喜欢吃酸菜鱼，还有鱼香肉丝，对了，多放点辣椒。"

"好，妈这就做去。"妈妈笑呵呵地进厨房了。

李文博一听，脑袋都大了，天哪，他是南方人，特别怕吃辣椒，他喜欢吃清淡口味的菜。以前和黄依彤单住时，他自己做菜，尽管黄依彤喜欢吃辣的，但是他还是可以单独做。现在回她娘家做菜，那就由不得他了，他暗暗叫苦。

过了一会儿，黄依彤的爸爸和妹妹回来了。这时，饭菜也做好了，李文博一看，果然，好家伙，辣椒真多啊！所有的菜，几乎都放了辣椒，李文博脑袋一下大了。

"文博，你多吃点啊！"黄依彤的爸爸说。

"好，谢谢爸爸，您也多吃！"

"姐夫，我妈做的菜好吃吧？"妹妹说。

"很好，很好吃！"李文博应和道。

他硬着头皮吃了几口，顿时嘴巴被辣得火烧火燎一样。而黄依彤一家人吃得津津有味，不一会儿，李文博辣得满头大汗。他匆匆吃了几口饭，就借口吃饱了，去看《新闻联播》了。

刚看了一会儿，黄依彤喊他："老公，去洗碗，我们都吃完了！"

"好！"李文博应了声。

其实，李文博很喜欢看《新闻联播》，但没办法，只得去洗碗。饭后，黄依彤的爸爸去书房了，黄依彤和她的妈妈以及妹妹去看电视了。

李文博收拾了一下饭桌，进厨房洗碗，碗和盘子真多啊！厨房几乎连下脚的地方都没有。之前听说岳母平时没事喜欢打牌，估计是没时间洗碗，所以，攒了很多。

尽管他心情有些郁闷，但还得干活。这时，客厅传来母女三人嘻嘻哈哈的笑声，她们议论着电视剧里的情节和人物。

一大堆碗和盘子，李文博忙了半天，满头大汗，洗完了，他倒了杯水，还没喘口气，黄依彤又叫起来："老公，把地板拖一下！"

无奈，李文博只得又拖地板，还没拖完地板，黄依彤的妈妈又在客厅叫道："文博，你等下把垃圾清理一下！"

"嗯。"

李文博拖完了地板，又清理那些旧报纸和易拉罐等杂七杂八的东西，清理完了，热得满头大汗。他清理完垃圾，想坐下来休息一下，岳母又说话了："文博，你去车库把车洗一下，今天你爸爸出门，把车搞得很脏。"

"哦，好！"

李文博只好又提了一桶水，下楼去洗车。他心想，这顿饭吃得真是扫兴，这哪里是来吃饭啊，简直是做清洁来了。做清洁的钟点工还有工资呢，自己倒好，免费的。又一想，算了，反正也没给别人做，自己老婆的家，无所谓了，只是可怜了自己的父母。

洗完了车，李文博上楼，要回去，黄依彤说："老公，今晚不回去了吧？都这么晚了，我好累啊！"

"是啊，依彤很累了，今晚就不回去了。她身体不好，你要多让她休息，平时，千万不能让她受累。对了，你快去给她调洗澡水洗澡吧！"

李文博心里有些不爽，他心想，就你女儿累吗？她整天什么都不做，累什么？自己倒是忙来忙去，什么都做，像头牛，来到这儿，还没吃一顿安心的饭，又被指挥做这做那，自己才累呢！你女儿是人，我就不是人了吗？

调好了洗澡水，黄依彤开始洗澡，岳父黄阅进书房研究生意去了，黄菁回房上网去了，岳母在看韩国电视剧，李文博不想看那些肥皂剧，想看些文化访谈和新闻节目，但岳母霸占着电视，没办法，他很无聊，只好到阳台上去透透气。

他刚走到阳台，就听老婆在洗澡间里喊道："老公，来帮我洗衣服啊！"

李文博本来不想洗，但一想，在她家里，自己也不好拒绝，唉，洗吧！李文博去洗衣服，黄依彤洗完澡出来，穿着睡衣躺在沙发上看电视，和妈妈有说有笑，谈论电视剧里的情节。

李文博洗完了衣服，已经很累了。他开始洗澡，想早点睡觉，因为明天还要上班。刚洗了一半，手机响了，他还没来得及去拿手机，被黄依彤抢了过去，只听黄依彤说："喂，你是谁啊？都这么晚了，你找他干什么？贱人，你不会是勾引我老公的吧？以后别打了！"说完，挂了电话。

"老婆，是谁？你别骂人啊！"李文博在浴室里问。

"一个女的,她说是你同学,我觉得不像!"

"哦,你怎么不问问她叫什么,有什么事?"

"我问她,她能说吗?她是谁啊?"

"同学嘛,还能是谁?"

"别装了,你们肯定有鬼!"

"老婆,你别乱说啊,把手机拿来我看看是谁。"

黄依彤把刚才那个号码记了下来,然后把手机给了李文博。李文博接过手机一看,号码是大学同学张萌的,他心想,完了,这下又把张萌得罪了。

"老婆,这是我的大学同学张萌!"

"切,鬼知道你们背地里搞什么鬼!"

"哎,你说话怎么这么刺耳啊?"

"她这么晚给你打电话做什么?还能有什么事?你让我怎么想?你们肯定有鬼!"

听到他们争吵,岳母冲了出来,劈头就问:"怎么了?依彤!"

"妈,刚才有女人给他打电话,肯定是他在外面有女人了!"黄依彤恶人先告状。

"文博,那个女人是谁?"岳母紧盯着李文博的眼睛,恶狠狠地问。

"妈,真的是我的大学同学,我们很清白,再说了,人家有男朋友的!"李文博解释说。

"她叫什么?"岳母追问。

"她叫张萌。"

"她家住哪里?今年多大?在哪里上班?"

"她家住在宾海路,今年二十五岁吧,在乐华商场上班!"

"把她家电话、地址和她单位地址告诉我!"岳母说。

"您要这做什么?"李文博很不解。

"我要核实一下。"

"妈,这合适吗?我和人家真的是清白的!"

"不给就是有鬼!"黄依彤在旁边生气地说。

"好,我给!"李文博写下了张萌家的电话、地址和单位地址。

晚上，李文博心情很不好，怎么也睡不着，心里不舒服。黄依彤也在和他赌气，一夜都没说话，两人谁也不理谁。

第二天，李文博早早地就起床上班去了。到了公司，李文博越想越生气，越想越窝囊，他觉得这日子简直没法过了。如果再这样继续下去，自己肯定会发疯，就是不发疯，也会精神分裂。

一整天，他上班都是昏沉沉的，没什么精神。下午下班，他打算回去好好睡一觉，正准备回家，突然，岳母打来了电话："文博，一会儿你和依彤过来，妈有话和你说。"

"妈，我很累，想回去休息一下！"李文博说。

"不行，一定要来！"岳母说。

"我真的很累！"

"不行，非来不可！"

李文博不知道岳母有什么事，只好答应了："那好吧！"

然后，他打电话给黄依彤，但她手机关机了，于是，他只好硬着头皮去了岳母家。刚进门，岳母就问："依彤呢？她怎么没回来？"

"我打她手机，她关机了！"

"唉，你这孩子，你以后就不要再和那些女人联系了，我们家依彤要是出了什么事，我一定饶不了你！"

"妈，我和人家真的没什么，是清白的！"李文博辩解道。

"我不管你们清不清白，你以后不要再和别的女人联系了，依彤她心脏不好，不能生气！"

什么？不让我以后和女人联系？这也太苛刻了吧？李文博觉得很荒唐，他心想，这话亏你说得出口，我娶的是你女儿，不是你，你凭什么不让我和别的女人联系？他很愤怒，但当着岳母的面，也不好发作，只能憋着，毕竟，岳母是自己老婆的妈，还是要给她留点面子。

这时，黄依彤气呼呼地回来了，也不理人，一头扎进卧室睡觉去了。李文博觉得很尴尬，不知所措。

"你去好好哄哄她！"岳母说。

李文博进了卧室，看见黄依彤蒙着头睡着。

"老婆，老婆！你怎么了？"

黄依彤没有理他。

"老婆，你还在生气？我错了，给你道歉来了！"

黄依彤还是没有理他。

"老婆，你别生气了，我该死，我不该惹你生气！"

黄依彤仍然没有理他。

李文博碰了一鼻子灰，讨了个没趣，觉得再说下去，也没什么意思了，只好出来了。

"依彤好些了吗？"岳母问。

"她不理我！"

"唉，你这孩子，真没用，连老婆都哄不好，简直是窝囊废！"岳母骂道。

李文博脸一热，简直火冒三丈，本想顶撞几句，但又一想，她是长辈，不能对她无理！

吃饭的时候，岳母摆上几个菜，又放满了辣椒，李文博不禁心里发抖，虽然毛主席说过，不吃辣椒不革命，但是，自己毕竟是南方人，吃不了辣椒，那会要了他的小命！

"文博，你去把她叫来吃饭！"岳母说。

"她不理我！"

"你就不能想想办法？"岳母吼道。

"唉！"

李文博叹了口气，只好进卧室了。黄依彤还是躺着不动，李文博拉着她的手，轻声说："老婆，起来吃饭吧！"

黄依彤还是没理他！

李文博有些挂不住了，要是在自己家里，岳母和黄依彤绝对不敢这样欺负他。你不是不吃饭吗？不吃拉倒，随你的便，有种你就五天别吃饭。

黄依彤不起来吃饭，妹妹黄菁过去劝她，好说歹说，总算把她叫起来了，她阴沉着脸，一言不发。李文博根本没什么胃口，很尴尬，如坐针毡。

吃完饭，他想回去，黄依彤不回，岳母见他要走，发话了："依彤不回去，你把她一个人丢在这里，成什么体统？"意思就是说，她不回，你也别想回。李文博心里堵得不得了，但也无话可说。

既然不回去，那还得洗碗，一堆饭碗和盘子堆在那里，很碍眼。岳母对黄依彤说："依彤啊，你身体不好，早点休息，妈去对面打牌了啊！"

"这么晚了，还打什么牌啊？"岳父说。

"你这个老不死的东西，我去玩一下，怎么了？你管得着吗？"

"你不是打了一下午的牌吗？晚上还玩？"

"我输了好几百，晚上看能不能捞回来，你别烦我啊！"

"你碗还没洗呢？"

"让文博去洗，啰唆！"

岳父不敢再出声了，岳母走后，岳父也出门散步去了，估计也是心里太压抑了，心脏受不了。在女强男弱的家庭里，男人是没有尊严的，永远被女人呼来喝去，当下人。而黄依彤对待自己，何尝又不是这样的霸道呢？真的是有其父必有其子，有其母必有其女。

李文博心里骂道，老不死的，打牌还理直气壮，这么嚣张，真不知道羞耻！想想自己的父母，整天忙忙碌碌，累死累活，别说打牌了，就是喘气的工夫都没有，和这个老东西相比，真的是天壤之别啊！李文博心里发誓，一定要努力奋斗，让自己的父母早一点享福。

李文博默默地去洗碗，洗完了，他正准备洗澡，这时，黄菁从黄依彤的房里出来，看见李文博说："姐夫，你进去哄下姐姐吧，她心情不好！"

"哦，她生我的气，不理我呢！"

"所以，才要你去哄啊！"

见李文博不想去，她笑着说："姐夫，你就去吧，就当是帮妹妹一次，好吗？"

听到黄菁这样说，李文博只好进去了。黄依彤铁青着脸，满脸的不高兴，李文博无奈，只好赔着笑脸说："老婆，别生气了，周末请你吃法式西餐，行吗？"

见李文博这样讨好自己，黄依彤脸上这才阴转多云，说："这可是你说的，不许反悔！"

"肯定不会的，放心吧，我说话算话的！"李文博说。

"那好吧，这次就饶你不死！"

"谢谢老婆！"

"不过，今晚，今晚……"

"今晚什么啊？"

"今晚你要和我做爱！"

"行，没问题。"

"算你识相！"

李文博鼻子都差点气歪了，心想，强龙不压地头蛇，好汉不吃眼前亏，咱们骑驴看唱本，走着瞧。等我有了钱，我一定让你也尝尝不被尊重的滋味。

李文博洗完了澡，回到黄依彤的房间，黄依彤已经穿着睡衣在床上等他了，她火辣辣地看着他，眼睛里喷着火。李文博走过来，她马上跳到李文博的身上，像考拉一样抱住李文博的脖子，像蛇一样缠住他，亲吻他。

两个人顺势倒在了床上，很快都脱了个精光，准备行夫妻之事了。顿了顿，李文博说："有安全套吗？"

"哦，有，我去拿！"黄依彤说着，起身去拿安全套。

安全套放在书柜的抽屉里，黄依彤拿出来，背对着李文博，用图钉在上面扎了一下。上次她和李文博做爱，到现在，一个多月了，可是，她还没有怀孕的任何迹象，不用问，肯定是上次没有成功，因此，她这回又做了手脚。

黄依彤给李文博戴上安全套之后，两个人滚成一团……

"还没关灯呢！"

"我不喜欢关灯！"

"这……"

"你是大男人，还不好意思？"

"那好吧！"说完，李文博和黄依彤投入了战斗。

"姐，你的卸妆水我用下！"突然，门被推开了，妹妹黄菁进来了。

见姐姐和姐夫光着身子，黄菁尖叫一声，说："对不起，对不起，我什么都没看见！"说完，尴尬地退出去了。

李文博吓出了一身冷汗，李文博忙不迭地说："都怪我，没闩门，我真该死！"

"算了，别说了，反正她也不是小孩子了，我们继续吧！"

李文博一听，似乎也有些道理，于是他们继续开始战斗。黄依彤似乎很渴望，非常主动，她的那张双人床咯吱咯吱响个不停。

李文博有些担心，他说："你妹妹在隔壁，小声点。"

"她又不是不知道，都那么大的人了，没关系！"

"那也要注意点！"

"没事，你怎么这么啰唆？别废话了！"

李文博也不好再说什么了，只能任凭她来回折腾。欲望的阀门一旦打开，便一发不可收拾……

## 6 红颜相助

第二天上班，两个人高高兴兴地一起走了。一路上，两个人有说有笑，已经恢复正常的关系了。李文博先把老婆送到她的公司，然后再回自己的公司上班。虽然多走了十五公里的路，但是，为了讨好她，也只能如此。

上班的时候，李文博突然接到了家里的电话，母亲告诉他，父亲犯了胃病，很厉害，医生说是胃溃疡，要住院治疗，但现在家里没钱。

李文博心里很难受，恨不得马上插上翅膀飞回父母的身边。

下班后，黄依彤打电话让他陪自己回娘家，李文博不想去，他觉得，这简直是折腾啊，每天下班要多花一个多钟头，上班又要多花一个多钟头，遇到堵车的时候，整个就要多花三个钟头，而回家的话，一来一回，只要一小时，可是，又拗不过黄依彤，只好答应。

晚上吃饭的时候，黄依彤问他："老公，你工资发了吧？"

"是的。"李文博说。

"发了多少？"

"一千八百块。"

"哦，钱呢？"

"在我卡上！"

"文博，你怎么不把钱交给依彤啊？她是你老婆，钱应该全部交给她。"岳母插话了。

"妈，我这个月有同学要过来做客，我要接待……"

"你现在就把工资卡交给依彤。"李文博的话还没说完，岳母便打断了他的话。

"今天上午，我妈打电话说我爸生病了，我要回家给我爸看病。"

"不行，你把工资卡交给依彤，她是你老婆。"岳母大声地说。

"这……"李文博有些不情愿。

"你这孩子，脑子进水了啊？钱不给老婆，怎么行？"岳母步步紧逼。

李文博无奈，只好从包里拿出工资卡，交给黄依彤。黄依彤拿到工资卡，笑了，很得意。岳母这才罢休。

李文博心想，父母生我养我，培养我读大学，花了那么多钱，受了那么多的苦，我的钱给父母一点，难道不应该吗？从毕业到今天，自己还没回报父母。虽然说她是自己的老婆，但她有工资，一个月八千多，根本就花不完，自己这一千多已经很少了，凭什么要全给她？再说了，男人身上没钱，怎么行？怎么搞应酬？怎么搞人际关系？怎么出门办事？

李文博非常后悔结婚，他心里想，如果再给自己一次重新选择的机会，就是打一辈子光棍也不会结婚的，大不了做苦行僧。

被老婆收缴了工资，他咽不下这口气，心里很不舒服。他的爸爸有胃病，医生诊断是胃溃疡，一直生病在床，现在工资又被老婆拿走了，怎么办？第二天还要上班，他愁眉苦脸地想。

同事梁雪很细心，见李文博愁眉苦脸的，就问他："文博，你怎么了？脸色这么难看，哪里不舒服？"

"没事，可能是没休息好！"

"是不是生病了？"

"没有。"

"如果是身体不舒服，要赶快看医生，别耽误了。"

"真的没事！"

"别骗我了，我知道，你肯定有什么难言之隐，快告诉我吧，如果你信得过我的话。"

"这……"

"别啰唆了，快告诉我！"

梁雪忽闪着一对明亮的大眼睛看着李文博，她的眼神里满是温柔和关切。作为一个同事，梁雪都那么关心自己，可是，自己的老婆……他简直心如刀割。

顿了顿，他说："我爸得了胃溃疡，我想寄点钱回去给我爸看病，但钱被老婆收走了，我恨我自己太没用了，唉！"

"啊？你老婆也太过分了，真不是人做的事，太没良心了！"

"是啊，她早晚会有报应的！"

"文博，这是两千块钱，我刚发的工资，你拿去给伯伯治病吧，千万不能耽误了！"

"这，这怎么行？"

"没关系，你拿去用吧！"

"你工资也不多啊！你怎么办？"

"别多说了，快拿去给伯伯治疗，以免延误病情。"

"这……"

"唉，就当我借给你的，以后有钱了，你再还我，行吗？"

"好的，谢谢你！"

梁雪的这两千块钱简直是雪中送炭，李文博现在太需要钱了，爸爸病得那么厉害，做儿子的，心里多难受啊！梁雪在他最困难的时候帮了他，他感激万分，马上去找领导请假，准备回家。

在公司，梁雪很关心李文博，李文博也很关心梁雪，梁雪是李文博相处得比较好的同事之一。李文博有什么话都可以告诉梁雪，梁雪有什么不开心的事也喜欢和李文博说，他们几乎无话不谈，可以说梁雪是李文博的红颜知己！

当天晚上，李文博给老婆发了条短信，说自己回家给父亲看病，然后，关掉了手机。他没回家，连衣服都没拿，直接买票踏上了回家的列车，如果不这样做，他连家都回不了，所以，只能先斩后奏了。他心想，都是你们逼我的。

当天夜里，他回到了家里，父亲正在病床上痛苦地呻吟，母亲在一边唉声叹气、愁眉不展。李文博连夜把父亲送到了县第一医院，那是整个县城最好的医院。很快，他给父亲办理了住院手续……

经过一个星期的治疗，父亲好些了，可以出院了，他和母亲非常高兴。回到家，他试探着对父母说："爸、妈，我想和你们儿媳妇离婚！"

"什么？你要离婚？"父母惊呆了。

"爸、妈，你们不知道，这日子儿子实在受够了，过不下去了。"

"不行，我不同意！"父亲吼道。

"我也不同意！"母亲说。

"为什么？"

"孩子，爹妈好不容易把你培养上了大学，成了城里人，娶了城里的媳妇，在城里安了家，父母多光彩啊！现在，你要离婚，那是给我们祖宗丢脸哪，你知道吗？啊？"父亲说。

"爸，我真的受不了了，我和您儿媳妇真的过不下去了，她什么都限制我，连我回来给您治病，她都不允许！"李文博很委屈。

"那也不行，我这把老骨头也活不了几天了，不用你管！"父亲生气地说。

"您儿媳妇和她那个妈，真的不是人啊！我受不了，一定要和她离婚。"李文博想取得父母的同情和理解。

"浑蛋，你想把我活活气死，是不是？"父亲更生气了，还没说完，就不停地咳嗽起来。

"爸，您别生气啊，您听我慢慢说啊！"

"你这个不争气的逆子，我们家世代没有离过婚的人，你要是敢离婚，我打断你的腿！"父亲的脸因生气而变得通红。

"孩子，你就别离婚了，妈求你了，求你了！"母亲说。

"妈，您别这样！"

"你答应妈，别离婚，行吗？"

"爸、妈，你们不知道，你们的儿媳妇很霸道。上次，我回来看你们，她怕我给你们钱，还搜我的身。这次，我回来给您治病，她还收走我的工资卡，她不但不关心你们，不孝敬你们，还这样对待我……这算什么儿媳妇啊？"李文博大吐苦水。

"你就不能忍一忍？"父亲说。

"我实在忍不住了啊，你们生我养我，不容易，我总不能不孝敬你们啊？"

"我和你爸，不图你们孝敬我们，也不要你管，只要你能做城里人，我和你爸死也闭眼了！"母亲说。

"妈，您别这么说，儿子不会不管你们的，有我吃的，就有你们吃的，我要是不赡养你们，不孝顺你们，天打雷劈！"

"既然你孝顺我们，就听妈一回，别离婚，行吗？农村离婚不光彩，咱丢不起那个人呀！"母亲喃喃地说。

李文博不说话，心里很难受，他简直都要哭出来了。

父亲见他不表态，吼道："你要是敢离婚，我就死给你看……"话还没说完，又不停地咳嗽起来。

李文博吓坏了，他生怕父亲有什么三长两短，那样，他会一辈子良心不安，赶紧答应道："好，我不离，不离了！"

因为父母不同意，李文博暂时放弃了离婚的念头。但是一想起未来的生活，他又一筹莫展。

李文博在家住了几天，父亲的病情有所好转，暂时没什么大碍了，母亲一边细心调理照顾父亲，一边养猪，还帮别人做衣服，挣点钱补贴家用。父亲没生病以前，一直在附近的建筑工地上做搬运工，现在生病了，不能做了，母亲只好多干点活，挣钱养家。

父亲病情好些了，李文博也要上班了，父母一个劲地催他走，怕他耽误了工作，他只得回去。

经过几小时的火车颠簸，到家的时候，已经是晚上八点了。进了门，老婆不在家，不用问，肯定是在娘家。李文博心想，她不在家也好，免得又闹心，正好自己清静清静。

他非常疲惫，开始洗澡，换衣服，准备做点吃的。一切忙完之后，他打算给父母打电话报平安，刚刚开机，黄依彤的短信铺天盖地，塞满了收件箱，内容基本都是辱骂他的，质问他为什么不打招呼就走。李文博一条条地看，气得七窍生烟。

还没看完，黄依彤的电话打了过来，张口就骂："你死哪里去了？这么多天不回来？"

"你怎么张口就骂人啊？"

"你该骂，这几天，你去和哪个女人鬼混去了？"

"我回家给父亲治病去了。"

"切，鬼才相信你干什么去了！你为什么不打招呼就走？"

"我不是发短信给你说了吗？"

"那为什么不和我商量？"

"我要是和你商量，你能让我走吗？"

"你现在在哪里？"

"我回来了！"

"你还知道回来？我以为你死了呢！"

"不和你说了，我要休息了！"

李文博刚挂电话，黄依彤又打了过来，李文博干脆不接了，关机，耳不听，心不烦。

半夜，李文博睡得正香，突然，门开了，黄依彤气势汹汹地回来了。她二话不说，一把扯起床单，疯狂地朝李文博打来，李文博怒目而视，喝道："你别欺人太甚！"

黄依彤不肯罢休，两个人推推搡搡。李文博心里烦，见她死缠烂打，抓起衣服出门了，身后传来黄依彤歇斯底里的叫骂和杯盘破碎的声音……

出了门，李文博不知道去哪里！他漫无目的地向前走，心力交瘁。回想起结婚以后的日子，噩梦一般。都说结婚是甜蜜的，是幸福的，可是，自己的婚姻却是那么的可怕、恐怖。

正这样想着，他突然发现前面有个熟悉的身影，仔细一看，原来是同事梁雪，他还没来得及开口，梁雪开口了："文博，你什么时候回来的？"

"我今天刚回来。你怎么还没休息？"

"我在一个朋友那儿办事，回来晚了。你怎么也没休息？"

"我出来走走，睡不着！"

"是吗？我看你脸色不太好，是不是又和老婆吵架了？"

李文博苦笑了一下，没有正面回答，但梁雪已经猜到了，她叹了口气，说："文博，你活得真累！"

"我简直比死还难受！"

"我劝你还是离婚吧，早离早好！"

"我正在考虑，争取早一点摆脱她！"

"走，我请你喝咖啡吧！"

"不，不，我请你吧！"

"我知道你现在困难，还是我请你！"

梁雪执意要请李文博，李文博盛情难却便答应了，两个人进了一家叫蓝盾的咖啡厅，边喝边聊。平时，李文博和梁雪都是在单位里聊，私下里他从不敢与异性接触，因为，黄依彤特别敏感，要是被她发现了，那就死定了。黄依彤见不得李文博和她以外的任何女人来往，这就是她的性格，她的要求。

两个人坐下来，梁雪问李文博父亲的病情好点了没有。李文博告诉她好些了，并谢谢她的关心和帮助。李文博问梁雪和她男朋友还有没有复合的可能。梁雪说，一切都结束了，现在一个人，也挺好的，至少很轻松。接着，两个人又聊了聊工作上的事以及生活中的烦恼。梁雪不停地开导李文博，让他想开点，别太在意那些乱七八糟的事，影响了工作和心情，健康才是最重要的。

李文博和梁雪聊了会儿，感觉心情好多了。两个人正聊得高兴，突然，冲进来一个人，李文博还没来得及看清楚，胸口就挨了重重的一拳，这时，他才看清楚，不是别人，正是老婆黄依彤。

黄依彤满脸怒气，张口就骂："你深更半夜不睡觉，原来是跑到这里和贱女人约会来了！"

"别误会，我们只是普通朋友，你别见风就是雨。"

"深更半夜不回家，和别的女人在一起，还能做什么？"

"你真的误会了，我们真的没什么。"

"你以为我是瞎子？你越来越过分了！"

"我们是清白的,只是同事。"梁雪见黄依彤不肯罢休,只好来解围。

"你真不要脸,我还没见过你这么下贱的女人,半夜勾引别人的老公。"黄依彤指着梁雪的鼻子骂。

"文博,对不起,让她误会了,我先走了。"梁雪有些尴尬。

黄依彤扯着李文博的衣服不放,两个人的吵架又升级了。李文博不明白,自己仅仅只是和女同事喝了杯咖啡而已。难道同事间喝杯咖啡都不可以?再说了,法律也没规定,男人结婚后就不能和女同事喝咖啡了?这简直比袁世凯还独裁啊!

李文博因为和老婆吵架,出来散散心,偶然碰到了同事,顺便进来喝了杯咖啡,没想到,却招来老婆更深的误会,真的是太意外了。奇怪的是,自己在这里黄依彤怎么会知道呢?难道她会算?还是她跟踪了自己?

李文博做梦也没想到,他和梁雪刚进咖啡厅,就被里面的一个人看到了,这个人马上打电话告诉了黄依彤。这个人不是别人,正是黄依彤的闺中密友吴柳。吴柳也在这家咖啡厅和别的男人约会,她的老公不在家,经常出差,她也找人打发时间,老待在家里,独守空房,太无聊了,她受不了。

当吴柳发现了李文博和梁雪之后,她打电话告诉黄依彤后就悄悄地离开了,免得李文博发现是自己告的密,更重要的是,免得被黄依彤和李文博发现自己也在和别的男人偷情。

李文博不想和黄依彤争吵,先回家了。黄依彤没有回家,估计是回娘家了。李文博也不想再管那么多了,她不回家更好,免得又不得安宁。

李文博回到家里,头昏脑涨,他连澡都没洗,便倒头睡了。没有老婆在家,李文博特别轻松,没有人打扰,一觉睡到天亮,仿佛又回到结婚前一个人的日子。

第二天上班,见到梁雪,梁雪关切地问他:"昨晚没事吧?"

李文博说:"没事了,不要担心。"

"那就好,我怕事情闹大了。"

"没有,不会的。"

"我回来还一直担心呢,提心吊胆的,就怕害了你。"

"我已经麻木了,真的。"

"唉,真没想到,你居然会有这样的老婆。"

"也许是我太糊涂了,太草率了!"

"是啊,你当初怎么没仔细看呢?这样的日子以后怎么过啊?"

"一失足成千古恨,错了一次,回头就难了。"

"你和她没有好好沟通过吗?你可以和她好好谈谈,推心置腹地谈,消除她的疑心。"

李文博苦笑了一下,这样的事情,已经不是一次两次了,都吵过上百次了,但是一点用都没有。再多的解释都是徒劳的,黄依彤从来就不相信。

晚上下班,回到家里,黑灯瞎火的,显然,黄依彤没有回家。他去菜场买了点菜,做了一餐饭。刚吃了几口,门嘭的一声被推开了,老婆、岳母气势汹汹地闯了进来,身后跟着岳父、小姨子。看样子,来者不善,肯定是兴师问罪的,他的心顿时悬了起来。

李文博还没来得及开口,桌子啪的一声就被岳母掀了个底朝天,一边破口大骂:"你这个王八蛋,居然在外面玩女人,我不是警告过你吗?你到底有没有记性啊?"

"妈,您别骂人啊!好歹您搞清楚了事实,再说啊!"

"事实?我们家依彤亲自抓住了,你还想抵赖?"

"那真的是场误会,根本就没什么,是依彤想多了。"

"误会?误会个头,哪有那么多误会?"

"请您说话文明点,您好歹也是知识分子!"

"哟,你教训起我来了?告诉你,老娘过的桥比你走的路还多!"

"文博,你把事情和你妈仔细说清楚,好好解释一下。"岳父说。

"解释?还有什么好解释的?你女儿亲眼看见的,还解释什么?我看你个老东西是昏了头!"岳母骂道。

"妈,有话好好说,爸说的也是有道理的。"小姨子说。

"闭嘴,死丫头,这里轮不到你说话。"

小姨子吐了吐舌头,也不敢说话了。岳母盛气凌人,趾高气扬,李文博一看,有理也说不清,他心想,好汉不吃眼前亏,三十六计,走为上策,对，就这么办了！

他说："好，你们等着，我打电话叫她来当面对质！"

说着，他拿出手机，随便按了几下，装作打电话的样子，然后，边说信号不好，边向外走。岳母和黄依彤都以为他到门口打电话，李文博一出门，马上脚底抹油，溜了。他一口气跑下楼，拦了个的士。在的士上，他迅速地把手机电池抠下来，这才长出了一口气。

到了公司，要下车的时候，他这才发现自己走得匆忙，居然连钱包都没带，这下怎么办？太狼狈了！没办法，李文博只好打电话让梁雪过来帮忙。很快，梁雪来了，给了他两百块钱，付了的士费，剩下的留着用。

回到办公室，梁雪问他："你打算怎么办？"

李文博说："我就在办公室睡一晚，明天再想办法！"

"办公室不安全，她肯定会找来的！"

"是的，你不说我还真忘了，她肯定会到公司找我的！"

"你还有别的朋友吗？"

"有，张兵，我大学很好的同学，不过，他结婚了，有老婆有孩子，晚上去打扰他也不好意思。"

"那怎么办呢？"

"算了，我住宾馆吧，将就一晚，明天我再溜回去拿钱包。"

其实，他钱包里也没多少钱，银行卡都在老婆那里，她绝对控制，他的钱包里也就几十块零花钱而已。

"你打算在外住多久啊？"

"我打算出来住一段时间，她太恐怖了！"

"我看，住宾馆也很贵的，要不，你到我家住几天吧，我爸爸妈妈正好不在家，去桂林旅游去了。"

"这方便吗？"

"方便，我爸爸妈妈游完了桂林，还要去云南大理，估计也要十天半个月的。"

"好，谢谢你！"

"不客气，同事帮个忙而已，再说，这事也因我而起，我很内疚的。"

"这不关你的事，都是我自己没处理好。"

"走，别说了，回去吧！"

李文博和梁雪坐车刚走，黄依彤和她妈妈就赶到了，很惊险，所幸，李文博和梁雪早走了一步，如果晚走一分钟，后果就不堪设想了。

不一会儿，李文博和梁雪到家了。梁雪的家坐落在市中心的一处高级小区里，环境很不错，三居室，客厅里挂了几张名人字画，有王羲之的《兰亭序》，还有徐悲鸿的《奔马图》，以及李可染的《万山红遍》，当然，这都是后人临摹的，虽然不是原作，但却给人一种深厚的文化气韵，感觉特别高雅。

这是李文博第一次到梁雪家里，他很拘束，显得有些不知所措。梁雪温柔地说："你等下先洗个澡，我去给你做点吃的！"

李文博忙说："不用了，不麻烦你了！"

梁雪笑着说："没关系，今晚你睡我房间，我睡我爸妈房间。"

李文博正在洗澡，梁雪在浴室外说："这是我爸爸的衣服，你暂时先穿下，我放这儿了。"

"好的，谢谢！"

李文博洗完出来，换上衣服，梁雪已经开始准备做好吃的了，李文博问她："你这做的是什么？"

梁雪说："泰皇炒饭，你做过吗？"

"没有，我不会做，但在西餐厅吃过。"

"那我来教你，呵呵！"

"好，谢谢！"

"其实，做泰皇炒饭很简单，先准备好原料：两个鸡蛋、半个洋葱、三根蟹棒、四分之一个菠萝、饭随意。第一步，鸡蛋下锅；第二步，洋葱下锅，用炸鸡蛋多的油多炒一下；第三步，蟹棒倒进去；第四步，菠萝、鸡蛋倒进去炒一下，然后把饭也倒进去；第五步，放点盐提味，再放点酱油提色；第六步，起锅，再放点小葱提香，味道会更好。"

不一会儿，泰皇炒饭就做好了，李文博禁不住说道："好香啊！"

"来，先尝下。"

李文博吃了一口，味道很不错，很好吃，他赞叹说："你手艺真不错！"
"其实，这次还算匆忙了，要是空闲的时候，做得会更好！"

简简单单的一餐饭，却被梁雪做得这么有意思，李文博感到很温暖，如果自己的老婆能像梁雪这样温柔体贴、善解人意、知书达理该有多好啊！

生活就是这样，令人遗憾。你喜欢的人，不一定和你在一起，你不喜欢的人，有可能和你生活在同一屋檐下。

李文博吃过东西，和梁雪又聊了一会儿，然后才回她的房间睡觉。李文博躺在梁雪的床上，思绪万千，他的脑子怎么也静不下来，想到自己的老婆如此的霸道、蛮不讲理，他感到无限的渺茫。黄依彤和梁雪一比，更加让他下定决心要离婚了……

第二天上班，李文博提心吊胆的，生怕黄依彤会闹到公司，奇怪的是，一整天，什么事都没有。李文博不敢开机，他怕黄依彤的电话和短信随时会进来。只是在中午的时候，他悄悄地溜回家，拿了两件换洗的衣服。

事情到现在，他们又开始冷战了。李文博在梁雪的家里住了几天，倒也舒畅开心，第六天的晚上，他用公用电话给父母打电话，问候父母，他很担心父亲的病情。

电话打通了，母亲接的电话，问他："孩子，你这些天都跑到哪里去了？急死人了！"

"怎么了，妈？"李文博担心地问。

"依彤和她妈打电话，说你失踪了，让我们过去找人。"

"她们怎么能这样？"

"你快回去吧，孩子，别吵了，你要是不回去，你爸身体那么差，真怕他一生气，哪天就……你要是可怜我和你爸，就回去吧，给依彤认个错……"

"妈，您别说了，我这就回去，您和爸一定要放心，多保重身体！"

"那就好，那就好，快回去！"

李文博答应父母回去，他不敢想象父亲如果真的因为这件事，病情加重，或者身体出现什么差错，那他会终生遗憾的。父母直到现在还没享一点点福，他觉得不能再给父母添乱，增加负担了。

李文博和梁雪说明了家里的情况后便回家了。晚上，他为了讨好黄依彤，专门去买了一束鲜艳的玫瑰花，女人都喜欢花，特别是玫瑰花，只有这个武器，才能打败女人。

李文博给黄依彤发了条短信，告诉她自己回来了，然后，他一边做卫生，一边等黄依彤回来。

一小时后，黄依彤回来了，李文博立即放下手中的拖把，拿出玫瑰花，强作欢颜地说："老婆，你回来了，送给你的！"

"你还有脸回来？"黄依彤面带怒容。

"老婆，对不起，我错了，你别生气，大人不计小人过，宰相肚里能撑船。"

"你少给我装蒜了，这几天过得逍遥，很 happy 吧？"

"我这不是回来给你道歉了吗？"

"我真想一脚把你踢出去！"

"我该死，我该死，只要你能出气，你怎么惩罚我都可以。"

"那好，你给我从桌子下钻三圈。"

"老婆，你也不至于这样折磨你老公吧？"

"你还知道是我老公？一点人性都没有。"

"好了，好了，老婆，我都认错了，还不行吗？"

"好，我这次就饶了你，再给你一次机会。"

李文博连忙点头哈腰，现在，只能这样，再没别的办法，不然，闹僵了，父母那一关不好过，为了父母，他除了忍，还是忍，也只能忍。

当天晚上，李文博殷勤备至，伺候老婆吃饭、洗澡，睡觉时给她按摩、捏脚，可以说是无微不至。

老婆心情看起来很不错，哼着歌打电话向她妈报告："妈，您放心，我把他降伏了……那还用说，他还能飞出我的手掌心？他呀，给我道歉认错，乖得像一条听话的哈巴狗，哈哈哈……这男人啊，你要不控制他，他就能飞上天，不知天高地厚……"

李文博听得牙齿咬得咯吱咯吱响，他心里骂道，去你妈的，等老子发达了，有了钱，我再好好地收拾你……

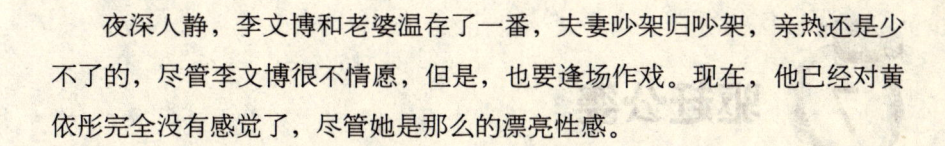

夜深人静，李文博和老婆温存了一番，夫妻吵架归吵架，亲热还是少不了的，尽管李文博很不情愿，但是，也要逢场作戏。现在，他已经对黄依彤完全没有感觉了，尽管她是那么的漂亮性感。

## 7 驱赶公婆

夫妻关系缓和后，李文博的父母很高兴，父亲的病也恢复得很快，身体也好多了。人逢喜事精神爽，两位老人打算找个时间来看看儿子。李文博也想把父母接过来住一住，好好孝敬一下父母。

黄依彤听说李文博的父母要来，说："来做什么啊？那么远，也不怕折腾！"

李文博说："你这是什么话？我父母年纪大了，过来走走，我也好尽尽孝心。"

两个星期后，父母来了，那天，李文博临时被公司通知开会，一时走不开，他打电话让黄依彤去火车站接父母，然后，关机开会了。

李文博开完会，已经是晚上八点多了，他急急忙忙回到家，却没看到父母，老婆也不在家，他以为父母乘坐的火车晚点了，于是打电话问黄依彤："老婆，接到我爸妈了吗？"

"我没去，在家陪我妈打牌呢！"

"什么？你没去接我爸妈？"

老婆没有去火车站接父母，李文博一听，心里顿时就来气了，父母大老远地过来，她居然在家玩也不去接父母，简直太不像话了！

李文博急忙跑到火车站，老远就看见父亲和母亲坐在马路边的绿化带旁，旁边放了两个大蛇皮袋子，显得是那么的无助和可怜。想想老婆因为贪玩，居然不接自己的父母，他怒火从心头涌起。这个女人，实在是太没有良心了,再怎么说,那也是我的父母,你的公公和婆婆,不是别人啊!"

李文博跑上前,搀扶起父亲和母亲,愧疚地说:"爸、妈,我该死,来晚了,临时有事,耽误了。"

父母一见儿子,很高兴,父亲说:"没事,就怕耽误你工作,拖了你后腿。"

"不要紧,爸、妈,你们怎么带这么多东西?多累啊!"

"这都是家里的东西,给你带些来吃,也好让依彤尝尝咱家乡的土特产。"

"爸、妈,这回你们来了,我要好好带你们逛逛。"

"不用逛,我和你爸来看看你就好,逛要花钱,太浪费!"母亲说。

"爸、妈,走,先回家再说。"李文博叫了辆的士,把父母扶上车,又把东西搬上了车。

到了家,母亲说:"依彤呢?"

"哦,依彤她今天有事回娘家去了。"

父亲把蛇皮袋子里面装的红薯、花生、鸡蛋,还有一个腊猪腿拿出来。母亲一边清理,一边说:"这些东西都是你喜欢吃的,妈给你收好,你饿了,就拿出来煮着吃。"

"妈,你们留在家里吃啊,这么远带来,多重啊!"

"妈也是想让你多吃点,对了,这些我怕坏了,放冰箱里。"母亲把鸡蛋和猪腿放到冰箱里。

"爸、妈,我给你们做点吃的吧!"

"孩子,让妈来做。"

"不,妈,您先歇会,我来做,我会做的!"

"那我们娘俩一起煮点面条吧,你爸爱吃面。"

"好。"

李文博和母亲做饭去了,父亲在客厅里低头吸烟,沉思着,好像在想着什么心事。不一会儿,面条就做好了,里面还放了几个荷包蛋,李文博和父母边吃边谈心,很幸福。

"妈,我姐和妹妹还好吧?我姐回来看过您和爸爸吗?"李文博问。

李文博上面有个姐姐,姐姐大他两岁,出嫁了,和姐夫一直在外打工。

他下面还有个妹妹，今年才十九岁，正读高三。

"唉，你姐姐自从去北京后，一直没回来，我和你爸很担心她，不知道她现在身体怎么样了？"母亲说。

"我妹妹学习还好吧？"

"她今年就要高考了，也不知道会怎么样。她住校，两个月才回来一次，你爸生病，我们也没敢告诉她，怕她分心哪！"

李文博和父母谈到深夜才休息，他和父母有很多话要说，血浓于水，亲情是永远的。

第二天，李文博本来想请假陪父母逛逛，但公司很忙，请不了假，李文博只得去上班。临走，他嘱咐父亲和母亲在家先休息一天，等晚上回来再陪他们。

李文博走后，父母开始给李文博收拾房间。

下午，李文博下班回家，门锁了，进了屋发现父母不在家，房间倒是很整洁。李文博很担心，不知道父亲和母亲去了哪里。

李文博下楼找了一圈，还是没看见父母，询问小区里的人，也都说没有看见，李文博这下慌了，难道父母失踪了？李文博急得像热锅上的蚂蚁，坐立不安、六神无主，急忙给黄依彤打电话，问她："你今天回来了没有？"

黄依彤说："我早上回去了一次，拿了件衣服。"

"那你看见我爸妈了吗？"

"看见了。"

"我现在在家里，怎么没见到我爸妈啊？你知道他们去哪里了吗？"

"我不知道。"

"你走的时候，我爸妈还在家吗？"

"我到家的时候，整理房间，看见他们在，我就让他们到小区下面的长椅上坐了会儿，后来没见他们，我就走了。"

"啊？你，你……"

"这又不能怪我，我怕他们把地板弄脏了，就让他们到下面坐会儿，谁知道他们后来去哪儿了？"

"你这个贱人，原来是你把我爸妈赶走的。我回来再收拾你！"

李文博准备给家里打电话，问爸妈是不是回家了，这时，手机响了，是父母打来的，他急忙问："爸、妈，你们回家了？"

"是啊，孩子，我和你爸看你比较忙，就回来了，走得急，也没和你说一声。"母亲说。

"妈，是不是依彤把你们赶走的？"李文博气愤地问。

"不是，没有，她人很好的……"

"妈，您别说了，我都知道了！"

"孩子，别冤枉了她，是我和你爸看你太忙了，怕耽误你工作才走的。"

李文博准备上楼回家，发现楼下的垃圾箱里丢的全是花生和红薯，不用问，肯定是黄依彤把父母从老家带来的东西扔掉了。他回房一看，果然，父母带的土特产都被清理一空，李文博怒不可遏。

这时，黄依彤回来了，李文博冷冷地问她："东西都是你丢的？"

"是啊，那么脏，要它做什么？"

"我父母辛辛苦苦、千里迢迢带来的，你就这样扔了？"

"超市里什么都能买到，要那些烂东西做什么？都是泥。"

"好，东西你可以扔，但你怎么能赶我父母走？"

"我没有，我只是让他们到下面的椅子上坐一会儿……"

"啪！"李文博一巴掌打在了黄依彤的脸上……

黄依彤惊呆了，她捂住脸，哭着说："你敢打我？"

"我不仅敢打你，我还要打死你，你这个贱人，没见过你这么没良心的。"李文博吼道，一巴掌又落到了黄依彤的脸上。

黄依彤像发疯了一般，冲上来和李文博扭打在一起，不过，她哪里是李文博的对手，力气也没李文博大，被李文博狠狠地揍了一顿。打完了，李文博说："明天，离婚吧！"

"好，你有种，离了你别后悔！"黄依彤哭着说。

"什么？我会后悔？娶了你我才后悔，我肠子都悔青了。"

"你真的要离？"

"对，我这回铁了心了，真的离。妈的，不离，我不得好死！"

"好，我告诉你，我怀了你的孩子。"

"你说什么？你怀孕了？"

"对，我昨天才发现怀孕的！"

"你怎么知道怀孕了？"

"我买测试纸测了。"

"奇怪，我们不是做保护措施了吗？"

"我也不知道。"

听到黄依彤怀孕，李文博很吃惊，一时不知道该怎么做才好。自己现在什么都没有，就是一个穷打工的，如果不是当初父母逼迫自己早点结婚，他是无论如何都不会结婚的。他原来计划，先结婚，让父母放心，等工作几年后，有了积蓄再生孩子的，现在，还没准备好，老婆就怀孕了，现在该怎么办呢？这个孩子到底要不要呢？他矛盾得不得了。如果要，拿什么养呢？每月两千块不到，怎么养？如果不要，这也是一个鲜活的小生命，宝宝是无辜的啊！李文博左右为难。

想到这儿，李文博说："你打算怎么办？"

黄依彤说："我想生下来！"

"我现在经济很困难，很担心将来宝宝的生活环境。"

"孩子我来养！"

"我不是这个意思，别误会，既然要生下来，我就要承担起做父亲的责任！"

晚上，黄依彤要求回娘家，李文博只好陪她回去了。孕妇嘛，肯定要照顾好她，万一路上有什么闪失，可是两条命啊！

到了娘家，岳母张口就说："文博，依彤怀孕了，你以后要对她好点，不要让她再生气。你要是再惹她，我绝饶不了你！"

听岳母的口气，显然，她要比自己先知道老婆怀孕，肯定是老婆先和她说的。老婆怀孕，这么大的事，居然不先和自己说，他才是孩子的父亲啊！明明自己是主角，反而成了配角，他心里很不高兴。

"妈，您放心，我一定会对她好的！"

"不能光嘴说，要有行动。"

"是，是。"

"文博啊，你要好好准备一下了，有了孩子，就不能再吊儿郎当了。"岳父说。

李文博心想，扯什么淡啊？我一直很努力地工作，不抽烟，不酗酒，不打牌，不玩电子游戏，不去娱乐场所，下班就回家，天天做家务，基本不在外面玩，长这么大，连足疗都没做过，我还吊儿郎当？见你的鬼去吧！

当然，心里的想法和不满，肯定不能说，只得连连点头。小姨子一听姐姐怀孕了，高兴地说："姐，我就要升级了，要当小姨了！"

"以后啊，我们家就多一口人了，呵呵！"岳父笑着说。

"是啊，我就可以抱孙子了！"岳母也笑得合不拢嘴。

李文博面无表情，心想，你们家多一口人？是我们家多一口人才对，别搞错了！

接着，他们一家人开始议论孩子是男是女，还给孩子起名字。这个说，如果生男孩就叫乐乐，那个说如果生女孩就叫果果，大家七嘴八舌，争论不停，李文博心烦意乱、六神无主。说实话，他还没有做好当父亲的准备，根本就没进入角色。

李文博回到家，打电话告诉了父母黄依彤怀孕的事，父母听说很快能抱孙子了，高兴得不得了。

父亲高兴地说："孩子，你要好好地给我生个大胖孙子啊，给我们家争光！"

"爸，您和妈都放心吧，我一定给你们生个大胖孙子！"

"那就好，那就好，我和你妈想孙子都想疯了。"

"爸，您告诉妈，很快就能抱孙子了。你们一定要注意身体，等我有钱了，接你们来享福。"

"好，好，只要能抱上孙子，我们享不享福都不要紧。"

"爸，看您说的，我很快就会接你们来享福的。"

挂了电话，李文博突然感到肩上的担子一下重了起来，他就要当爸爸了，怎么才能当个好爸爸呢？怎么才能当个合格的爸爸呢？他一筹莫展。

因为怀孕，老婆就不肯回家了。她不但不回家，还要求李文博把租的房子退了，住到她娘家。李文博死活不同意，岳母就天天找他闹，李文博也懒得理，随你们怎么闹吧！反正我自己住也落得清静，眼不见，心不烦，你们爱怎么折腾，就怎么折腾吧！

第三天晚上，父母给他打来了电话，母亲在电话里说："孩子，依彤他妈打电话来，说你和她们吵架，把依彤气病了，你怎么不去看她啊？"

"妈，她给你们打电话了？"

"是啊，脾气大着呢，一开口就骂人，我怕你爸心脏受不了，就没让他接电话。"

"她们真是欺人太甚啊！"

"孩子，你现在回去把依彤接回来，好不好？"

"妈，我不想接她，她真的太不像话了！"

"孩子，你要不听妈的话，妈会很难过的，你爸爸天天都担心你啊。"

"妈，我爸呢？"

"他在外面抽烟呢，心里着急。"

"妈，您和爸多注意身体啊，千万不能让爸生气。"

"那你今天就去把依彤接回来，她现在有了咱们家的血脉，那是咱们家的香火啊。你怎么这么糊涂呢？儿子！"父亲抢过电话，很着急地说。

李文博在电话里安慰了父母几句，答应把老婆接回来，父母这才放心。

放下电话，他去了岳母家里，一进门，岳母和黄依彤在家里打麻将，打得热火朝天的。李文博进来，她们连眼都没抬一下，就当没看见。

李文博清了清嗓子说："老婆，你下班了？跟我回去吧！"

黄依彤没理他，连头都没抬。

"老婆，你和我回去吧！"李文博又说了一句。

"回哪里？"岳母大声地说。

"回家啊，还能回哪里？"

"回家，回你的头啊，你那儿也叫家？"岳母骂道。

李文博一听这话，他的火腾地就上来了，他大声说："我告诉你，别以为你们有钱，就不把人当人，等我有钱了，我要你好看！"

"不回去，就住这儿，我说了算。"岳母说。

"好，不回去就算了，您和她过一辈子吧！"

李文博丢下这句话，头也不回地走了。他想不通，究竟他是和黄依彤结婚，还是和她的妈结婚？

李文博回去不久，又接到了母亲的电话："孩子，依彤让你回去住，你怎么不回去啊？"

"妈，我一个大男人，住她家家，成何体统？"

"你要照顾她啊！她怀了我们家的血脉，你要听她的话！"

"妈，我真的不想住她们家。"

"孩子，就算替妈做做好事了，妈求你了！"

"妈，住她们家，我会受不了的。"

"你忍一忍，不就是到她家住吗？你住几个月，等孩子生下来，再回来不就行了。"

"妈，这不是忍一忍那么简单……"

"孩子，依彤怀了咱们家的骨肉，你就答应了妈吧！如果孙子出了什么差错，妈活着就没意思了。"

"好，妈，您别担心，我答应您还不行吗？"

李文博答应了，他又安慰了一会儿母亲，才挂了电话。可是，他回头仔细想想，还是觉得不妥。抱着最后一丝希望，他又去了岳母家，想作最后一次努力。

进了门，她们母女和别人还在家里打麻将，四个人稀里哗啦地搓个不停。没见到岳父和小姨子，估计都在忙自己的事。

李文博一看她们这样，很反感，如果是一大帮年纪大的人，闲得无聊，打打麻将，打发日子也就算了，可是，一个年纪轻轻的女人，不学无术，打麻将，成何体统？何况还是一个孕妇！

见了老婆，他说："依彤，你一定要住娘家，是吗？"

"是的，我怀孕了，住娘家条件好，有人照料，好安心养胎啊！"

"嗯，那我每天下班来看你，行吗？"

"什么？你不想住过来？"

"我，我也是担心有人说闲话啊，毕竟，我一个大男人，住进来不好。"

"住在娘家，条件好，要什么有什么，比在外面租房子住好多了。"

"可是……"

"可是什么？你不为我想也就算了，现在，我怀孕了，你总得为宝宝想吧？你怎么能那么自私？"

李文博说不出话来了，脸色通红，他又想了想母亲的话，过了半天，他终于作了让步，说："好，那我就过来住。"

"嗯，你现在就回去搬东西。"

为了父母，李文博万般无奈，只得答应老婆，暂时住进了她的娘家。

当天晚上，李文博简单地拿了些日用品和衣服过来，黄依彤说："你怎么只拿了这点东西？"

"以后慢慢搬嘛，一次肯定拿不完的。"

黄依彤一想，也是啊，也就没有再问。接下来，又开始命令他了："老公，你给我倒杯水来。"

"老婆，你明天还要上班，早点休息吧！"李文博端了杯水，过来劝她。

"唉，你别啰唆，我再玩会儿嘛，对了，你去把碗洗了，正好还没洗。"

什么？又洗碗？李文博一听，差点晕倒。这以后的日子可怎么过啊？真是跳进火坑里了！

见李文博愣着没动，黄依彤又发话了："一个大男人，怎么那么懒啊？洗个碗都不愿意，真是拈轻怕重，又不是让你上刀山下油锅！没出息！"

唉，自认倒霉，没辙了，洗吧！

晚上，洗完澡，躺在床上，黄依彤穿着性感的内衣，抱着李文博温柔地说："老公，我们很久没做了，今晚亲热亲热，好吗？"

柔和的灯光下，黄依彤脱下了所有的衣服，光着身子展现在李文博的面前。她乌黑的长发松散下来，遮挡着高高的脖颈和锁骨。她的皮肤很白、很细腻，闪着光泽，胸部和臀部的曲线很优美。尤其是那一双洁白无瑕的修长的美腿，更是迷人，像是白玉一样……

黄依彤的身材简直是没说的，真的很棒，和模特都有一拼。曾经，她还差点当上了模特了呢！

如果换作以前，李文博肯定垂涎三尺，会像恶虎一样猛扑上去，但是现在，他却一点点兴趣都没有，也没什么心情。因为，平时被老婆搞得太压抑了，他已经失去了和她亲热的欲望。

"你怀了宝宝，现在是最关键的时候，这个时候亲热，不太好吧？"这是一个很好的理由，李文博根本不想碰她。

"老公，是不是你现在对我没欲望了？"黄依彤趴在李文博的身上，很伤感地说，一边抚摸着他的胸肌。

"不是，我听说怀孕前三个月，很重要，很容易流产的，不敢碰你啊！"

"你轻点不就行了，谁让你那么粗鲁啊？"

"我真的很担心，老婆。"

"不行，我就要，今晚必须要！"

黄依彤说着，就要来脱李文博的短裤，李文博用手挡住了，但黄依彤还是不肯罢休，死缠烂打。

她说："你要不和我亲热，小心我给你戴绿帽子哦！"

"什么？你敢给我戴绿帽子？看我不打死你！"

"哈哈，你敢？"

说着，李文博的短裤已经被她扯开了，李文博再想拒绝，又怕引起新的矛盾，想想算了，应付应付吧，反正也躲不掉的。于是，夫妻两个水与火地缠绵了……

夫妻两个人的矛盾，往往会引起对彼此身体的抵触情绪，李文博长期的压抑，最终也导致了他的冷淡，当然，只是对她一个人的冷淡。太强势、太霸道，喜欢控制男人的女人，婚姻往往都不会太幸福。

一阵缠绵之后，黄依彤看着老公，说："亲爱的，我们说说话吧，好吗？"

"好，说什么呢？"

"你除了我，是不是还有别的女人？"

"老婆，你别瞎说啊，我可只有你一个女人，绝对只有你一个。"

"你别骗我,我知道你和很多女人有联系。"

"这些女人你摸底摸得比我还清楚呢!"

"我觉得你不正常。"

"胡说,我很本分的。"

"和你联系的女人,我都觉得不正常,深更半夜还给你打电话,你觉得正常吗?"

"你也知道,和我联系的女人,无非都是同事、同学以及以前认识的朋友,都是普通的关系,只是你从来都不信任我。"

"怎么信任啊,我觉得你很花心。"

"什么?我花心?我哪里花心?"

"我知道你很有女人缘。"

"我一没权,二没钱,怎么会有女人缘?我现在穷得叮当响,每月工资两千都不到,生活都困难,还有什么鬼女人缘啊?我告诉你,男人有钱,才能有女人缘。"

"反正,我觉得你和别的女人关系很暧昧。"

"冤枉死了,我可不敢吃着碗里的,看着锅里的。"

"那我问你,前些天,那个给我打电话的女人是谁?到底是哪个?"

李文博一愣,他想起了梁雪,因为黄依彤总是三番五次地骚扰梁雪,怀疑她是第三者,结果,最终导致了梁雪男朋友和她分了手,梁雪很气愤,就冒充第三者报复她,没想到,黄依彤还真相信了。

李文博想,我到底告不告诉她,那个打电话的女人就是梁雪呢?如果说了,梁雪肯定会有麻烦,如果不说,自己又洗脱不了罪名。一时之间,他真的是骑虎难下,左右为难。

经过仔细权衡之后,李文博觉得,不说出来,黄依彤还真的不会相信他的,如果说出来了,她也许就不会再怀疑他了。于是,他决定告诉黄依彤真相,但他多了个心眼,说:"我可以告诉你那个女人是谁,但你要答应我不许伤害她!"

"好,那你说吧,我答应你!"

"那我告诉你,那个打电话给你的人,是我的同事梁雪,她是因为你怀疑她是第三者，总是骂她，结果她男朋友和她分了，所以，她生你的气，才打电话冒充第三者的。我们很清白的，公司的人都可以证明。"

"是吗？原来是这个贱人。"

"其实，她人不坏的，真的。"

"这个贱女人，气死我了。"

"你想啊，我以前整天都和你在一起，形影不离，怎么会出轨呢？"

两个人躺在床上谈论了很久，李文博推心置腹，一一解释他和别的女人的关系。他天真地以为，只要说出了真相，老婆就能相信他，谁知道，暗无天日的生活才刚刚开始。

夜渐渐地深了，黄依彤又要求李文博和她缠绵了几次，也许是想弥补前些日子的损失。不过，这回李文博爽快地答应了，而且表现得也不错，很尽力，只是动作不敢太大，毕竟有宝宝了，一夜多次缠绵很冒险的，不能不为宝宝着想。

第二天上班，见到同事梁雪，李文博有些不好意思，毕竟自己说了她的事，有些不敢面对，心里有些愧疚。

中午的时候，李文博到餐厅吃饭，碰到了梁雪，两个人说了几句话，同事陈娜也过来了，见到李文博，陈娜抱怨说："前几天，你老婆打电话给我，非问我和你到底是什么关系，有没有上床？我说，那次在你家真的是个误会，之前我都和她解释过了，可是，她居然还来找我纠缠，好多次了。哎呀，我真是怕了你老婆了。"

"是啊，前几天她还不是也来质问我，还多次发短信骂我，很难听的，非说我和你有不正当的关系，我真是无语了！"梁雪说。

"好恐怖哦，现在，害得我们私下里根本就不敢和你来往了。"陈娜说。

"真对不起你们啊，都是我没处理好。"李文博满是歉意。

"文博，离了算了，这样的女人还要她做什么啊？"突然，有人应声说。

李文博吓了一跳，抬头一看，只见同事张兵正在那边看着自己笑，他和公司的副总陈江在不远处的一个餐桌上吃饭，肯定是听到了他们的谈话内容。

李文博苦笑了一下，摇了摇头，没有说话。他有难言之隐，如果能离婚，早就离了，还能等到现在？何况，她现在又怀了孩子！

谈恋爱是两个人的事，而结婚，是两个家庭之间的事。谈恋爱不合适，可以分手，好聚好散，无牵无挂，而离婚，有太多太多的阻力和无奈，复杂多了。前些日子他要离婚，父母那边的压力，让他透不过气来。

张兵见了，又说："文博是个妻管严，一点男人气魄都没有，要是换成我啊，早就拿刀砍人了。"

"是啊，你给她点颜色，看看她以后还敢不敢这样对你？"陈娜说。

## 8 试探成外遇

　　李文博觉得很委屈、很窝囊，本来自己是一个很清白的人，可是多次被老婆这样猜疑，他也觉得很不可思议。难道她患有强迫症，或者是有神经病？一个正常的女人，又是知识分子、高级白领，怎么可能会这样？李文博郁闷得不得了，除了头痛，还是头痛……

　　下班的时候，李文博不想回去那么早，面对老婆一家人，他感到很恐怖，于是就在办公室里上网聊天。

　　李文博有个QQ号，取名"东方不败"，当然，他的用意不是金庸小说《笑傲江湖》中"日月神教"教主的那个人，而是自己面对老婆和她的家人，将来处于优胜地位，永远立于不败之地。

　　李文博在网上看了会儿新闻，突然有个叫"小家碧玉"的网友加他，他加了，不一会儿，那个"小家碧玉"说话了：帅哥，可以聊聊吗？

　　李文博说：可以啊，聊什么呢？

　　"小家碧玉"说：你有时间吗？

　　李文博说：有啊，你有什么事吗？

　　"小家碧玉"说：我男朋友和我分手了，我心情不好，想找人一夜情。

　　李文博吓了一跳，说：啊？你怎么会这样想呢？

　　"小家碧玉"说：你愿意和我一夜情吗？

　　李文博说：你别冲动啊，有话慢慢说。

　　"小家碧玉"说：给你看下我吧。

她发来了一张照片，李文博一看，女孩子二十多岁，长发，大眼睛，皮肤很白，很漂亮，一看就是个很标准的美女，很养眼。

"小家碧玉"说：如果你愿意，晚上八点在如意宾馆门口等我，我穿红色吊带衫。

说完，"小家碧玉"下线了。

李文博心跳加快，浑身热血沸腾，这件事好意外，好突然啊！这么漂亮的女孩子，怎么会这样糟蹋自己呢？对自己太不负责了，万一要是遇到坏人呢？不行，我要好好劝劝她。

正在这时，黄依彤打来了电话，她说："老公，你怎么还没回来？都下班这么久了！"

"哦，我有点工作没做完，现在还在办公室。"李文博强调了一下他在办公室，为的是怕老婆又怀疑他在外面有什么情况？

"那你赶快回来啊，我等你！"

放下电话，李文博犹豫了，到底去不去呢？他很矛盾。

如果不去，那个女孩子有可能和别人一夜情，自暴自弃，毁灭了自己。去了，如果被老婆知道了，后果不堪设想。仔细权衡之后，李文博决定冒险去见见那个女孩子，好好劝劝她，不会那么巧被老婆知道吧？

李文博走出办公室，已经是晚上七点四十分了，那个女孩约定八点，只有二十分钟时间了，李文博急忙拦了辆的士，快速地向如意宾馆赶去。路上，为了防止老婆打电话查岗，他关掉了手机。

车子在如意宾馆门口停下，已经快八点了，还好，没有迟到。李文博下了车，站在宾馆门口等待。

八点整了，那个女孩子还没出现，李文博想，女孩子迟到是正常的，凡是漂亮一点的女孩子，哪怕是和男朋友约会，也都是经常迟到的，如果不迟到，反而不正常。

过了五分钟，那个女孩子还是没有出现，李文博继续耐心地等待，十分钟过去了，还是没见到那个女孩子的影子，李文博有些着急，心想，是不是被放了鸽子啊？他准备回去了。正在这时，他突然看见老婆黄依彤和吴柳走了过来，李文博吓坏了，脸色顿时就变了。

黄依彤冷冷地说："你等的人还没来吧？"

"什么等人啊？我一个人出来逛逛。"

"你还撒谎？那我问你，'小家碧玉'是谁？"

"我不知道啊？"李文博有些心虚了，肯定是老婆知道了他和"小家碧玉"聊天的事，这下坏了，本来自己没那个想法，现在跳进黄河也洗不清了。

"你还装？吴柳就是'小家碧玉'，我故意让她来试探你的，没想到，你居然真的来了。"老婆声色俱厉地说，脸色非常吓人。

"说实话，我没有别的意思，我本来是想劝劝'小家碧玉'的。"李文博支支吾吾地说，明显有些底气不足。

"没想到，你真的是个花心大萝卜，太无耻了！"

"我真的没有别的意思。"

"现在，我彻底看清了你的真面目！"说完，黄依彤和吴柳走了。

李文博愣在那里，半天缓不过神来。现在怎么办？他心里乱乱的，回头又一想，没做亏心事，不怕鬼叫门。本来不打算回老婆娘家的，但如果不去，不就更说明自己做贼心虚，心里有鬼了吗？还是回老婆娘家吧。

李文博到了老婆娘家，一进门，只见老婆和岳母铁青着脸坐在客厅里，他还没来得及开口，就听岳母说："你他妈的还有脸回来？不是玩一夜情去了吗？都说你人模人样的，还真多花花肠子！"

黄依彤也骂道："你这个死不要脸的，你怎么不去死啊？"

李文博自知理亏，有理也说不清，干脆不争辩、不做声，随你们怎么说吧！可是，他越不说话，岳母和老婆骂得越厉害。

"我告诉你，我是清白的，我根本没有和别的女人乱来。"李文博实在忍不住了。

"谁相信你啊？说，你在外面到底有多少女人？"黄依彤质问他。

"你怎么能做这种无耻的事？"岳母接着骂。

李文博转身想走，黄依彤说："你去哪里？又去找女人？"

"你们骂够了没有？"李文博脸也挂不住了。

"告诉你，以后老老实实地待着，哪儿也别去。"

"我又不是你的奴隶，我想干什么就干什么，我看谁能管得住我？"李文博愤怒了。

"你还反了天了？"岳母骂道。

"我的腿长在我的身上，我看谁敢拦我？"

李文博头也不回地走了，身后，传来母女俩更为刺耳的辱骂声。李文博的心在骂声中被一点点地撕成了碎片……

他又想到了离婚，这日子实在过不下去了，他简直要崩溃了……可是，离婚，父母那一关怎么过呢？怎么才能说服父母呢？

李文博没有回去，他知道，回去的话，黄依彤肯定也会回去找他吵，回单位，也不行，她也能找得到。站在灯火阑珊的大街上，李文博心灰意懒，这么大的城市，居然没有自己的容身之处，太悲惨了！

不知不觉，他又走到了公司门口，看着办公大楼，他正发呆，突然，身后有人叫他："文博，怎么这么晚还出来？加班啊？"

李文博回头一看，原来是梁雪，他说："没事，我路过这里，你怎么还没回？"

"我今天的账没做完，加了会儿班。"梁雪说。

"你要注意休息！"

"谢谢，有空吗？走，请你喝咖啡去！"

李文博一想，也好，正好心情不好，和梁雪聊聊天吧，于是，他们去了附近的一家咖啡厅。咖啡厅环境很不错，非常雅致。古典的音乐流淌在耳畔，宛如三月的微风，令人心情舒畅。

"我又无家可归了！"刚坐下来，李文博就开始向梁雪诉苦。

"怎么了？你们又吵架了？"梁雪问。

"是的，经常吵架，我真的好累。"

"离婚吧，文博，别这样折磨自己了！"

"我也想离，可是，她现在怀孕了！"

"啊？她怀孕了？"梁雪很惊讶。

"是的，都快两个月了！"

"这下麻烦了，不好办了。"

李文博手足无措，他不知道怎么办，如果不要这个孩子，可是，一想到孩子是无辜的，他的心就软了，如果打掉，真的不忍心。虽然说现在的人流产、打胎是很常见的，但是他做不到。孩子也是一个小生命，他还没有来到这个世界上，就扼杀他，李文博觉得太残忍。作为男人，作为父亲，他要负起责任。

"你想过让她流产吗？"梁雪问他。

"想过，但我下不了狠心。"

"男人，要做大事，不能太优柔寡断。"

"我知道，但是，就算我同意，她也不一定同意，就算她同意，我的父母知道了，也决不会同意的。"

"你可以先瞒着父母啊！"

"我再考虑考虑。"

不知不觉，两个人聊了很久，夜已经很深了。梁雪说："你去我家吧，我父母还没回来。"

"那怎么好再麻烦你？"

"没关系，我们不是好朋友吗？"

"好，那我就再打扰你一次。"

"别这么客气呀！"

出了咖啡厅，李文博和梁雪拦了辆的士，很快回到了她家，这是李文博第二次到梁雪的家，他没有第一次那么拘束了。

进了房，梁雪笑着说："很累了吧？我给你调水，你先洗个澡。"

李文博心里突然一阵感动，因为，平时在家，都是他给老婆调洗澡水，老婆从没有给他调过，不仅这样，还对自己呼来喝去，张口就骂，抬手就打，他在老婆面前，连用人都不如，现在的保姆，雇主也不敢随便打啊！和梁雪相比，老婆简直就是野蛮人。

李文博洗完澡，梁雪又拿出干净的睡衣给他换上，睡衣叠得整整齐齐，是上次李文博到她家避难的第二天，她去商场买的。

换上衣服，李文博打了个喷嚏，梁雪说："小心感冒了，来，我给你拿个外套，快披上。"

梁雪温柔周到的照顾，让李文博的心暖融融的，他心想，要是梁雪是他的老婆，该多好啊！

李文博正在胡思乱想，梁雪说："我做个水果沙拉，你品尝一下，我马上去洗澡，免得你无聊。"

"没关系，太麻烦，你别忙了！"

"很简单，不麻烦的。"

不一会儿，水果沙拉做好了。看着梁雪忙碌的样子，李文博此刻有种想拥抱她的冲动……

梁雪洗澡去了，李文博边看电视，边吃沙拉，等她。过了不久，梁雪洗完澡出来了，围着浴巾，头发湿漉漉的。梁雪身材很好，前凸后翘，皮肤圆润、洁白无瑕，在柔和的灯光下，显得更加的性感……

李文博说："我给你吹下头发，免得你着凉了。"

"好啊，谢谢！"

李文博拿起吹风机，一边用手梳理着梁雪的头发，淡淡的洗发水的香味飘进李文博的鼻子，他感觉很兴奋。

"你的头发真漂亮！"李文博抚摸着梁雪乌黑的长发，忍不住赞叹。

"是吗？最近没有好好护理，都有些干燥了。"

"你的头发很黑，很直，很亮，有光泽。"

梁雪开心地笑着，没有说话。任凭李文博的双手抚摸自己的头发。

很快，头发吹干了，李文博和梁雪聊了会儿天，梁雪有些困了，李文博说："你早点休息吧，明天还要上班呢！"

"好，你也早点睡吧，看你的精神也不太好！"

梁雪回房睡了，李文博躺在床上，怎么也睡不着。想着老婆和她家里的那些往事，他的心此起彼伏，无法平静，想到所有的屈辱和无奈，他的心像打翻了五味瓶，酸甜苦辣咸，一起涌上心头……明明自己是清白的，可是老婆黄依彤却一直怀疑他和别的女人有那种关系，百般纠缠，如今，他躺在另一个女人的床上，还不如真的来一次婚外情，不然，那就真的太委屈了！

想到这，李文博起身，悄悄地走到梁雪的床前，静静地端详着她的睡姿。梁雪穿着睡裙，仰躺在床上，裸露着双肩和大腿，那么的漂亮，那么的诱人。李文博简直呆住了，想抱她，想和她来一次轰轰烈烈的婚外情。可是，他又觉得对梁雪不公平，人家是未婚的女孩子，又是自己的好朋友，还帮了自己很大的忙，是自己的大恩人，怎么能对她无礼呢？

李文博正在端详，梁雪醒了，看着他，温柔地说："你怎么还没睡啊？"

"哦，我看你盖好被子了没有，怕你着凉！"李文博灵机一动，找了个理由。

梁雪眼睛里闪烁着一种色彩，很温柔的那种，她伸出双臂，轻声说："我们一起睡，好不好？"

李文博看着梁雪，心怦怦直跳，他几乎无法控制自己。想想黄依彤的敏感多疑，想想她的专横霸道，想想她的无理取闹，李文博轻轻地睡到了梁雪的身边，但他不敢有更多的举动，始终保持着一定的文明的距离。他们平躺在床上，聊了起来。

梁雪说："你以后有什么打算呢？"

李文博说："我还不知道，心里很乱，我想和她肯定过不长久。"

"我还是第一次见到她这样的人，真的好恐怖！"

"如果不是为了父母，我早就离婚了，可是父母以死相逼，我什么都可以不要，但不能不要父母。"

"这也确实很难，父辈们的思想，可能是守旧了点，他们一时改变不了。"

李文博搂着梁雪，抚摸着她的背，轻声说："如果黄依彤能像你一半知书达理、温柔体贴就好了。"

"是吗？你觉得我哪点比她好呢？"

"因为你懂得尊重人。"

"也许是她感到自己条件好，有优越感，所以才会这样的吧！"

"是啊,她要是找个比她有钱的老公,估计她连大气都不敢出。"

"那肯定的。"

"等我有钱了,第一件事就是把她甩了!"

李文博一提起黄依彤,心里就来气,他现在心里压抑得都快要崩溃了。

两个人聊了会儿,居然不困了,一点睡意也没有了。梁雪穿着睡裙,松散开来,里面什么都没有穿,隐约可以看到她乳房的轮廓……梁雪洁白的身体在灯光下发出柔媚的光,她的皮肤柔软而富有弹性,李文博紧挨着她的身体,能清晰地感觉到她的心跳。

看着漂亮性感的梁雪,闻着她身上淡淡的体香,李文博再也控制不住自己,情不自禁地亲吻了她。激情在一刹那间被点燃,李文博冲破了最后一道防线……

自从结婚以来,李文博第一次和自己老婆以外的女人发生关系,他激动而热烈。长久的压抑让他的精神一直很不好,但今天,他彻底解放了,无拘无束了。他像一匹脱缰的战马,任意地在草原上奔驰,自由而奔放。

李文博没想到,自己居然和梁雪缠绵了一个多小时,他非常意外,原以为自己和黄依彤三十分钟左右的缠绵已经是他的极限,没想到,今天居然有这么大的突破……

第二天上班,他精神清爽,如浴春风,为了避开别人的视线,李文博先走了,到公司过了一会儿,梁雪才姗姗来迟,两个人相视而笑。

上午,李文博向公司提出申请,想重新办个工资卡,不用以前的那张卡了。工资一直控制在黄依彤手里,让他很不爽。很快,公司批下来了,李文博成功地转移了工资。俗话说,大丈夫不可一日无权,小丈夫不可一日无钱,这话一点都不假,身上没钱,什么都做不了。

当天下午,财务部发工资,李文博又发了一千八百块,有了钱,总算又可以抵挡一下了。晚上回到自己的家里,李文博悠闲地躺在沙发上看电视,再也不回老婆家了,大不了,再过单身汉的生活嘛。

他决定,今后一切事情都要自己做主,再也不受气了,反正自己也没有靠女人养活,自己花自己的钱。李文博还决定要做个新的"三不"男人,你不是有房子吗?老子不住。你不是有车子吗?老子不开。你不是有钱吗?

老子根本就不在乎！

刚躺下不久，电话来了，黄依彤傲慢地说："你怎么还不回来？在外鬼混，不要家了？"

"我再也不去你娘家了，你爱怎么样就怎么样，我无所谓！"李文博冷冷地回答。

"你还真来劲了，腰杆硬了？"

"对，我现在再也不受你们欺负了！"说完，他果断地挂了电话。

黄依彤被气得半死，她歇斯底里的毛病又犯了，刚想骂李文博，但他已经挂了电话。没处发泄的她，把手机狠狠地往地上一摔，结果是，四千多块钱的手机，没了。

第二天下班，李文博闲来无事，突然想给梁雪买件衣服，毕竟，人家帮了自己的大忙，又和自己有了那种关系，怎么说，也得好好关心一下人家。怎么关心？用物质是最好的方式之一。

李文博去了商场，左看右看，终于看中了一条裙子，标价一千二百元。李文博心想，梁雪穿上它，一定很好看，她一定会很喜欢的。于是，他毫不犹豫地买下了。

买下裙子后，李文博立即打电话给梁雪，准备给她送去，可是，不巧的是，梁雪刚好临时有事，出去了。李文博只好暂时先回家，等第二天再带给梁雪。

他一路走，一路逛，心情不错。到了家，一进门，李文博愣住了，不知道什么时候，老婆黄依彤回来了，他简直吓了一大跳，精神立即紧张起来，这个死女人怎么突然回来了？她想干什么？

李文博正在疑惑，黄依彤过来了，看见李文博手里的袋子，立即眉开眼笑，温柔地说："老公，你给我买的新衣服吗？"

"哦，嗯！"李文博吞吞吐吐。

其实，李文博差点背过气去，自己本来是给梁雪买的，现在倒好，碰到了黄依彤，只能哑巴吃黄连，有苦说不出啊！

"谢谢老公，我来试试！"说着，她从李文博手里接过袋子。

李文博没有说话，只是默默地把袋子递给了她。

"呀，好漂亮啊，真合身，老公！"黄依彤兴奋地说。

"那就好，那就好！"李文博面无表情。

"老公，你真好，来，亲一个！"

"免了！"

"不，我就要亲嘛！"

李文博无奈，只好让她亲了一下，然后，他回房郁闷去了。正在这时，梁雪打来了电话，李文博心想，我接不接呢？

"老公，谁的电话？你怎么不接啊？"黄依彤问道。

"哦，同事的。"李文博说。

"哪个同事的？"黄依彤问。

"问那么清楚干什么？"李文博不高兴了。

"我问问怎么了？你火气怎么这么大？"黄依彤也火了。

"问得我心烦！"

"你神经吧？"

"你才神经呢！"

"你怎么骂人？"

"我不喜欢你多管闲事。"

"你去哪里？"

"我想去哪里就去哪里，关你屁事！"李文博说完，径自出门了。

黄依彤在身后想阻拦他，但哪里拦得住，气得黄依彤直翻白眼。她第一次被李文博这样对待，心里接受不了，以前，明明是自己说了算，自己是主人的，现在倒好，全部反过来了。

李文博出了门，给梁雪打电话，他说："对不起，刚才不方便接你电话，你在哪里？还好吗？"

"我回家了，有空过来吗？"

"我给你买了件衣服，可是，刚才在家被她看见了，以为是给她买的，真对不起，我……"李文博有些遗憾地说。

"没关系，我有衣服的。"

"我下次再给你买件更好的！"

"好的，呵呵，你现在过来吗？"

"我马上过去。"

李文博拦了辆的士，兴冲冲地向梁雪家赶去。到了梁雪家，梁雪正系着围裙，在家里煲汤呢！

李文博用鼻子嗅了嗅，说道："好香啊！"

"呵呵，是吗？知道是什么汤吗，猜一下？"梁雪笑着，神秘地说。

"排骨汤？"

"呵呵，你只猜对了一半，我煲的是西洋菜排骨汤，专门给你补补的。"

"是吗？谢谢你，我真是有口福，能喝到你煲的靓汤。"

李文博很感动。老婆都没给自己煲过汤，可是，梁雪居然能给自己煲汤。此刻，他突然觉得自己的心里暖融融的。

"平时，你老婆不给你煲汤吗？"梁雪问他。

"她从来不。"

"看来，她不是个称职的老婆哦！"

"她懒得简直不像个女人！"

"快来尝尝我的手艺。"梁雪说着，舀了一大碗汤，端到李文博的面前。

"谁要是将来娶到你，就是做梦也会笑醒的！"

"是吗？那你敢离婚娶我吗？"梁雪看着李文博说。

听到梁雪这么说，李文博吓了一大跳，他以为自己听错了，但是，梁雪的话是真真切切地响在耳畔。他一时不知道该怎么回答才好，愣在那里。

"好了，看把你吓的，和你开玩笑呢！"梁雪笑了。

"不过，我真的很想娶你！"李文博说。

"得了吧，现在你离婚，也不太现实，我理解。"

李文博更加喜欢梁雪了，她不仅漂亮、大方，懂得尊重人，又体贴、周到，还如此的善解人意，对于男人来说，夫复何求？娶老婆，就要娶这样的。

"别发呆啊，快来喝汤吧，都快凉了！"

李文博喝了一口，感叹道："味道真好！对了，你是怎么做的啊？"

"是吗？你想学？"

"是啊,你教教我吧,我将来做给你喝。"

"这也不怎么难,先准备材料:排骨一斤、西洋菜一把。调味料:酒一大匙、盐一小匙。做法:把排骨洗净,先烫除血水,冲净后,加热水十五杯煮开,加酒一大匙,改小火煮。西洋菜先摘下嫩叶,将梗洗净,放入排骨中一起煮,嫩叶洗净备用。待排骨熟烂时,拣除菜梗,加盐调味,放入西洋菜叶煮软即可盛出。"

李文博不住地点头,赞不绝口。

"还有,要注意的是,这道汤的风味在于排骨久炖后的骨香和西洋菜香,所以排骨不必用太瘦或肉层太厚的部位,粗骨或肋条即可。西洋菜梗先炖出香味再拣除,然后才放嫩叶,可使汤汁保有菜香,还可吃到翠绿的蔬菜,若一起入锅,叶片久煮会变黄。"

喝完汤,李文博搂着梁雪,轻轻地在她耳边说:"我要是早点认识你就好了!"

"为什么这样说呢?"

"要是早点认识你,我就不会和这个变态的女人结婚了!"李文博很遗憾地说。

"你当时怎么就没看出她是这种人呢?"

"当时,和她谈恋爱的时候,她还不是这样的,那时,她很懂礼貌的。"

"她和你结婚后才变成这样的?"

"是啊,简直是判若两人,天壤之别啊!"

"看来,以后的日子,有你受的了!对了,你怕吗?"梁雪问他。

"有你,我不怕,很幸福的。"

"那你觉得我们是什么关系呢?"梁雪又问。

李文博一时说不出话来,感到脸在发烧,他没有想到梁雪会这么问,所以很尴尬。见李文博半天不说话,梁雪笑着说:"你别紧张,我只不过随便说说而已。"

"对不起!"李文博低着头。

"我和你在一起,没有别的意思,我是自愿的。"

"小雪,委屈你了。"

"没什么，只要快乐开心就好。"

"和你在一起，我又找到了初恋的感觉，可惜，我现在已经身不由己。"

李文博很伤感，仿佛一个做错事的孩子，梁雪忙安慰他，让他不要想那些不开心的事，人生短暂，快乐开心才是最重要的。

两个人正在聊天，李文博的手机响了，他一看，是岳母打来的，李文博走到阳台上，接电话。

岳母对他吼道："你这个没良心的，依彤都怀孕了，你还在外面逍遥、浪荡。"

"我不是你们的奴隶，做什么都要听你们的、受你们的限制，我是一个人，我不想做的事，谁都强迫不了我。"李文博毫不客气地回敬道。

"依彤怀孕了，需要人照顾，你怎么就不能体贴点？"

"体贴？她体贴过我吗？碗，我刷；衣服，我洗；卫生，我做，还要伺候她。她呢？什么都不做，还要我什么都听她的，我娶的哪是老婆啊？娶的是老娘！"

"话别说得那么难听啊！"

"我没时间和你闲扯！"李文博说完，挂了电话。

以前，在老婆和岳母面前，李文博什么都不敢说，也不敢反驳。现在，他已经不怕了，大不了离婚嘛，反正自己已经无所谓了。你女儿是人，需要人体贴，那我就不是人，就不需要人体贴？我整天累死累活的，就活该吗？

进了房，梁雪问李文博："谁的电话？"

李文博气呼呼地说："那个老不死的。"

"你老婆她妈？"

"是的，简直气死我了，给脸不要脸的人。"

"你怎么敢骂她？"

"不看她是长辈，我真想给她几耳光，什么事都管，非要我听她们的。"

梁雪皱皱眉头说："有这样的丈母娘，也确实够受的了，什么都掺和，到底谁和谁过日子啊？"

李文博说："不提那些人了，走，我请你去吃法式西餐。"

"算了，还是省点吧，喝我做的汤就好。"

"那我给你买的衣服被她拿走了，我该怎么补偿你呢？"

梁雪想了想，说："补偿吗？先喝我做的汤，然后，你要陪我一整晚，不许回家。"

李文博笑着说："那绝对没问题！"

梁雪很高兴，像小鸟一样依偎在李文博的怀里。李文博正在和梁雪缠绵，手机响了，李文博扫了一眼，是黄依彤打来的，他没有接。黄依彤不停地打，李文博心烦，直接挂了。过了片刻，黄依彤又打了过来，李文博干脆关机了。

如果是以前，他不敢这样，现在，他不再害怕了。一个大男人，被女人捆住手脚怎么行，将来还怎么在社会上混？

第二天上班，李文博刚到公司，黄依彤就怒气冲冲地闯进他的办公室，指着李文博的鼻子骂："你死哪里去了？你还要不要家？"

"你吼什么？省点力气吃饭吧，我没时间和你闲聊。"

"你浑蛋，不说清楚昨晚去哪里了，我不会走的。"

"我走到哪儿，哪里就是家，又买不起房子。"

他们正在争吵，公司的副总陈江进来了，他着急地说："文博，你现在把传真发到广州分公司去，快点啊。"

"好，马上。"

李文博说着，去桌子上拿文件，准备发传真，黄依彤一把抓住李文博的衣领不放，死缠烂打，李文博用力一推，黄依彤站立不稳，摔倒在门口。李文博发完了传真，黄依彤还不肯走，李文博烦得不得了，他说："我警告你，你再这样胡闹，我就对你不客气了！"

黄依彤站起来，抓住李文博，还想纠缠，李文博火了，甩手给了她一记响亮的耳光，黄依彤跌坐在地上呜呜地哭起来。

这时，公司的秘书陈娜过来了，她扶起黄依彤说："你回去吧，两口子有话好好说，别打架。"又转身对李文博说："你是个大男人，怎么能打女人呢？"

"她实在太可恨了！"

"再可恨，你也不能打女人啊！"

李文博看了看黄依彤，心想，你也有哭的时候啊？以前把我压迫成那样，以为我好欺负？不给你点颜色看看，你以为我没脾气？老虎不发威，你以为我是病猫？不抽你耳光，你就不知道花儿为什么这样红！还有你那个死变态的妈，老子早晚对她也不会客气的，等着瞧吧！

黄依彤虽然哭得很伤心，却没有一个人愿意过来安慰她。李文博公司的人基本都认得她，也知道她平时的为人，因为她来公司闹过几次，大家也了解她是什么样的人。所以，看见李文博打她，也都没阻拦。

同事张兵对着李文博悄悄地竖起大拇指说："文博，你真是条汉子，这种女人，就得这么教训！"

黄依彤坐在地上不肯起来，陈娜想搀扶她起来，黄依彤对陈娜吼道："别管我，你也不是个好东西！"

"啊？我怎么惹你了？"陈娜吓了一跳。

"你上次在我家里勾引我老公，现在还假惺惺地装好人！"

"你这个人怎么这样啊？我一番好心，却被你当成了驴肝肺。"

"狐狸精！还装什么啊？"

"哼，真是狗咬吕洞宾，不识好人心！"陈娜气得脸色发青，走开了。

黄依彤擦了擦眼泪，站起来，无奈地离开了。李文博看着她下楼的柔弱背影，也挺可怜的，他甚至心有些软了。

李文博默默地在心里说，我出轨，都是你逼的！本来我很清白，什么事没有，可是，你却百般怀疑，胡搅蛮缠，害得我身败名裂，连一个朋友都不敢和我联系了，太过分了。

李文博一想到她和她那个变态的妈对自己的种种辱骂和欺负，他又恨得牙齿发痒。他觉得自己从没被尊重过，已经失去了人格。

晚上，李文博没有回去，他不想回去，一回那个家，他就感到压抑，而一回到老婆娘家，他就感到整个人要崩溃。

李文博给梁雪打电话，想要去她那里。他怕黄依彤查他的手机通话记录，所以用的是公用电话。这就叫，上有政策，下有对策。你不是查我手机吗？查吧，你有精力，就使劲地查吧！累死你！

梁雪说："今天我爸爸妈妈回来了，你不能来我家了！"

"哦，那怎么办啊？"

"过几天再看情况吧！"

"可是，我想你，怎么办啊？"李文博着急地说。

"你就忍耐一下吧！"

"我忍不住！"

"哈哈，那我想想办法。"梁雪笑着说。

"我们去外面开房？"

"那我爸爸妈妈问起我，怎么说啊？"

"你就说你加班。"

"你还真会撒谎啊！"梁雪说。

"呵呵，这也都是为了能和你在一起，没办法。"

"是吗？"

"那我在佳林宾馆开房等你吧！"

"怎么不去如意宾馆了呢？"梁雪不解地问。

"这叫打一枪换一个地方。"

"你真坏！"

"就这么说定了啊！"

"那好，你开好房间，告诉我房号，我去找你！"

李文博去宾馆开房后，给梁雪打电话，很快梁雪来到了宾馆，和李文博在一起幽会、缠绵，李文博对她百般宠爱，呵护有加。李文博在梁雪的身上找到了一种家的感觉，很温暖，很温馨。

第二天上班，李文博刚进办公室，秘书陈娜就说："刚才有个人打了好几个电话找你，你不在。"

"你问是谁了吗？"

"我问了，对方没说。"

"是男的还是女的？"

"一个女的。"

正说话间，电话又响了，陈娜说："肯定是你的。"

李文博一接电话，那边就传来一阵粗俗的叫骂声："你个土包子养的，不得好死，我们家依彤哪里不好？你居然敢打她？"

正是岳母的声音，李文博听得火冒三丈，她居然把电话打到办公室来了，而且还出口伤人，脏话连篇。他大声地骂道："你一大把年纪了，一点水平都没有，难道你们天生都是没教养的？"

"好啊，你个挨千刀的，居然敢骂我？"

"滚，这是公司，我要工作，没时间理你！"

说完，李文博挂了电话。电话刚挂，又响起来了，不用问，肯定还是岳母打的，李文博没有接电话，自顾自地忙去了。

电话一直响个不停，李文博又怕错过公司的公事，便让秘书陈娜去接，他说："如果是那个老女人打的，就说我不在，出去了，如果是其他人，就告诉我。"

陈娜自然明白，她接起电话，问道："您好，请问您找哪位？哦，找李文博啊，他不在，出去办事去了……哦，还不知道他什么时候回来呢？有事吗？我可以帮您转告一下……哦，不用了是吧，再见！"

李文博在一边窃笑，这老东西，还真难缠啊！幸亏想了这一招，不然，肯定又被纠缠了。

下了班，李文博回家，本来不想回的，但是要换衣服，总不回家也不方便。他洗了个澡，换了身衣服，开始上网，刚坐下来不久，就见岳母阴沉着脸，杀气腾腾地和黄依彤闯了进来。李文博心想，不用问，肯定是来寻衅找事的，豁出去了，看你们能把我怎么样？

李文博没有说话，准备倒杯水喝，只见岳母冲过来，抬手就向自己的脸打来，李文博一闪身，躲开了，岳母还不罢休，又冲上来打他，李文博忍不住了，用手使劲一推，岳母倒在了沙发上。

这一下，可不得了了，岳母爬起来，拿起凳子就向李文博砸了过来，李文博一闪身，又躲开了，但不幸的是，客厅里的书画匾额哗啦一声就碎了。李文博顿时一阵揪心地疼，那可是自己的宝贝，苏东坡的《念奴娇·赤壁怀古》是他花了好几百块从书画市场上买的。

正在心疼，一个茶壶又飞了过来，李文博一低头，躲开了，这下，更倒霉了，笔记本电脑啪的一声就罢工了。李文博心疼地哎哟一声，这也是自己的宝贝，花了六千多块钱买的，三个多月的工资啊，还没用一年，就这么报销了。

岳母还不罢休，又拿起一个凳子，还要砸，李文博一箭步冲了过去，夺下凳子，一甩胳膊，把岳母推了出去。岳母后退了几步，跌坐在地上，她开始撒泼，大骂李文博："你这个龟孙子，敢打我，你们全家都不得好死！"

"你嘴巴放干净点，否则，别怪我对你不客气！"

黄依彤见母亲摔倒，也来拉扯李文博，李文博看都没看，一伸手将她打倒在地，她放声大哭起来。

看着跌坐在地上的母女，李文博心里特别畅快，自己那么多天忍气吞声，现在，终于报了一箭之仇，扬眉吐气了。

李文博扬长而去，他笑着说："仰天大笑出门去，我辈岂是蓬蒿人！"

## ⑨ 翻身老公把歌唱

说来也怪，打完她们没几天，李文博突然接到通知，自己要升职了。原来，因为他平时工作卖力、认真负责、表现突出，单位破格提拔他当销售部经理。李文博不禁心花怒放，他觉得人要倒霉，喝口水都能噎着，而人要走运，幸福挡都挡不住。

很快，任命书就下来了。当了经理，李文博心里特别高兴，升职就意味着涨工资，涨工资就意味着有钱，有钱就意味着有底气，有底气就意味着别人不敢再小看你，这样，就有了尊严。

李文博心想，我有了钱，看以后谁还敢欺负我？人不犯我，我不犯人，人若犯我，我必犯人。如果不怕死的，就再来欺负我吧，我等着呢！

李文博当上经理后，工资涨了三倍多，加上补贴和奖金，算下来和黄依彤也差不多了。这下，他感觉自己能抬得起头了，出门见人说话，也理直气壮了。以前，别人问起他的工资，李文博总是羞于出口，而问起他老婆的工资，更是难以启齿，总觉得很没面子。当然，这都是个人的因素，关键是工资低，老婆看不起他，对他呼来喝去，简直是矮了三辈。现在，他可以高高地抬起头了。

李文博还有更大的野心，他想当副总，当总经理，当然，一口吃不成胖子，凡事都要慢慢来。

自从和老婆家人大闹了一场后，黄依彤就没有再回他租住的小家了。黄依彤不回，李文博正好求之不得，不见她不烦！

冷战了一个月，李文博轻松了一个月，也逍遥了一个月，但最终，在父母的强烈要求之下，他无奈地把黄依彤接回来了，当然，他知道，这肯定是老婆那边搞的鬼，不然，父母肯定不知道，自己从来就没说过冷战的事。

黄依彤回来后，李文博对她不冷不热，反正自己现在不再对她马首是瞻、唯命是从了。那些做牛做马的悲惨日子一去不复返了。

李文博升职之后，他每天的工作繁忙了很多，应酬也多了，要与各种阶层的人打交道、谈业务，处理公司的各种事务。每天的饭局自然是少不了的，经常要陪客户吃饭，往往很晚才能回家。

李文博回家晚了，黄依彤的意见越来越大，又开始查他的手机，查他的通话记录，只要李文博接到电话，不管是谁的，黄依彤都要盘问半天。

有一天，李文博陪客户在酒店吃饭，黄依彤打电话给他，他起身到走廊上接电话，黄依彤说："你在哪里？怎么还不回来？"

"我在陪客户吃饭！"

"哪个客户？"

"新科集团的副总。"

"在哪个酒店？"

"金盾大酒店。"

"好，我过去看看，你别骗我！"

"什么！你要过来？"

李文博不高兴了，自己陪客户吃饭，这是工作需要，为什么她还不相信自己呢？查手机通话单，李文博心中已经很不满了，考虑到她有孕在身，忍一忍也就算了，可是，现在她居然要来亲自查岗，这简直是对自己的侮辱。

想到这里，李文博说："你要敢过来，老子就打断你的腿！"

"你敢！你要是再敢动我一下，我就和你拼了！"

"你不要太过分了，敬酒不吃吃罚酒，给脸不要脸。"

"你心虚也就算了，我知道你在外面鬼混，别再找幌子了。"

"不信算了！"

李文博气呼呼地挂了电话，回到包房吃饭。酒过三巡，正喝得高兴，包房的门被推开了，黄依彤气势汹汹地闯了进来。李文博一看，顿时觉得

颜面扫地，一个大男人，连一点点自由和空间都没了，这还有什么意思啊？他腾地一下站起来，喝道："你要干什么？"

"我看你在这里和谁花天酒地？"

"我这是与客户谈生意。"

"都晚上了，还谈什么生意？扯什么淡啊！"

"你给我滚出去！"

客户一见这阵势，觉得很是尴尬，起身走了。李文博一看客户走了，好不容易才找到的业务机会，现在全泡汤了，他觉得忍无可忍了。

"你有病啊，发什么神经？"

"你才有病，半夜不回家，在外鬼混！"

黄依彤满脸的怒气，李文博不想与她在外面起正面冲突，他说："有什么话，回家再说吧！"

"我不回去，我偏要在这里说，你整天不回家，还怕丢人？"

李文博没有理会她，埋完单，要了发票，走了。公司的业务，肯定要报销的。黄依彤一路追着他，吵吵嚷嚷，喋喋不休。

到了家，黄依彤又开始发脾气，摔东西。杯子盘子都被摔了，电视机也被砸了，这还不算，接着她打电话又叫来了她的爸爸妈妈和妹妹。不一会儿，一家人又气势汹汹地赶来兴师问罪。

岳母张口就骂："你他妈的真是犯贱，娶了老婆，还收不住心？"

"您别血口喷人，说话尊重点！"

"和你这种垃圾还用尊重？你也配吗？"

"文博，我警告你，你不要放肆，再敢让我女儿受气，我对你不客气！"说着，黄阅要动手打李文博。

"你们不要以为我好欺负，你敢动我一根手指头，后果自负！"李文博也不甘示弱。

"你小子不要这么蛮横，我早就看你不顺眼了，告诉你，我今天就想教训教训你。"

"你要敢打我，我就让你躺着出去，信不信？"

李文博的两眼因愤怒而闪烁着凶光，冷气逼人，不知道是什么原因，黄阅最终没有敢动手。李文博现在不是以前的那个受气包、出气筒了，腰杆早就硬了。以前因为没钱，被欺负、被呵斥、被辱骂，他都是强忍着的，现在，他有钱了，怎么可能再忍下去？

"我要你向我女儿道歉！"岳母说。

"道歉？我凭什么向她道歉？！"李文博想笑。

"你在外面花天酒地，整天不沾家，就要向我女儿道歉。"

"得了吧，你看看她做的什么事？让她向我道歉还差不多。"

"她又没有做错事，给你道什么歉？"

"我陪公司客户吃顿饭，她闹来闹去，成什么样子？不仅查我的手机通话单，还怀疑我在外面有情况，跑来撒泼，害得我失去了这么重要的一个客户。"

"客户？是客户重要还是老婆重要？"岳母质问他。

李文博听到岳母的质问，心里更来气了。自从结婚以后，老婆从来不给自己的父母打问候电话，从来不关心，从来不在意，有这么做儿媳妇的吗？

想到这里，他大声说道："我不努力工作，怎么升职？不升职怎么涨工资？不涨工资怎么养家糊口？我的父母还生活在农村，生活在泥浆里，我不拼命工作，谁赡养我的父母？"

"你以为就你一个人在努力？你别找借口！"黄依彤说。

"闭嘴！你没有资格和我说话，自从你嫁给我后，你主动给我父母打过几次电话？你问候过我父母几次？作为儿媳妇，你尽到责任了吗？"李文博越说越激动，满脸通红。

"打电话，我又不知道说什么，怎么打？"

"怎么打？我天天在这里，喊你的父母'爸爸妈妈'，你叫过几次我的父母'爸爸妈妈'？你还有良心吗？"李文博把心中的愤怒和不满几乎都说了出来。

"你才没有良心呢！"

"我的父母从老家千里迢迢带来的那些农产品，都被你扔了。我父母那么关心你，你居然从来不关心我父母，不问候我父母。你有爹妈，我就没有爹妈吗？难道我是从石头缝子里蹦出来的？我知道你看不起他们、嫌弃他们，我早就受够你了，我要和你离婚！"

李文博火气很大，想要离婚。娶个老婆，不但对自己不好，折磨自己，而且还不尊重自己的父母，更别谈孝顺父母了。

结婚的时候，自己在老婆的父母面前，一口一个爸，一口一个妈，非常尊重，还帮忙着做这做那，勤勤恳恳，任劳任怨。自己把她的父母当爹妈，她却不把自己的父母当爹妈，他已经忍了很久了，这回，新账旧账一起算。

黄依彤见李文博要离婚，也来劲了，她说："离就离，谁怕谁啊？"

"离婚？你说得轻巧，离了婚，孩子怎么办？你难道不想对孩子负责？"岳母恼怒了。

"这是我和您女儿的事，与您无关！"

"什么！与我无关？"

"我和您女儿结婚，又不是和您结婚，您有什么资格干涉我们之间的事？"

"你，你……"岳母被气得满脸通红，说不出话来。

李文博与黄依彤一家人吵得不可开交，正好梁雪发短信给他，约他出去吃饭，李文博也想离开了，和这一家疯子争吵，能有什么好结果？只能是浪费自己的时间。

想到这儿，李文博头也不回地走了。你们不是喜欢胡搅蛮缠吗？你们闹吧，我没时间陪你们。

李文博来到了约定的地点和梁雪见面，梁雪已经在等他了，见了面，梁雪说："你脸色不太好，怎么了？又和她吵架了？"

"何止是和她吵架，她一家子都来了。"

"他们也真是太过分了，欺人太甚！"

"不管他们了，走，我们吃点东西去。"

还没说几句话，李文博父母的电话就打来了，李文博感到不妙，肯定是老婆家人又向父母告状了，不过，父母的电话，他不能不接。

"妈，您和爸还好吗？身体怎么样？"

"你这个浑小子，你怎么那么不听话？你非得把我和你爸气死啊！"

"妈，怎么了？有话慢慢说，您别生气啊。"

"妈能不生气吗？你要离婚，我孙子怎么办啊？"

"妈，您听谁说的？"

"别管我听谁说的，我告诉你，我们家就你这一个血脉，你要是敢离婚，妈就不活了！"

听到母亲的话，李文博的头一下就大了，这简直像紧箍咒一样，牢牢地套在了他的头上，让他头痛不已。李文博只能好言相劝，说："妈，您别担心，我一定会给您和爸生个大胖孙子的！"

"你爸爸现在身体也很不好，你不要再和依彤闹了，年纪也老大不小了，你怎么就不听话呢？"

"妈，她对您和爸一点都不好，不尊重你们，一点孝心都没有，这是什么儿媳妇啊？"

"算了，我和你爸也不计较，人家毕竟是大城市里的姑娘，肯定看不起我们农村的婆家，妈和你爸都不在意的！"

"妈，您和爸不在意，我在意啊，她一点礼貌都没有。"

"孩子，我和你爸不在乎她孝顺不孝顺，只要你们过得好，我们就知足了。你就听妈的话，好好和她过日子，把你们的家庭搞好，不要再让我和你爸担心了。"

"好好好，妈，您和爸就放一百个心吧！"

李文博和母亲通过电话后，心里很难受，自己这个当儿子的太不争气了，简直一点出息都没有，要是自己有出息，儿媳妇能对公公婆婆这样吗？归根结底还是一个原因，没钱。自己要是有钱，买了房子，买了车子，老婆还敢这样吗？你不孝敬公婆，不尊重老公，整天胡闹，一个字——滚，就解决所有问题了。有钱什么样的女人找不到？

现在的婚姻，李文博实在受不了了。父母也不理解自己，还以死要挟。唉！要不一不做二不休，干脆先斩后奏，离了再说。但黄依彤怀了孕，离婚的话，必须征得她同意，可是，目前来看，就算她同意，她的父母也不会同意，肯定会阻拦的。

如果真的离婚的话，肯定要打掉孩子，如果不打掉孩子，将来孩子生活在一个没有父爱的家庭里，怎么能健康成长呢？而且，如此恐怖的一家人，说不定会把孩子糟践成什么样子呢！

不管成不成，试试再说。

李文博打通了黄依彤的手机，平静地说："我们离婚吧，明天去办手续！"

"好，你等着！"

听黄依彤爽快地答应离婚，李文博心里非常高兴，只要离了，剩下的事情再慢慢解决，就怕是离不了。

梁雪在旁边，问他："她同意离了？"

"是的，暂时是同意了，就是不知道会不会出岔子。"

"你真的想好了吗？"

"是的，我已经生不如死了。"

"我们去吃饭吧，庆祝一下，为你的自由干杯！"

"好，谢谢！"

李文博和梁雪很高兴，向不远处的一家餐厅走去。餐厅名字叫君悦，环境还不错，装修的是自然古朴的风格，看起来很舒服。

落座后，服务员拿来菜单，请李文博点菜，李文博把菜单拿给梁雪，说："你来点吧！"

"那好，我就不客气了！"

"什么好吃，你就点什么。"

不一会儿，梁雪点好了菜，笑着看着李文博说："你看，这些行吗？"

李文博看了看，说："很好，对了，我们喝点酒吧？"

"好，我陪你喝，舍命陪君子。"

很快，菜上来了，清蒸武昌鱼、红烧排骨、虾球、滑藕片，还有一个紫菜蛋汤。接着，又上了几瓶青岛啤酒。

李文博很绅士地伸了伸手，说："梁小姐，请！"

"和我还这么客气啊？"

"那当然，对女士就要绅士些！"

"呵呵，你别和我装了，我还不知道你？"

"你当然懂我啦，来，我们先干一杯！"

李文博给梁雪倒了杯酒，又给自己倒了杯，拿起来，和梁雪碰了杯，一仰脖子，一口气干了。他笑着说："小雪，随意就行，不必一次喝完。"

梁雪喝了半杯，放下杯子，脸色有些变化，她说："我一喝酒就醉，你要照顾好我哦！"

"那当然，放心吧，我一定好好照顾你！"

"那我就放心了！"

梁雪和李文博喝了一会儿，四瓶啤酒都已经报销了，李文博一招手，说："服务员，再来四瓶！"

"等一等，别要那么多，喝太多，会醉的！"梁雪摇了摇头。

"没关系，醉了，做爱更有韵味哦！"

梁雪突然脸色有些难看，李文博说："你怎么了？"

"哦，没事，我去上个洗手间。"梁雪说。

李文博这才松了一口气，他还以为是梁雪不想与自己亲热呢！李文博喝得醉眼蒙眬，心情畅快，从来没有这样的酣畅淋漓，全身的毛孔没有一处不张开，没有一处不舒服。想到又能抱得美人上床，他顿时又来了精神。

梁雪和黄依彤谁更漂亮？其实，她们两个是两种不同类型的女人，虽然都漂亮，但却各有各的风格特点。味道不同，俗话说，每个女人都有自己的味道。

黄依彤是属于泼辣、强悍型的漂亮女人，外表看起来很温婉，实际上很厉害，而且多疑，外弱内强，还喜欢控制、指使男人，完全是个女强人。和她在一起，李文博感到压抑，生活如同世界末日，难以忍受；而梁雪是个温柔体贴、贤淑型的漂亮女人，性格温和，知书达理，很容易接近，像水一样。李文博和她在一起，感到特别的轻松、愉快，没有任何的压力。没有男人会喜欢比自己强悍的女人，更没有男人喜欢被自己的女人控制。

吃完饭，梁雪和李文博都有些醉了，特别是李文博，醉得很厉害，走路摇摇晃晃的，梁雪搀扶着他，向一家宾馆走去。因为梁雪的父母在家，所以，她不能带李文博回去。

开好了房，梁雪扶李文博去洗澡，她和李文博一起洗，不一会儿，李文博清醒了一些。他看见梁雪也光着身子和自己洗澡，笑着说："我们两个在洗鸳鸯浴呢！"

"怎么了？你不喜欢吗？"

"不是，很喜欢啊，简直太喜欢了！"说完，李文博抱着梁雪亲吻起来。

"等，等一下……"

梁雪还没说完，李文博的嘴唇已经紧紧地贴在了她的嘴唇上。于是，梁雪情不自禁地和李文博在浴室里做爱了……

激情过后，梁雪对李文博说："你觉得我和你老婆谁更好？"

李文博看着梁雪，愣了一下，不知道梁雪这么问是什么意思？他一时不知道该怎么回答了，其实，答案不用说，已经很明显了，如果梁雪没有黄依彤好，李文博怎么会和梁雪在一起呢？

过了一会儿，李文博笑着说："当然是你好了，不然，我怎么会天天想和你在一起呢？"

梁雪搂着李文博的脖子，看着他的眼睛说："你不觉得我没有你老婆漂亮吗？"

"傻瓜，情人眼里出西施，漂亮也没有确切的标准啊！"

"但你老婆确实比我漂亮！"

"你这么认为？"

"是的，我承认这一点！"

"就算她比你漂亮一百倍，我现在确实是喜欢你，而不喜欢她！"

"你喜欢我什么呢？"

"我喜欢你的温柔，喜欢你的气质，喜欢你的声音，喜欢你的体贴，喜欢你的身体！"

"哈哈，你不会是为了和我做爱，才喜欢我的吧？"

"当然不是，我是因为喜欢你，才想和你做爱，而不是想和你做爱，才喜欢你。"

"真的？"

"真的，不然，那就太无耻了！"

"希望你心口如一。"

"放心吧！"

李文博搂着梁雪，又和她缠绵起来，洗个澡居然洗了两个多小时，这简直太疯狂了，李文博陶醉在梁雪的温柔乡里，不能自拔。

有人说，不能自拔的，除了牙齿，就是爱情。李文博现在彻底地、无可救药地爱上了梁雪，而梁雪也深深地喜欢上了李文博。李文博现在什么都好，就是身上还有一道枷锁，一纸婚书，因为这纸婚书，他现在是别人的老公。

李文博现在很想挣脱自己身上的枷锁，他是急不可待地想挣脱出来，还原一个自由之身。可是，现实情况却很困难，来自家庭的压力让他有些喘不过气来，而且黄依彤现在也有孕在身，如何才能妥善处理好这一切呢？

想到黄依彤和她的家人的蛮横、无理、霸道，甚至是变态，李文博离婚的念头越来越强烈，他不敢想象将来在这样的家庭里面，怎么活下去？在他们的面前，他完全就是个被侮辱与被损害的人，毫无尊严，也丧失了人格，完全不像个男人了。

正在这时，他的手机收到一条短信，是黄依彤的，她说：你现在在哪里？快回来，我们把话说清楚。

"怎么了，你要回去吗？"梁雪问他。

"我不想回去，她是个疯子。"李文博说。

"如果你老婆怀疑我们怎么办？"

"怀疑更好，免得我再解释。"

"你不怕她了？"

"早晚都要和她解决这些事的。"

李文博没有理会黄依彤，先是美美地睡了一觉，和梁雪共度良宵才是最重要的，俗话说，春宵一刻值千金嘛。

第二天上班，李文博精神很好，好像浑身有使不完的劲。刚到公司，他得到一个消息，公司要派梁雪和副总陈江立即去广州出差两周。李文博本来舍不得梁雪走，但是公司的决定，又不能改变。

梁雪收拾好了东西，李文博找了个没有人的地方，悄悄地和梁雪说话，他嘱咐道："你出门在外要多注意安全，照顾好自己的身体。"

梁雪笑着说："怎么了，舍不得吗？"

"是啊，你走了，我的心也和你一起走了。"

"别这样，像丢了魂似的，开心点，我又不是不回来。"

"可是，我会等得着急的。"

"又不是生离死别，真是的。"

送走了梁雪，李文博在办公室里坐立不安、心神不宁。两周，对李文博来说，简直太漫长了。要是自己能和梁雪一起去，那该多好啊！

李文博正在胡思乱想，突然，秘书陈娜心急火燎地跑了过来，她着急地说："李经理，能帮我一个忙吗？"

"丫头，怎么了？"

"档案室的一个文件柜打不开了，董事长让我找一份文件，我急死了，你能帮我看看吗？"

"没问题，走，我去看看！"

到了档案室，李文博看了看那个文件柜，插进钥匙，左右旋转却转不动，用手拉了拉，发现钥匙孔锈住了。他说："里面锈住了，我去楼下找点润滑油来。"

李文博到公司做清洁的张阿姨处找了点缝纫机的油，出来的时候，他发现脖子像针扎了一样，好像被什么东西咬了一下，他急忙用手一挠，发现原来是一个黑色的虫子，李文博说："张阿姨，你这里要消毒啊，好多虫子。"

回到档案室，李文博把缝纫机的油滴进了钥匙孔，正在旋转，陈娜说："你的脖子怎么了？"

"哦，刚才在楼下被虫子咬了。"

"疼吗？都起疙瘩了！"

"不要紧，没关系。"

很快，文件柜打开了，陈娜很高兴，连声道谢。李文博说："没什么，小事而已，不值一提。"

工作了一天，忙忙碌碌，李文博有些疲倦。下班回到家里，黄依彤正坐在客厅里看电视，李文博没有理她，脱掉上衣准备洗澡，突然，黄依彤冷冷地说："你脖子上的口红印是谁的？"

"什么？口红印？哪里有口红印？"李文博一愣，不解地问。

"你脖子上的。"黄依彤生气地问。

李文博翻了翻衣领，对着镜子一照，看见自己的脖子上果然红了一片，非常显眼，像是一朵鲜艳的桃花。

李文博想，肯定是今天在公司找做清洁的阿姨要缝纫机油的时候，那个小虫子咬的，满不在乎地说："这是虫子咬的，不是口红印。"

"别骗人了，我还认不出来？"黄依彤口气加重了。

"这根本就不是什么口红印，我今天真的被虫子咬了。"

"虫子咬的？亏你想得出，你撒谎、编理由也找个像样的理由啊！"

"你怎么这么不相信人？"

"为什么虫子不咬你别的地方，专咬你脖子？"

"我哪里知道？难道虫子咬我，我要提前和它打招呼吗？"李文博也激动起来。

"鬼才相信你，你这不是第一次了。"黄依彤提起了往事。

记得刚结婚不久的一天，李文博下班回家，脖子上起了一块红斑，黄依彤看到他脖子上的红斑，质问他是哪个女人的口红印。怀疑他在外面和别的女人鬼混，大吵大闹，非要他说出那个女人是谁。尽管李文博一再解释，但黄依彤就是不肯相信，撒泼，踢啊，咬啊，打啊，李文博实在没办法，去找一个诊所的医生来鉴定，医生说是皮肤过敏，但黄依彤却诬赖他买通了医生，串通一气。当晚，黄依彤打电话叫来了自己的家人，她的妈妈听说女儿被欺负，一进门就指着李文博的鼻子骂不绝口。想到刚结婚不久，李文博忍了又忍，忍辱负重，默默地任她胡闹。第二天，他去大医院，找医生鉴定，鉴定是皮肤病，拿着诊断结果，往黄依彤的面前一摔，这件事才最终尘埃落定。

如今，又出现了这样的事情，李文博终于爆发了。黄依彤不肯罢休，又拨通了家人的电话，很快，她的父母又来了。看来，这回又要兴师动众，事态严重了。

黄依彤的妈妈一进门就嚷嚷开了："怎么又欺负我女儿？你这个狗娘养的，到底想怎么样啊？"

李文博生气地说："我警告您，不要骂人，有话好好说！"

"哟，你还神气了？你他妈的神气什么？乡巴佬！"

"我再说一遍，请不要说脏话，否则，我对你不客气。"

"你腰杆硬了是吧？要把我们家依彤甩了是不是？"

"我说了，这根本不是口红印。"

"不是？那是什么？"

李文博愤怒了，也顾不得什么斯文和礼貌了，也不想再尊重他这个岳母。他指着岳母的鼻子说："您他妈的欺人太甚，睁大您的狗眼看清楚，这到底是不是口红印？"

"你还反了天了？居然敢骂老娘！"岳母吼道。

"您先骂我的，我也只好回敬您了！做人，要讲求礼尚往来嘛！"

"你，你……气死我了！"岳母气得说不出话来。

"请你对我父母尊重一点！"黄依彤生气地说。

"你尊重过我的父母吗？对你们这种没素质的人，根本就没必要尊重。"李文博反唇相讥。

李文博的一席话，说得黄依彤满脸通红，说不出话来。李文博感觉浑身的毛孔有说不出的畅快，很爽。

岳母检查李文博的脖子，仔细看了半天，对黄依彤说："这是起的红斑，不是口红印。"

"妈，你再仔细看看！"

"不用看了，妈看清楚了！"

"啊！真的不是？"黄依彤有些着急了。

"哼！"李文博看了眼她们母女，鼻子里哼了一声。

这下，黄依彤傻眼了，和她的妈妈面面相觑。李文博穿好衣服，顿时来了精神。嘴里哼着小调，从冰箱里拿出蔬菜，说道："我做饭了，你们在不在这里吃饭？"

黄依彤坐着没动，她妈说："依彤，你和我回去吃吧！"

"妈，这口气，您怎么能咽得下？"

"孩子，你还要怎么样？"

"我要他给我赔礼道歉！"

"什么？我给你赔礼道歉？凭什么呀？"李文博一听，火冒三丈。

"孩子，别闹了，行吗？"

"不行，我今天偏要他给我道歉。"

"我错在哪里？凭什么给你道歉？你做梦去吧！"

"就凭你今天侮辱了我！"黄依彤说。

"什么！我侮辱了你？你脑子没病吧？"李文博怒不可遏了。

"算了，算了，跟我回去吧，就听妈一回吧！"岳母劝道。

"去他妈的！"黄依彤一甩手，把李文博喝茶的杯子摔了出去。

"我警告你，不要胡搅蛮缠，你平时无理取闹也就算了，我不和你计较，你要再给我没事找事，我对你不客气，别怪我翻脸无情！"李文博声色俱厉。

"你他妈的敢！"

"我要不敢，我管你叫妈！"李文博恼了。

顿了顿，他又说："我是农村的，你看不起我也就算了，但我父母没惹你吧？他们来了，你看不起我父母，冷眼相对，还把他们赶出家门。我父母再怎么说，也是你公公婆婆吧，你不孝敬他们也就算了，但你总得尊重一下他们吧！你是受过高等教育的人，你做的还是人做的事吗？你父母是人，应该尊重，我父母就不是人？就不该尊重？我再次警告你，在没离婚之前，我父母还是你的公公婆婆，请你对我父母好一点，不然，我替你父母好好教训教训你，给你上上课，让你学会怎么尊重长辈！"

"我和你拼了！"黄依彤像发疯了一样，冲上来，抓扯李文博，顿时，李文博的脸上就被抓出了两道血痕。

"别打了，别打了！"岳母过来拉黄依彤，急切地说。

李文博没动，摸了摸脸，手上全是鲜血，他震怒了："去你妈的！"李文博只一巴掌，就把黄依彤打倒在地。

"我他妈的杀了你！"李文博举起一个板凳往黄依彤的身上砸去。

## 10 流产事件

李文博高高地举起板凳,就要往黄依彤的身上砸,黄依彤吓得浑身发抖,岳母在旁边也吓坏了。李文博举在半空中的手停住了,他怒目而视,瞪着黄依彤,他心想,我这要是砸下来,估计黄依彤浑身的骨头就会哗啦一下散架了。

其实,李文博也不敢真的砸黄依彤,他只是吓唬吓唬她,如果真的砸了,把她砸死了,自己也要被判刑,何必为了逞一时之快自毁前程呢!

想到这,李文博看着瑟瑟发抖的黄依彤说:"看你怀了宝宝,我让你三分,这次就饶了你!"

岳母早已被吓得面无血色,她说:"孩子,算了吧,跟妈回去吧!"

黄依彤几乎瘫倒在地,她被母亲搀扶着,慢慢地爬起来,回娘家了。临出门的时候,李文博突然吼道:"站住!"

黄依彤和她妈妈被吓了一大跳,不知道怎么回事,难道是李文博又不肯罢休?正不知所措的时候,李文博说:"希望你回去能长点记性!"

李文博说完,整理了被打乱的房间,然后开始做饭去了。这人是铁,饭是钢,一顿不吃饿得慌。生气归生气,饭不能不吃。

李文博一边做饭,一边回想往事,想到以前受的气,他心情难以平静,憋屈,想到今天发怒,打了黄依彤,他又高兴、又舒畅,特别是看到黄依彤吓得浑身发抖的样子,他觉得舒服极了。看来,真的是人善被人欺,马善被人骑啊!

然而，让李文博不解的是，黄依彤的爸爸黄阅也来了，但岳父自始至终只是默默地坐在一边的沙发上抽烟，一声都没吭。

岳父始终冷冷地看着他们和眼前所发生的一切，为什么这么冷静，无动于衷呢？临走的时候，岳父用手扶了扶李文博丢下的凳子，又是一言不发地走了。

要在以前，岳父肯定帮着女儿和岳母说话，一起指责他，但今天，岳父的态度来了个一百八十度的大转弯，令人费解。

管他呢，随便他想什么，大不了兵来将挡，水来土掩。老子天不怕、地不怕，谁来都奉陪到底。

李文博正在胡思乱想，突然，手机响了，岳母打来了电话，李文博纳闷，不知道有什么事，刚接电话，岳母就声嘶力竭地哭喊："快来啊，你老婆流血了，流产了！"

"啊！流产了？在哪里？"李文博听到岳母的哭喊，吓坏了，这回可闯大祸了，他吓得腿都软了。

"在胜利街街心花园，你快来。"

"好，我马上到！"

李文博冲出门，像发疯了一样往胜利街狂奔，他心里默默地念叨，千万别出事啊，要是宝宝没了，我的父母就完了，我怎么交代啊？

不知道为什么，车子特别少，李文博拦不到的士，一口气跑出了几百米，觉得慢，正着急，这时刚好路边有一辆的士，乘客正要下车。

李文博冲上前，急切地说："师傅，快，到胜利街街心花园，有急事。"

很快，的士开到了胜利街，只见黄依彤面色苍白，虚弱地靠在街心花园的边上，两腿之间流出了殷红的鲜血，岳母正在给她揉搓胸口，岳父不知去向。

"快，快上医院！"李文博一个箭步冲下车，抱起黄依彤跑上了车。他对司机说："师傅，麻烦你快去最近的医院，我老婆流产了，谢谢！"

的士司机一看，人命关天，不敢怠慢，马上向最近的市第一医院开去。到了医院，李文博丢下一百元钱，来不及等司机找钱，就抱着黄依彤冲进了急救室。很快，护士和医生把她推了进去……

李文博在外面焦急地等待，来回走来走去，岳母在一旁不停地叫骂："我女儿要是出事了，我饶不了你，我要让你吃不了兜着走，你这个没良心的乡下人、农村人……"

"乡下人怎么了？农村人怎么了？农村人就没尊严吗？农村人就下贱吗？农村人就矮人三辈吗？你别在这啰啰唆唆，烦死人！"李文博没好气地说。

"要是我女儿有事，我和你没完！"岳母喋喋不休。

李文博心烦意乱，不想再听岳母唠叨，走到外面的走廊上透气。黄依彤到底怎么样了？他心里很担心，没有底。虽然老婆对他很凶、很霸道、很无理，但是，事关生命和她肚子里的宝宝，李文博不能不担心，作为一个男人，他有责任，也要负起这个责任。

"病人家属呢？"突然，医生叫道。

"来了，来了！"

李文博听到医生叫，立刻跑了过来，急切地问："医生，怎么样？有事吗？"

"你是她丈夫？"

"对，医生，请问她情况怎么样啊？"

"你妻子情况不是很严重，不是流产，而是宫颈息肉。"医生说。

"那就好，那就好，要紧吗？"李文博紧张得都不敢呼吸了，听医生这样一说，他悬到嗓子眼的一颗心这才放到肚子里。

"我们检查了一下，息肉像瓜子壳大小，检验是良性的。"

"医生，那怎么治疗啊？对宝宝有影响吗？"李文博急切地问。

"摘除就可以了，没什么大的影响！"

"谢谢医生，谢谢医生！"

"你签个字吧！"

李文博在手术协议上签了字，很快，手术成功了。李文博走进病房，握着黄依彤的手说："老婆，好点了吗？你受苦了！"

黄依彤把头转过去，没有说话。李文博知道她还在生自己的气，于是，一个劲地向她道歉，希望她情绪好点，能恢复得更快些。

岳母跑进来，抱着黄依彤哭起来，说："孩子，你没事妈就放心了，我真吓死了，要是我外孙子没了，我就活不下去了。"

正这样想着，突然，岳母叫他："文博，你过来，我有话和你说！"

"什么事？"李文博问。

"你怎么连妈都不叫了？好歹，你要尊重我一下吧！"岳母满脸的不高兴。

"您女儿从来不冲我妈叫妈，我以后也不叫您了。以后，您女儿对我父母什么样，我就对你们什么样。"李文博理直气壮地说。

"你，你，你怎么能和她一般见识？"

"一般见识？她受过高等教育，难道这点礼貌都不懂？"

"我看你他妈的有病啊？"岳母骂道。

"您都一大把年纪了，怎么还没学会尊重人？"李文博也火了。

"我怎么不尊重你？"

"您仔细想想，您平时都是怎么对待我的？您自己摸着良心想想，您把我当人看待了吗？"

"你没房子没车子，我女儿嫁你，还配不上你？"岳母更生气了。

"我是没房子，没车子，没钱，你可以让你女儿嫁千万富翁啊，现在不是多的是吗？"李文博气得不得了。

"哼，我警告你，以后你要对我女儿好一点。她身体不好,现在又怀孕了,你做什么都得听她的，她就是骂你祖宗十八代，你也要听着、忍着，不能还口，不能惹她生气。"

"您做梦吧！我明确地告诉你，我会以牙还牙，以血还血，以德报德，以暴制暴。"

"你敢！"

"您看我敢不敢！只许州官放火，不许百姓点灯？"

李文博丝毫不肯妥协让步，他要活得有血性，要活得像个男人，不能太窝囊，不然，以后怎么给孩子做榜样？那不是毁了下一代？

"你们别吵了，烦死了！"黄依彤突然忍受不了，大声吼道。

"好，看在你是个病号，有孕在身，我以后就让你三分。不过，我丑话说在前面，如果再敢不尊重我的父母，我还敢揍你！"

说完这话，李文博出去了，他去做什么？买吃的啊。老婆在医院里，身体弱，肯定要补充营养，滋补身体，这样才能恢复得快，而且，一直吵吵闹闹，晚饭都没吃，肯定都饿了。李文博跑到医院旁边的餐厅买了份土鸡汤，还买了黄依彤最爱吃的红烧排骨，然后打包，准备给黄依彤好好补充营养。

进了病房，李文博把饭盛好，菜摆好，亲自盛了一碗鸡汤端到黄依彤的面前，轻声说："老婆，你先吃点吧，好好补补！"

"滚，我不吃！"黄依彤一抬手，把鸡汤摔到了地上。

李文博顿时就变了脸："哎，你这个人怎么这样啊？得理还不饶人了？你到底想怎么样？"

汤水溅了李文博一身，他简直又无法忍受了。自己好心去买了鸡汤，还亲自盛好，端到她的面前，可是，她居然还这样对待自己。

"她这是在闹情绪，你就忍着点吧！"岳母说。

"简直是太过分了！"李文博愤愤不平地说。

"你就不能让她一点吗？"

"好，我让，我忍，还不行吗？你是我祖宗，老佛爷！"

李文博说完，赌气出去了。出了门，他漫无目的地走在街上，心情很不好。女人，到底该怎么对待呢？你对她好，她不领情，你对她不好，她也生气。这日子，真的是没法过了。用暗无天日来形容，那是一点都不过分。

"文博，你好啊，干什么去呢？"李文博突然听到身后有人叫他。

李文博回头一看，原来是自己的大学同学张萌。张萌穿着漂亮的时装，站在一家商场的门口，正向他招手。

"老同学，是你啊，你怎么在这里？"李文博问她。

"哎，没事出来逛逛，这不，在这里碰见你了，对了，你怎么愁眉苦脸的啊？又和嫂子吵架了？"张萌问他。

"你别提了，唉，我可是倒了八辈子的霉了，遇到了这么一个极品的女人和她的妈，真晦气！"李文博大倒苦水。

"哟，老同学，别太矫情啊！到底怎么了？"

"唉，我啊，遭罪了，被女人欺压得都抬不起头来了。她太霸道，太专横，太喜欢控制男人了，什么都是她说了算，什么都是她对，什么都得听她的！"

"老同学，别抱怨啊，娶了这么漂亮的老婆，是你的福气啊！要知道，现在还那么多光棍呢！你要知足了，就算嫂子再怎么对你，你也不能这样啊！男子汉大丈夫，胸襟放开阔点，男人要豁达一点，大气一点，拿得起，放得下，千万不能鼠肚鸡肠，要顶天立地，负起家庭责任啊！"

张萌的一席话，醍醐灌顶，李文博顿觉如梦方醒，一想，也对啊，我是个大男人，为何就不能再豁达一点呢？昔日韩信还受胯下之辱，我为何总和一个女人斤斤计较呢？她要一尺，我退一丈，看她还能忍心再向前逼迫吗？

你对我父母不好，我对你父母更加尊敬，看你还好意思吗？要想办法感化她！自己老想着报仇，是很不应该的，冤冤相报何时了？家和才能万事兴啊！

再说了，自己和梁雪有了婚外情，也很不应该，现在，应该悬崖勒马了，不能再错下去了，也该结束和梁雪这种不道德的关系。

想到这儿，李文博笑了，点点头说："老同学，你说得对，我是不对，以后，改正了！"

"这就对了！"

李文博正要邀请张萌找个地方坐坐，喝喝茶，突然，他手机响了，是梁雪打来的。

李文博接了电话，梁雪说："亲爱的，你现在方便吗？快点来车站接我，我出差提前回来了。对了，这几天你想我吗？"

"你等一下，我马上过去，见面再说吧！"

李文博挂了电话，笑着对张萌说："不好意思，老同学，我现在临时有点事，改天我再请你！"

"好，你有事，就先忙你的吧！"张萌说。

"那失陪了，保持联系啊！"

"哟，你要先把嫂子那一关过了，不然，我可不敢随便和你联系，免得嫂子又怀疑我和你有关系。"张萌显然还担心以前黄依彤怀疑她的事。

"放心吧，我会做好她的工作的！"

"那就好，快去办事吧，别耽误了！"

"好，我先走一步。"

李文博赶快拦了辆的士，向火车站赶去。到了火车站，在熙熙攘攘的人群里，李文博一眼就看见了梁雪。

"亲爱的,你来了！"梁雪兴奋地跑过来，扑进李文博的怀里，撒起娇来。

"哎，这是公共场所，注意点，免得被熟人看见。"李文博担心地说。

"你这是怎么了？才分开几天，见到人家都不亲了！"梁雪抱怨地说。

"我的姑奶奶，你这不是要我的命吗？要是被熟人看见，我们家那位，又不得了啊，不把我们骂死，也是折磨死。"李文博面有难色。

"好好好，不为难你了，看把你吓的！"梁雪撅起了小嘴，表示让步。

"这就对了，我们要防患于未然嘛！"

"好了，别啰唆了，走，送我回家吧！"

"陈总呢，他没回来？"李文博问。

"他办完事，直接去香港旅游了。人家真潇洒啊，我就只好先回来了。"梁雪感叹道。

"辛苦了，我的大小姐，回来要好好地补一补。"李文博接过梁雪的皮包说。

"那还用说，你可得下大力气补偿我哦！"梁雪笑着说。

李文博沉默了，带着梁雪上了一辆的士，向着梁雪的家驶去。一路上，梁雪兴奋地给李文博讲述她在外出差的见闻和趣事。李文博一边静静地听，一边想着怎么开口和梁雪说终止他们两个人特殊关系的事。

"你怎么了，文博，怎么不说话啊？"梁雪问道。

"哦，没事，可能是这几天太累了吧！"

"你这几天都干吗了，这么累？"

"唉，还不是那些鸡毛蒜皮的事，我的脑袋都大了，真的快要爆炸了！"

"回去我给你按摩按摩，好好放松一下。"

"你父母不在家？"

"哦，我刚才打电话了，我爸妈又出去旅游了，家里没人。"

不一会儿，车子到梁雪家了，李文博付了钱，拉开车门，拉梁雪出来。到了楼梯口，李文博犹豫了几秒钟，说："小雪，我和你说点事，可以吗？"

"什么事，你说吧？"

"那你要先答应我别生气，行吗？"

"行，我不生气，你说吧，别吞吞吐吐的。"梁雪笑着说。

"小雪，我们不做情人，只做普通的好朋友，好吗？"

"文博，怎么了？"梁雪一愣，微笑顿时在脸上凝固了，她不解地问。

"我想了很久，觉得我不能耽误了你，更不能害了你，你还年轻，再说，我自己也有负罪感……"李文博声音越来越低，他说不下去了。

"你是不是不想和我在一起了？"梁雪质问他。

"不是，我，我，我真的是不想再伤害你，而且，作为男人，我要负起责任。"

"我明白你的意思了。"

"小雪，你希望我做个不负责的男人吗？"

"好，你负责，你走，你现在就给我走！"梁雪生气了。

"小雪，你听我解释。"

"走，我不听。"说完，梁雪快步跑上楼，把自己关在房里。

李文博紧跟着跑上楼，想劝劝她，但任凭他怎么敲门，梁雪就是不开门。李文博在门口坐了半天，苦口婆心地向梁雪解释，但梁雪一点反应也没有。磨了一两个小时，丝毫没有一点进展，无奈，李文博只好拖着沉重的步子，垂头丧气地往回走。

李文博一边走，一边难过，他没想到，搞婚外情，伤害了一个女人，那是自己的老婆黄依彤，自己不搞婚外情了，现在却一下又伤害了另一个女人，他的红颜知己梁雪。怎么办？到底该怎么办？

如果从道德和家庭的责任来衡量，李文博觉得，终止婚外情是对的，最起码，他是悬崖勒马，迷途知返。如果继续一条道走到黑，那是极度危险的、不道德的。尽管自己是在老婆一再极度的猜疑下，被逼出轨的，但是，他仍然要承担一部分责任，受到道德和良心的谴责。

## 11 又一次越轨

面对强悍、专横、霸道、无理取闹的老婆黄依彤，还有她那个极度凶狠、泼辣的变态老妈，李文博毫无办法，一直过得非常窝囊。

李文博想到报仇，报复她们，以牙还牙，以暴制暴。但是，他经过深思熟虑后，觉得这好像不是一个真正的男人所应该做的。就像大学同学张萌说的那样，真正的男人要胸襟开阔、豁达，拿得起放得下，要光明磊落。

于是，李文博决定以后一定要更加疼爱老婆、关心老婆、宠老婆，哄她开心，全心全意地为她服务，这还不算，自己还要加倍地关心她的父母，用爱心去感化老婆。

李文博回到家，黄依彤不在，他想老婆肯定是又回娘家了。自从结婚之后，黄依彤基本就没在家里住过几天，几乎每天都要回娘家。曾经，李文博有很大的怨言，结婚了，就要有自己的家庭生活了，要像个结婚的样子，老婆一天到晚老往娘家跑，这成何体统？

李文博尽管心里不舒服，但想到以后要和老婆搞好关系，就再忍一次吧，以后找到合适的时机再好好和她沟通一下。

李文博洗了个澡，准备休息了。刚要睡，手机响了，他一看，是张萌打来的电话，接通后，张萌说："老同学，你回家和嫂子还好吧？"

"她回娘家了，我准备明天去接她。"

"千万别再和嫂子吵架了，男人一定要大度点，让着她，宠着她，不能再惹她生气了。"

"是，是，我一定改正。"

挂了电话，李文博突然想起了梁雪，不知道她怎么样了？好些了没有？很担心她，于是，他给梁雪打电话，梁雪没接，李文博只好给她发了一条短信，安慰她，让她多注意身体，别想太多了。

第二天，李文博准备去老婆娘家接她回来，去之前，李文博到商场给黄依彤买了件粉色的连衣裙，一千五百块。然后，他又到超市里买了鸡、鲇鱼、基围虾等很多好吃的，准备给黄依彤滋补身体。

给老婆买了东西，总不能空着手，不给岳父岳母买点东西吧？岳父喜欢喝酒，于是，他买了两瓶五粮液，又买了一盒西洋参一盒蜂蜜。给岳父岳母买了东西，小姨子总不能落下吧？给她买什么呢？她喜欢吃巧克力，那就买两盒吧，一盒金帝，一盒德芙。到收银台一算，一共一千三百八十元。好家伙，加上给老婆买衣服，今天一下就花掉了近三千块。

以前李文博工资不到两千块，平时很节约，现在，他当了经理，工资也六七千了，无所谓了，赚钱不就是花的吗？再说了，该花的钱，一定要花。

李文博兴冲冲地来到老婆娘家，一摁门铃，岳母出来开的门，一见李文博提的这些东西，愣了一下，随即说："哟，搬家哪？"

"妈，我这是给您和依彤以及爸爸、小妹买的东西，孝敬您的。"

"哟，这太阳从西边出来了？"

李文博尴尬地进了门，把礼品放在桌子上，然后，他拿着新买的连衣裙进里屋去见黄依彤。

黄依彤正在她自己的房间上网，李文博说："老婆，快来看看，我给你买的裙子，漂亮吗？一千五百块呢，不打折。"

"别扯了，告诉我，你讨好了哪些女人，然后再来献殷勤？"黄依彤面无表情地说道。

李文博一愣，说："老婆，你这是什么意思？"

"无事献殷勤，非奸即盗。"

"别冤枉我啊？"

"冤枉你？你看看，这是什么？"黄依彤冷笑一声说。

李文博一看，电脑上赫然显示着他的手机通话记录。

"深更半夜还在和别的女人通电话，发信息，而且还不是一个，还想抵赖？"

"你，你怎么能这样？这是我的隐私，你怎么能侵犯我的隐私权啊？"李文博顿时热血翻涌，愤怒了。

"你背着我在外面和这么多女人乱搞，还说我侵犯了你的隐私权？"黄依彤质问他。

"你这个人怎么这么不可理喻？和别人联系，就是有奸情吗？"李文博难以忍受。

"那为什么深更半夜还在联系？这正常吗？"

"有什么不正常？打几个电话，发几个短信，这都是正常的人际交往，难道结婚了，我就没有和异性打电话、发短信的权利？"

"我没这么说，但我就是觉得不正常。"

"和异性联系就不正常？这叫什么逻辑啊？再说，法律也没规定结婚后就不能和异性联系啊？"

听到他们争吵，岳母第一时间冲进了房里，指着李文博的鼻子说："你这浑小子，怎么一点记性都没有，我们家依彤怀孕了，你怎么就不能让着点？"

"让着点？她这是往我头上泼脏水啊？我往她头上泼脏水，她愿不愿意啊？"李文博申辩道。

"我看你是没事找事。"岳母骂道。

"我没时间和你们闲扯，我走了。"李文博不想再争吵下去，没意思。

李文博出了岳父岳母家，准备找个地方去喝酒，他太憋屈了，这过的叫什么日子啊？堂堂一个大男子汉，一点人格尊严都没有。其实，说来说去，就是因为自己家庭条件不好，如果自己也是大城市的人，结婚了，住在自己家里，老婆还敢这样百般刁难、百般撒泼吗？

出了岳父岳母家门，李文博心绪难宁。看来，自己想感动她根本就是不可能的。对于一个如此神经过敏的女人，你就是把心挖出来给她，她也不会感动的，冷血就是冷血。怎么办？还得强硬态度，还得暴力手段，还得以暴制暴。

李文博找了个餐厅独自喝闷酒，喝了没一会儿，电话响了，是张萌打来的，李文博问她："老同学，你有什么事吗？"

张萌说："刚才你老婆打电话给我，把我骂了一通，说我是贱货，深更半夜还勾引你，让我去死！"

"唉，大姐，你就当她是神经病吧！"李文博叹了口气，无奈地说。

"没想到我一番好心，却换来了这样的结果，真的是好心没好报啊！"张萌委屈地说。

李文博瞪着血红的眼睛，像一头发怒的狮子。他使劲一拍桌子，震得桌子上的杯子和盘子哗啦哗啦直跳，旁边的人看着他，都惊呆了。

李文博吼道："这个贱人非要把我逼上绝路啊，我真想杀了她！"

"老同学，你冷静点，我觉得她可能是精神有问题，你有必要带她去医院检查检查。"张萌劝李文博。

"她是个疯子，我才不管她，死了更好。"李文博说。

"唉，她总这样疑神疑鬼，也不是个办法，以后的日子还怎么过啊？"张萌担忧地说道。

李文博陷入了深深的痛苦和迷惘之中，自己娶了一个什么样的女人啊？简直就是一个神经病。整天无休止地胡搅蛮缠，无休止地疑神疑鬼，让她简直成了一个恐怖的魔鬼，李文博头痛难忍，他满脑子都是两个字：离婚，离婚。

张萌建议道："你以后干脆就不说话，看她怎么闹。"

李文博一想，也对，以后就不说话了，我装哑巴还不行吗？挂了电话，紧接着，岳母又打来了电话，她说："你在哪里？快回来，依彤头痛病犯了。"

"我在医院，也犯头痛病了。"李文博没好气地说。

"你这人怎么一点也不心疼老婆，你老婆病了。"

"我也病了啊，你让我怎么办？"

"依彤身体不好，她不能生气，可你这个浑蛋却偏偏惹她生气。"岳母骂起来。

"你才浑蛋，你女儿是人，我就不是人？她身体不好，不能生气，就活该我受气？你什么逻辑啊？"李文博又火了，骂起来。

"你怎么敢骂我？以下犯上，你他妈的太没素质了吧？"

"你才没素质，你看看你家都是什么人？垃圾啊！"

李文博骂完，直接挂了电话，心里特别畅快、舒服，总算又出了一口恶气。岳母再打电话来，他死活也不接了。估计，那个女人肯定被气疯了。

李文博回到家，洗了个冷水澡，也冲掉了身上的晦气，接着，他躺到床上美美地睡了一觉。他想，人不能太亏待了自己，一定要过得开心，过得愉快，否则，就太对不起自己了。

正在这时，梁雪突然打来了电话，李文博一惊，急忙问道："小雪，你好吗？有什么事？"

"有时间来把你的衣服和用品拿回去。"梁雪说。

李文博正要说话，梁雪却挂了电话。

李文博心里一怔，有些怅然若失，如果自己现在要是没结婚，那肯定是和梁雪在一起了。无奈，恨不相逢未娶时啊！

李文博头痛了一夜，也没休息好，第二天上班，眼睛红红的，在办公大楼的大厅里见到梁雪，梁雪也没理他。

进了办公室，秘书陈娜笑着说："李经理，你眼睛怎么了？怎么一天不见，你变成小兔子了？"

"没休息好。你这小野丫头，居然敢取笑我？"

"李经理，你升官了，就摆架子了是不是？"

"哪有啊，你这小姑娘，嘴巴比刀子还厉害呢！"

"呵呵，对了，李经理，我刚才去财务处，好像听说要发奖金了，这个月数你最多，你要请客，不要吝啬哦！"

"真的啊？如果真的是我最多，那我一定请你们！"

"那说话算话，千万别骗我们啊！"

"那当然！"

下午发工资的时候，果然，数李文博的奖金最多，五千块。李文博心里很高兴，这几乎是一个月的工资啊，要是每个月都能发五千块钱奖金，那就发财了。当然，领了奖金，那说话就要算话，李文博晚上请同事们吃饭，请梁雪，她借口身体不好，拒绝了，请张兵和陈娜等人，当然他们求之不得啊！一行七八人，浩浩荡荡地去了一家名叫天顺的大酒店。

酒店生意还不错，落座后，李文博让同事们点菜，他出包房透透气，在走廊上，他看见隔壁的一间包房的门半掩着，里面一对男女正在搂抱拥吻，女的背对着外面，坐在男的大腿上，看不清楚脸。李文博心想，直接开房不就得了，还在包房里亲热，真是欲火难耐。

李文博正准备进去招呼同事，却突然觉得那个女的穿的连衣裙好像很面熟，仔细一看，他不禁浑身打了个冷战。天哪，这不是和老婆的那件连衣裙一样吗？难道是老婆？难道老婆红杏出墙了？

李文博的脑袋一下就大了，如果真的是老婆，那他该如何接受啊？李文博的心一下悬起来，他正想弄清楚里面的人到底是谁？突然，陈娜跑出包房，大叫着说："李经理，李经理，你跑到哪里去了，怎么还不进来点菜啊？就缺你了！"

陈娜这一嚷嚷，李文博吓了一跳，他怕万一陈娜发现旁边的包房里真的是自己的老婆，那自己的面子就丢尽了。想到这，他急忙回转身，向包房里走，边走边应声说："来了，来了，别着急嘛！"

陈娜出来，和李文博撞个正着，陈娜一把揪住李文博的胳膊，说："李经理，我们等得急死了，你也不快来，非得让本小姐亲自来请！"

"我这不来了嘛，马上，马上。"

陈娜拉住李文博的胳膊进了包房，张兵说："陈娜小姐，你这样拉李经理，要是被他老婆知道了，你就完蛋了，肯定怀疑你是她的情敌啊！"

大家一下哄笑起来，另一个同事也说："是啊，你要这样，被嫂子知道了，非把你当第三者，你跑都跑不掉，等着找麻烦吧！"

"大家说得不对，要是真被李经理老婆看见，那李经理才完蛋了呢，就是跳进黄河也洗不清了，你就害了李经理了。"

"那有什么？要是我害了李经理，大不了，我嫁给他！"陈娜笑着说。

"你嫁给李经理？那你男朋友怎么办？"

"那还不简单，甩了呗！"

大家七嘴八舌地在议论，李文博很尴尬，脸一阵红一阵白，他现在的心里正在煎熬，他很想知道隔壁包房里正在和男人亲热的那个女人到底是谁，是不是自己的老婆？

他无心点菜，随便点了几个，然后借口说："我去上个洗手间，你们再看看怎么点吧！"

李文博趁机又跑了出来，到隔壁的包房门口一看，包房的门关上了，李文博心想，肯定是刚才陈娜一嚷嚷，里面的人听见了，然后才关上门的。

这下怎么办呢？怎么才能知道里面的人是谁呢？他侧耳趴在门上听了听，里面听不见一点声音。

干脆，一不做二不休，直接敲门进去看看。如果真的是老婆，被自己捉到她和别人偷情，那自己也好死心了，再说，也知道那个情敌是谁了。对，就这么办了，想到这，李文博抬起胳膊，使劲地敲了敲门。

李文博敲了半天门，里面没有人应声，一点动静也没有，李文博不禁觉得奇怪了，难道是他们发现了自己？也不可能啊，怎么会那么快呢？

李文博正在疑惑的时候，一个穿红色旗袍的女服务员过来了，李文博急忙迎上前，问她："小姐，请问，这个包房里的客人还在吗？"

服务员说："哦，这个包房啊？客人已经埋单走了！"

"刚走吗？我是他们的朋友，找他们有点事。"李文博焦急地说。

"嗯，刚才在服务台结账，不知道这会儿走了没有。"

"谢谢你，谢谢你！"

李文博说完，一个箭步就往楼下跑，几层楼梯，他十几秒钟就下来了，比平时的速度快了十倍。到了服务台，李文博一看，没有人了。他赶紧追出去，跑到大街上，这时候，外面的天已经很黑很黑了，只有路边的昏黄的灯光和街边商店里的灯光。

李文博睁大眼睛仔细一看，前面没有人，他转身往后面一看，好像不远处有两个人，一男一女，女的手挽着男人的胳膊，男人搂着女人的腰，女的穿的衣服，好像和包房里那个女人穿的衣服一样。

李文博紧跑了几步，想追上那对男女，眼看着就要追上了，这时，只见那对男女拦了一辆红色的的士，很快，他们上了车，一溜烟开走了。

李文博赶紧也拦的士，可是，拦了半天，居然都是有乘客的，十几辆的士，没有一辆是空的，现在，就是拦到了，也未必能追上那对男女了。李文博气得直跺脚，真见鬼，简直太倒霉了，眼睁睁地看着那对狗男女就这样跑掉了。

李文博垂头丧气，懊悔不已，这时，他的手机又响了。李文博一接，原来是陈娜打来的，她焦急地说："李经理，你人又跑到哪里去了啊？到处找不到你的人，菜都上了半天了，你叫我们怎么吃啊？"

"哦，我马上来，你们先吃，别管我。"

"那怎么行？你不来，我们怎么吃啊？怎么一到关键时候就不见你了，是不是有什么情况啊？哪个美女等着约你啊？"

"没，没有呢，别瞎说啊，我这就来了。"

"唉，真是的，我们大家都急死了，张兵去洗手间找你，也没看到你，我们还以为你这么久没来，是掉到里面了呢！"

"你这丫头，说话怎么这么损人啊？"

李文博上了楼，进了包房，大家都在埋怨他，质问他去哪里了。李文博连连摆手说："没事，没事，刚才在楼下碰到个熟人，说了几句话而已。"

这时，张兵悄悄地凑过来，说："李哥，我刚才来的时候，看见有个女人和一个男人在一块儿，那女的好像嫂子啊！"

李文博听到张兵一说，心里咯噔一下，心想，莫非这小子看到了？想到这，他低声问："你看仔细了，确定是你嫂子吗？"

"那倒没有，我只是见身材很像嫂子，加上她穿的裙子，和嫂子的裙子一样，上次嫂子来公司找你，我见过她穿这裙子。"张兵说。

"是吗？你怎么不早说啊？"李文博说。

"我刚才怕扫了你的兴嘛！"张兵说。

"哎，你们两个嘀咕什么呢？两个大男人咬耳朵，说什么悄悄话呢？真是的，菜都凉了！"陈娜说。

"是啊，是啊，先喝酒吧，就你们两个事多。来，罚你们两个每人三杯。"同事们齐声应和。

李文博只好和张兵终止了说悄悄话，举杯和大家喝酒。几个人站起来，举起酒杯，围成一圈，频频碰杯。

"其实啊，我忘了告诉大家，今天是我的生日呢！"陈娜突然说。

"是吗？你怎么不早说啊？"大家说。

"那更好，今天就给你过生日了！"李文博说。说完，他趁着大家说话的时候，出去了。他出了酒店，找蛋糕店，打算给陈娜买个蛋糕。走了五十米左右，李文博一抬头，刚好路边有一家蛋糕店，正要关门。

"老板，等一下！"李文博急忙叫道，"我买个蛋糕，还有吗？"

"只剩最后一个了，小伙子，你来得真不是时候，要是再早一点就好了！"年轻的女老板说。

"没关系，我要得很急！"李文博看了看蛋糕，巧克力的，还不错。

"多少钱？"李文博问。

"一百五十块！"

"行，就买这个吧！"

李文博提着蛋糕回到包房，陈娜问他："你又到哪里去了？怎么老失踪？"

李文博说："小丫头，闭上眼，我让你睁开你再睁开！"

"搞什么啊？"

"你先闭上！"

"哇，蛋糕！"大家惊叫起来。

陈娜睁开眼睛，李文博说："生日快乐！"

"谢谢你，李经理！"

"不客气，来，大家举杯，为我们的寿星干杯啊！"李文博发动大家。

"生日快乐！"大家齐声祝贺，陈娜激动得羞红了脸。

气氛很热闹，一餐饭吃了两个多小时，宴会结束后，李文博埋了单，大家都酒足饭饱，醉醺醺的。张兵说："对不起，我先走了，老婆发短信来催我，先走一步，失陪了！"紧接着，其他人也陆续都走了。

陈娜给男朋友打电话，让男朋友来接她回去，但她男朋友没接她的电话，她生气地说："太过分了，今天我生日，他说好要给我过的，今天早上又说临时有事，要开会，不能陪我过了，现在都这么晚了，居然还不接我电话！"

"别着急，也许是他正忙着，过一会儿再打！"李文博安慰她。

陈娜又打了几次，她男朋友还是没接电话，她一下把手机摔到了地上。

李文博弯腰捡起手机，递给陈娜说："别生气了，走，我送你回去，正好我也顺路！"

"谢谢你，李经理！"

"不客气，走吧！"

李文博拦了的士，送陈娜回家，一路上，陈娜心情很不好，抱怨男朋友不但不给她过生日，还不接她电话。李文博劝了半天，让她不要生气。

到了家，李文博说："你早点休息，我回去了！"

"李经理，今天谢谢你！"

"没事，你生日嘛，应该的！"

李文博转身刚要走，陈娜说："李经理！"

"什么事？"

"你今晚陪我好不好？"陈娜说着，突然扑进李文博的怀里，大哭起来。

李文博吓了一大跳，天哪，这要是被熟人看到，那还了得？他赶紧用手扶着陈娜的肩，轻声说："你怎么了？别哭啊，有什么不开心的，就说出来吧！"

陈娜好像很委屈，在李文博的怀里不停地颤抖，哭得梨花带雨。她这一哭，李文博也手足无措了，连忙说："赶紧回去吧，走，我送你上去。"

李文博从口袋里拿出一包面巾纸，抽出一张，递给陈娜，说："别哭了！"

陈娜这才立起身，擦了擦眼泪，默默地拿出门卡，刷开门，李文博随着她上了三楼的住处。陈娜拿出钥匙，打开了门，说："房间没怎么收拾，你别介意！"

进了门，陈娜扭开了灯。李文博一看，房间不大，一室一厅，但是很干净。屋子里的东西都整理得非常整齐，沙发上的靠垫也摆放得很整齐。房间里还有一股淡淡的香味。

这是李文博第一次到陈娜住的地方来，他说："你自己住这儿吗？"

陈娜说："是的，我一直住这里，我没和他住一起！"

"那他怎么照顾你啊？"李文博问，因为，现在的年轻人，一谈恋爱，马上就住一起了，很少有单住的。

"他工作总是很忙很忙，也不知道是真忙还是假忙，偶尔也难得来一次。"陈娜抱怨地说。

"你没去他那里住吗？"李文博又问。

"唉，他总是和一大帮人混在一起，整天喝酒打牌，很吵，我不习惯，就没去他那住。"陈娜显得很无奈。

"你房间收拾得很干净，是个很有条理的人。"李文博说。

"我平时也很懒散的。"

陈娜给李文博倒了杯水，放了茶叶，说："喝杯清茶吧！"

"谢谢！"

李文博和陈娜聊了会儿，想走，陈娜说："今晚别走了，留下来陪我好吗？"

"那怎么行？那怎么可以？"李文博尴尬地说。

"为什么？你怕我不干净？"陈娜说。

"不，不是，你还是个小姑娘呢，我怎么能害你呢？"

"这不是害我，我真的很想让你留下来陪我。"

"这不好，我已经结婚了，不能这样对你！"

"我自愿的，真的！"说着，陈娜开始脱了外衣，露出了性感洁白的胸部和纤细迷人的腰肢。她从后面紧紧地抱着李文博，李文博浑身酥软，无力抵抗这温柔的女人的进攻，不一会儿，他们一起倒在了沙发上，李文博压在了陈娜的身上……

清醒过来时，已经是午夜三点了，李文博看了看身边躺着的陈娜，一种负罪感和愧疚感又涌上了心头。又害了一个无辜的女人，确切地说，是一个无辜的女孩，她那么年轻，还没结婚呢！怎么办？怎么办？李文博后悔得想撞墙。

"放心吧，我不会说出去的，不会告诉任何人！"陈娜趴在李文博的胸脯上，温柔地说。

"我对不起你,不该这样!"李文博懊悔地说。

"没事,是我自愿的,又不是你强迫我!"

其实,李文博也想到了对不起老婆,可是,晚上在酒店包房里看到的和男人亲热的女人,肯定是老婆,也许她也出轨了。因为,她以前说过,如果自己在外面有了别的女人,她就给自己戴一大堆绿帽子,现在,她天天怀疑自己在外面有女人,这不正是说明她也找别的男人了吗?

就算老婆出轨了,李文博想,自己也不该这样做。他刚刚和梁雪断绝了婚外情的危险关系,现在又和陈娜有了危险的一夜情,刚走出了泥潭,又陷入了沼泽,这真是太不应该了!

李文博坐起来,想穿衣服回去,陈娜说:"既然留下来了,那就明天再回去吧,你走了,我一个人会更失落。"

李文博想了想,也是的,自己已经错了,还在乎这剩下的几小时吗?何况深更半夜,外面也不一定能拦到的士,干脆天亮了再走吧!

李文博和陈娜都睡不着,躺在床上聊工作,聊同事之间一些好玩的事情。正聊得高兴,突然,门外传来一阵急促的敲门声,有人醉醺醺地喊道:"娜娜,开门,我回来了!"

"啊?坏了,我男朋友回来了!"陈娜大惊失色地说。

李文博也吓了一大跳,他焦急地说:"完了,这下怎么办啊?这怎么办呢?"

"天哪,这怎么办呀?"陈娜也急得六神无主。

"不要慌,再想想办法!"

"唉,算了,大不了,我和他分了算了,反正我对他已经不抱希望了,无所谓了!"

"还是先想办法,以后再说那些。"

李文博在房里急得团团转,他跑到阳台,看有没有什么可以攀爬的东西,自己好跳下去,但发现什么都没有,如果跳下去,那后果就不堪设想了,就算摔不死,肯定也是生活不能自理,这可是三楼,不能莽撞。

"娜娜,你快开门,让我进去。"她的男朋友又在外面使劲地敲门,把门拍得砰砰响。

"陈娜，你这有绳子吗？"李文博真的着急了。

"干吗？"陈娜问。

"我想用绳子滑下去。"

"没有绳子。"

"那找两个床单来，好吗？"李文博实在没招了。

"算了，我看也太危险，大不了，我开门和他把话挑明吧！"陈娜说。

"不行，千万别这样。"

"有了，对了，你先躲到阳台上，我来打发他！"

"你想到办法了？"李文博惊喜地问。

"你别管，你先躲好再说。"

李文博躲到了阳台上了，陈娜走到了门后，这时，外面又传来她男朋友的声音："娜娜，我知道你在家，快开门啊，别生气，我没有陪你过生日，是我不对，我该死，对不起你，我现在回来补偿你，好吗？"

"哼，补偿？你怎么补偿？"陈娜说。

"你快开门，让我进去啊！"

"你还知道回来？你还知道是我生日？为什么不接我电话？"

"我这不是忙吗？你理解一下，我补偿你，还不行吗？"

"你说得轻巧，补偿什么？"

"我明天给你买衣服，买礼物，你随便选，如何？"

"不行，我不要明天，就要今天，你还要给我买个蛋糕，买九十九朵玫瑰花，和我补过生日。"

"别为难我啊，你看，这都半夜了，我上哪儿去买啊？"

"那你看着办，你要不把蛋糕和玫瑰花买来，我是不会开门的，买来了，我立刻开门。"

"唉，我的小心肝，小宝贝，你就可怜可怜我，饶了我吧！"

"哼，不行。可怜你？谁可怜我啊？"

"那好，我走了。"

听到男朋友要走，陈娜对李文博说："他现在走了，一会儿，我开门看看，如果他躲在门外，没走，进来了，我就直接把他引到卧室去，然后，你趁机开门溜走。如果他真的走了，那更好，你也走。记住，一定要小心，千万不能有响声惊动他。"

李文博很慌乱，如果这件事被陈娜男朋友发现，闹大了，公司同事知道了，后果不堪设想。更要命的是，如果被老婆和她的家人知道了，那简直就更不可想象了，会出什么大的乱子？那很难说。目前的生活已经够压抑了、够乱了，不能再出事了。

李文博整理好衣服，躲到了阳台上，一切妥当之后，陈娜这才稍微镇静了点。这时，她的男朋友又在外面哀求她："宝贝，你就开门吧，求求你了！"

"你怎么还没走？不是说去买蛋糕和玫瑰花吗？"陈娜质问。

"现在，这都半夜了，去哪里买啊？"

"哼，不买，就别想进来，我是不会开门的，而且，以后再也不会理你了！"

"那好，我去买，我去买！"

陈娜等了一会儿，外面果然没有声音了，她试探着叫了几声，男朋友也没应声，陈娜还是不放心了，又等了七八分钟，她又叫了几声，还是没任何声音，估计男朋友肯定是走了。

陈娜转身对李文博说："我男朋友走了，你可以出去了。"

李文博走出来，小心翼翼地开门，然后小声对陈娜说："你早点休息，我走了！"

陈娜连连摆手，催他赶快走，免得男朋友又回来了。李文博不敢怠慢，轻手轻脚地下了楼，当然，出了陈娜的门，他胆子就大了，就是撞见陈娜男朋友，他也不怕，你怎么知道我从哪一家出来的？这里住的人多了是。

李文博走出陈娜住的小区，路边刚好停了一辆的士，他赶紧上车回去了。到了家，老婆又不在家，她喜欢回娘家，结婚和没结婚一样，人家"常住沙家浜"，不过也好，自己难得落份清静。

李文博洗了个澡，毫无睡意，他躺在沙发上，喝着咖啡，想想今天的所见所闻，所作所为，简直不可思议，这又是一个无眠之夜了。天快亮的时候，他才在沙发上迷糊了一小会儿。

早上八点，李文博起来开始洗脸刷牙，准备上班。九点上班，这一小时，绝对够用了。到了公司，迎面碰到了梁雪，她的眼睛红红的，李文博一愣，心想，她这是怎么了？

李文博想和梁雪打个招呼，问候一下，但梁雪理都没理他，就低着头，匆匆走过。李文博的心里很难受，毕竟梁雪也曾很多次地关心帮助过自己，关心一下她，也是理所当然的，受人滴水之恩，当涌泉相报啊！

李文博想到这，急忙追上前去，他拦着梁雪说："你怎么了？身体不舒服吗？"

"你走开！"梁雪生气地说。

"我真的很担心你！你是不是生病了？要不要去医院？"

"你才要去医院呢，别管我！"梁雪情绪很不好。

"我真的很担心你，你别生气啊！"

"我再说一遍，你走开，别烦我！"梁雪大声说。

梁雪的声音，惊动了很多人，他们都在往这边看。而且，很巧的是，陈娜也正好迎面走过来，看到李文博和梁雪拉拉扯扯，又听到梁雪吼李文博，陈娜一愣，瞪大了眼睛，不知到底发生了什么事。

李文博顿时羞红了脸，手足无措，只好悻悻地走开了。再纠缠下去，肯定很尴尬，而且，在这么多同事面前，自己肯定更没面子。有时候，男人的面子比什么都重要。

回到办公室，陈娜给李文博倒了杯茶，送到了他的面前，李文博低声说："昨晚，你没事吧？"

"没事。"陈娜轻声说。

"他后来回来了吗？"李文博小声地问。

"没有。"

"那就好，那就好。"李文博总算松了口气。

"对了，刚才你和梁雪怎么了？她为什么吼你啊？"陈娜突然问他。

"哦，没事，没事，一点小误会而已。"李文博忙不迭地说。

"是吗？梁雪平时的脾气很好啊，怎么今天一下发那么大的脾气啊？真不可思议。"陈娜说。

陈娜又和李文博聊了会儿,但同事们越来越多了,都到了办公室,李文博不敢再多说了,生怕别人知道了他和陈娜的事。还是多一事不如少一事,李文博埋头工作了。

正在这时,同事张兵进来说:"文博,你老婆在外面找你。"

什么,老婆来公司了?她又要干什么?李文博吓了一跳,神经开始高度紧张起来。估计,又要有一场暴风雨来临了!

李文博一听说老婆来了,心里很清楚,肯定没什么好事,不过,他已经习惯了。以前,黄依彤几次闹到了公司,骂他在外面拈花惹草、寻花问柳,让他颜面扫地,甚至都抬不起头,总算磨炼出来了他现在的冷静和沉着。兵来将挡,水来土掩,你没事就来吧!

李文博到公司的会客厅去,黄依彤已经坐在里面的沙发上等他了。为了表示友好和礼貌,李文博主动给黄依彤倒了杯水,一边微笑着说:"老婆,这大老远的,你怎么来了?"

黄依彤抬头看了看李文博,眼睛里透着一股杀气,她缓缓地说:"我是来找你好好谈谈的!"

"多注意休息啊,身体要紧!"李文博关心地说。

"别装好人,假惺惺了,有话我们直说。"黄依彤口气很严厉。

"那好,开门见山,你说吧,谈什么?什么事?"

"这几天你不回家,我也不知道你在外面有多少女人,到底和多少女人鬼混。你能不能告诉我都是谁?让我也好认识认识。搞清楚了,大家好聚好散,等我们离婚了,你再找多少女人都可以,谁也管不着!"黄依彤生气地说。

"你说的什么话?我外面有多少女人?你觉得可能吗?我一没车,二没房子,穷光蛋一个,有多少女人会跟我啊?你以为我是宋玉还是潘安啊?"李文博火了。

"你还说外面没有女人?我凭什么要相信?你和那么多女人联系密切,来往密切,能没事?"

"我说过很多次了,但你不相信我,我也没办法!"

"以前那个肉麻的短信,到底是哪个女人发的,还没搞清楚呢。还有,你脖子上曾经的吻痕，加上现在又经常晚上不回家，你让我怎么想？"黄依彤旧事重提。

"那个短信真的是别人发错了，你怎么一直就不信呢？脖子上根本就不是吻痕，我是被虫子咬了，现在，我不回家，很多是因为工作原因，没有你想象的那么龌龊。"李文博据理力争。

"什么，我龌龊？你才龌龊呢！恬不知耻，在外鬼混还骂我！你他妈的是垃圾啊！"黄依彤骂起来。

"我警告你，你现在怀孕了，我让你三分，若不是因为这个，我敢揍你你信不信？"李文博最恨人骂他的父母，他警告黄依彤。

"那好，我们离婚吧，走，现在就去办手续！"黄依彤说。

"离就离，谁怕谁啊？"李文博说。

"那好，我回去找证件，十一点在民政局门口见面。"

李文博也回去找证件，找到了证件，他来到了民政局，这时已经是上午十点半了，黄依彤还没来。李文博在民政局门口等了半个多小时，黄依彤还是没来，李文博看到时间了，急忙打电话催她，可是，她的手机关机了。李文博打她家里的电话，也没人接，他感觉很奇怪，就回去找黄依彤。

李文博到了老婆娘家，只见岳母正在劝阻黄依彤，看见李文博过来，她严厉地说："你们就想着离婚，真离了，肚子里的孩子怎么办？那可是我的亲外孙，你们想过没有啊？"

"是她要离的，我能有什么办法？"李文博说。

"她要离你就离啊？那她让你死，你去死吗？"岳母骂道。

"谁让你在外面乱搞女人，你眼里还有这个家吗？你对得起这个家吗？"黄依彤说。

"家？这里又不是我的家。"李文博说。

"浑蛋，这里不是你家是什么？"岳母说。

"我父母在哪里，我的家就在哪里。"李文博针锋相对。

"现在是，你在这里又没房子！"岳母拿房子来说事。

"我买不起房子，我租得起房子吧？"

"租的房子，那是家吗？"

"就算我现在买不起房子,我将来买不起吗?你就认为我一辈子连个房子都买不起?难道我是窝囊废吗?再说了,我一个大男人,总不能抛弃父母,不认祖宗,只认房子吧?那我还是人吗?告诉你,我不是这样的人,金窝银窝,不如自己的草窝,你给我座金山,我也不稀罕,人再穷,也要有骨气。"李文博气愤不已。

这一番话,可以说是字字千钧,掷地有声,老婆和岳母一时都说不出话来,为什么?因为没什么话好说了,李文博都把话说完了。你买了房子,别人不要;你再有钱,人家不稀罕。人家有骨气,靠自己,不靠女人!

岳母气得脸一阵红一阵白,她说:"你小子有种,将来别后悔!"

"后悔?后悔我就不是男人!男子汉大丈夫,顶天立地,你以为我是见财忘义之人?你也太小看我了吧!"李文博理直气壮地说。

"你?得了吧,也不撒泡尿照照自己!"岳母嘲笑道。

"那您去找个愿意住您房子的人吧,我就是不住!"李文博说。

"还是离婚吧,别啰唆了!"黄依彤说。

"那走吧!"李文博说。

"我坚决不同意!"岳母大声说。

"都过不下去了,还等什么?"李文博说。

"你们两个就不能好好冷静冷静?"岳母说。

"她整天疑神疑鬼的,到处捕风捉影,见风就是雨,十天一大吵,五天一小吵,还怎么冷静?是谁都受不了的!"

"你不要把责任都推给我,是你自己先不自重,在外乱搞,还强词夺理!"

"你先回去,你们两个再仔细想想,别太莽撞了。"岳母说。

李文博和黄依彤说着说着,又开始激烈地吵起来,岳母赶紧劝止,让他们冷静考虑。李文博见黄依彤坐着没动,没有要去民政局离婚的意思,他只好悻悻地回去了。到了家,他先是洗了个澡,然后蒙头大睡起来。除了无奈,还是无奈,深深的无奈。他后悔当初结婚的时候,为什么就那么草率呢?为什么就不能再慎重考虑一下呢?

下午，李文博接着去上班，好在上午也不是太忙。他进了办公室，屁股还没坐稳，秘书陈娜就走过来说："你是不是上午和老婆去离婚啊？"

"咦，你怎么知道啊？"李文博有些奇怪，她怎么会知道呢？

"你们在吵架，我上午路过会客厅时偶然听到的！"陈娜说。

"你觉得我该不该离呢？"李文博试探性地问她。

"你是当事人，最清楚该不该离，我这个外人怎么能帮你拿主意呢？"

"不是让你帮我拿主意，而是让你帮我做个参考，我听听你的意见，明白吗？"

"我可不想当这个千古罪人啊！"陈娜说。

"唉，我现在是毫无办法，彻底地迷茫了！"

"长痛不如短痛，你该下决心了！"

其实，自从黄依彤怀孕后，李文博的心里一直很矛盾，他一直不知道该如何决定。如果黄依彤没有怀孕，说不定，现在他们早就离婚了，偏偏就在那个节骨眼上，她怀孕了。

李文博听到老婆怀孕的时候，想到自己即将做一个父亲，他的心里也产生了一种父爱，毕竟，人都是感情动物，谁能对自己的孩子无动于衷呢？

一般的情况下，老婆怀孕了，作为老公，肯定每天晚上都趴在老婆的肚皮上，聆听着小宝宝的声音，就算是什么也没有，老公也会煞有介事地研究一番，和宝宝小声地说说悄悄话，看看老婆的肚子到底有没有小家伙活动的痕迹。夫妻两个人，谈论着小家伙的性别，到底是男是女，还试着给未来的宝宝起个好名字。

那是一个多么温馨和慈爱的场景啊！灯光下，一个男人，抱着老婆的肚子仔细聆听。李文博一遍遍地遥想着这样的情景，可是现在老婆怀孕了，自己却和老婆硝烟弥漫地战争，无休无止地争吵。别说聆听老婆肚子里小宝贝的声音，就是和老婆说几句话都不能平心静气。

争吵，无休止地争吵，两个人都筋疲力尽，痛苦不堪。婚姻的甜蜜一点也没有了，随之而来的是，婚姻的烦恼和仇恨。

李文博又突然想起了没结婚的时候，那时自己多么快乐啊，根本就无忧无虑。平时不上班的时候，吃饱了，出去玩；玩累了，回来睡觉。有时一大帮朋友一起聚会，大家开怀畅饮，把酒言欢。再有兴致的时候，一个人背着旅行包，出门观光，北京、南京、苏州、上海、长沙、海南，想去哪里，就去哪里。而现在，别说旅游了，出门办事，都要随时随地接受老婆的查岗、询问，甚至回家晚了都不行。

现在，也该是做一个最后了断的时候了，人生很短暂，如果就这样吵吵闹闹地过去了，人生岂不是虚度了时光，没有了任何意义！离吧，不能再犹豫了！一个声音在李文博的耳边响起，久久地在他的内心回荡，回荡……

离婚的念头在李文博的心里越来越强烈，但想到父母，他心里很不是滋味，如果真的离了，怎么向父母交代？现在，李文博的处境是，婚姻在左，爱情在右，他与黄依彤的夫妻关系名存实亡，已经没有了共同语言，无法交流，甚至走到了对立面。很难想象，这样的日子再继续下去，是什么结果？

李文博一连想了三天，陷入深深的痛苦之中，他感到自己快要崩溃了。俗话说，男怕入错行，女怕嫁错郎，而自己娶错了女人，也是人生的一大损失，给他的事业和生活带来了严重的灾难和破坏性的打击。选错了人，后果很严重。

一连几天，黄依彤都没有回家，李文博也不想理她，想等她想清楚了，尽快和自己去办离婚手续。

自从李文博向梁雪提出终止感情关系后，梁雪一直对李文博不理不睬。李文博曾多次和她接近，想和她沟通，但是都没有成功。这下，连朋友也没法做了，李文博开始深深地自责起来，自己无意中又伤害了一个好女人，欠了她一笔感情债。

有一天下班的时候，下起了大雨，梁雪没有带伞，无法出门，坐在公司大厅的沙发上躲雨。李文博鼓了鼓勇气，拿了一把伞走了过去，轻声说："你拿去用吧！"

梁雪没有动，无神地看着门外的雨，一言不发。李文博见她没有反应，也不好再多说什么，默默地把伞放到沙发上，站起身向外走去。外面的大雨简直如瓢泼一般，很快，李文博全身湿透。李文博一边走，一边不停地自责。走了不远，突然，他感觉头顶上没有雨了，原来是多了一把伞。

李文博缓缓地转过身，只见梁雪站在他的身后，默默地看着他，李文博的眼睛有些红了。他紧紧地握住梁雪的手，梁雪突然抱着他，哭了起来。

"小雪，委屈你了！恨我吗？"李文博问。

"我不恨你，我想好了，我们做不成情侣，就做好朋友。"梁雪说。

"你真的想好了吗？一点也不恨我？"

"我真的不恨你！"

李文博一阵感动，百感交集，一句话也说不出来。雨越下越大，风吹过来，雨打湿了他们的衣服，李文博紧紧地护住梁雪，雨水顺着他的头往下滴……

"走，我送你回家吧！"过了良久，李文博说。

"好！"梁雪应声道。

李文博撑着伞，送梁雪回家，一边走，一边等车，雨下得很大，的士一辆都没有空的，李文博干着急没有办法。梁雪说："没关系，先走一走。"

"我担心把你淋感冒了！"

"不要紧，我没事。"

拦不到的士，没办法，两个人只好深一脚浅一脚地向前走，鞋子全湿了。就在他们向前走的时候，旁边开过来一辆黑色的奥迪车。现在的社会，开宝马和奔驰的满大街都是，没什么特别的，关键是里面坐了两个人，特别是其中一个女人，她看到了李文博和梁雪共撑一把伞，冒雨向前走。

这个女人不是别人，正是黄依彤的闺密吴柳。此时，她正在情人的车上。吴柳正好在路上碰到了李文博和梁雪，她马上打电话告诉了黄依彤。当然，李文博并没有看到车里的吴柳，毫不知情。

吴柳和情人在外约会，黄依彤也不知道，吴柳虽然是她的闺密，两个人无话不谈，但是找情人这事是绝对隐私，再亲密的人也不能说，万一走了风声，被老公知道，那可不是闹着玩的，所以，她小心着呢！

黄依彤接到吴柳的报告，当即给李文博打电话，李文博本不想接电话，但是，想到不接电话，她又会误会，只好接了，黄依彤质问他："你现在在哪里？"

"我现在在回家的路上。"李文博说。

"恐怕是和别的女人幽会吧？"黄依彤冷冷地说。

李文博吓了一跳，心想，这个死女人，嗅觉好灵敏啊，像警犬一样，只要自己和别的女人在一块，她准能闻到。不过，他还是装作很镇定地说："你这话是什么意思？怎么老不相信人？"

"你别装了，我什么都知道了！"

"你怎么总喜欢和我找事呢？"

"找事？我让你无话可说。"

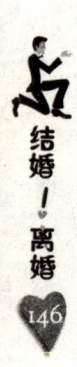

## 12 寻证却成了鉴证

黄依彤说完，挂了电话，直接去了吴柳家，她想找吴柳来和李文博当面对质。她本想在电话里和吴柳说，但怕吴柳不愿意来，想来想去，觉得还是亲自去找吴柳比较好。

吴柳和情人在外面玩得很开心，因为突然下雨，只好带了情人回家。两个人刚刚结束完男欢女爱，正赤身裸体地躺在床上聊天，突然门铃响了，吴柳吓了一大跳，她第一反应是：坏了，是不是老公突然回来了？

她仔细一想，不可能，老公刚出门一天，去的是上海，就是回来，也不可能这么快，再说，老公有钥匙，怎么会摁门铃呢？到底是谁呢？

吴柳急忙穿上衣服，不敢出声，她边扣胸罩的带子，边走到门后通过猫眼向外看。这一看，她也吓了一跳，是黄依彤。她急忙退回卧室，对情人说："不好，我一个好朋友来了，你赶紧钻到衣柜里躲一躲吧！"

"不，躲的话，更说明心虚，干脆正大光明地见，应该会没事！"

"也好，你赶快穿衣服，我去开门！"

等情人穿好了衣服，吴柳这才过去开门，门外黄依彤不停地摁门铃，急得不得了。一进门，黄依彤就说："你怎么才开门啊？都急死我了！"

"哦，彤姐，我家来了客人，因为电视声音太大了，我一时没听到。"吴柳慌忙解释说。

"是吗？哎呀，急死我了！"

黄依彤边说边往房里面走，她一看，客厅里坐着一个男人，心想，这是谁啊？怎么没见过？吴柳忙说："这是杨伟，我朋友。"说完，又对那个男人说："这是我的闺密黄依彤，大美女！"

那个男人站起来，对黄依彤笑了一下，打了个招呼："你好！"

黄依彤也忙说："你好！"打完招呼，她一把拉过吴柳往卧室里去，准备和她说和李文博对质的事。

进了卧室，黄依彤突然闻到卧室有一种味道，怪怪的，怎么好像精液的味道啊？黄依彤很纳闷，她扫了一眼床上，只见床单很凌乱，上面皱巴巴的，还落着吴柳的一条情趣内裤，因为是红色的，很刺眼。黄依彤想想那个男人，再看看"战场"，顿时明白了：难道吴柳背着她老公在家偷情？

黄依彤正这样想着，低头一看，旁边的纸篓里，赫然丢着一只用过的安全套，她顿时就明白了发生的一切，这就是事实了，没想到好朋友居然也背着老公在家偷情了。当然，她现在也不好直接对吴柳说出来，太伤面子。

连闺密都红杏出墙，找了情人，那老公李文博和那么多女人关系暧昧，不是更加难以想象吗？想到这，黄依彤说："你今天看见我老公和哪个女人在一起？"

"我没看清楚，当时雨下得特别大，不过，我可以肯定，那个女人身材很好，其他的没在意。"吴柳仔细地回忆说。

"你是在什么地方看到他们的？"黄依彤急切地问。

"在和平路十字路口。"

"当时他们在干什么？"

"你老公在给那个女人撑伞，搂着那个女人，我扫了一眼，还没看清楚，车子就从他们旁边过去了。"吴柳遗憾地说。

"你能给我作证，去和我老公对质吗？"

"这，这不太好吧？"吴柳有些为难。

"你就帮我一次，好不好？"黄依彤哀求道。

"我怕你老公会恨我，到时，我就成千古罪人了！"吴柳害怕地说。

"没事，有我顶着呢，怕什么？"

"我这不是挑拨你们啊，我是亲眼看见你老公搂着那个女人。"吴柳解释道。

"我就是要和他算账，终于抓住证据了！"黄依彤恨恨地说。

"你们不会要离婚吧？"吴柳问她。

黄依彤心里一愣，有些触动，像是被针扎了一下，很难受。想想以前谈恋爱的时候，两个人相爱在一起，甜甜蜜蜜、如胶似漆的，多幸福，整天就像是掉进了蜜罐里。而现在，两个人的感情已经荡然无存，仿佛是冤家对头，几乎见面都要吵架，她也身心疲惫，心力交瘁。

"我有这个想法，只是我妈不太同意，我也很苦恼，这个婚姻早就已经半死不活了。"黄依彤说。

"其实，你们可以坐下来好好谈谈，好好沟通的！"吴柳劝道。

"沟通不了，我和他无法沟通。走吧，你和我找他对质吧，我要让他无话可说。"

"我不能去，你千万不要说是我告诉你的啊，再说，你看，我这还有客人呢！"

"唉，你不去，他死活不会承认的！"黄依彤说。

"你再好好和他谈谈吧，尽量别吵了，不然，你真的把老公拱手让给别人了，太亏了！"吴柳说。

"我无法容忍他在外面有女人，绝对无法接受。"

吴柳劝黄依彤，让她想办法怎么挽回老公，不要一直和他走到对立面，那样，情况会越来越糟。男人都爱面子，你要是一点余地不留，那就只能是离婚了。都撕破脸了，以后还怎么面对呢？

吴柳说："彤姐，你老公出轨了，最好的办法是，两个人平心静气地坐下来，好好地沟通，看看问题到底出在哪里？"

"大火都烧到家门口了，还怎么平心静气坐下来沟通啊，我恨死他了。"黄依彤恨恨地说。

"事情做得太极端了，往往更不好收拾。"吴柳劝她说。

"明明是他太极端好不好？总是在外面拈花惹草，胡作非为。"

"你知道问题是出在哪里了吗？"

"他太花心了，那么多女人和他搞暧昧，发短信。"

"其实，我觉得你老公还好，为人很正直，还有挽救的可能。"吴柳又劝道。

"已经不能挽回了，我真的是伤透了心。"黄依彤委屈地说。

"你们最好还是好好地谈谈，不要搞得太僵，我有时觉得，你们两个还是很幸福的。"

"幸福？那些都成过去了，再也找不回来了。"

"你老公以前不是这样的人啊，他也没有什么坏习惯，不抽烟，不喝酒，不打牌，不玩游戏，也不泡吧，下班就回家。你还有什么不满意的呢？"吴柳说。

"就是和很多女人有联系，关系那么复杂，背地里肯定乱来了！"

"你亲自捉到他和别的女人上床了吗？"吴柳问。

"那倒没有，只是有次，他深夜把女人带到家里来了，我出差回来正撞见，要是我不回来，那还不定是什么情况呢？"黄依彤说。

吴柳说："还是好好沟通沟通，毕竟你现在也怀孕了，如果真的闹得鱼死网破，孩子怎么办？那可是一个无辜的小生命啊！"

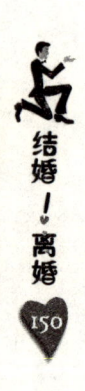

## 13 网友性伙伴

黄依彤没有说话，心情很复杂，见吴柳不愿意和她回去作证，也只好作罢。她打算先回去，晚上和李文博好好谈一谈。临走，黄依彤见那个男人还坐在客厅里看电视。看着吴柳，黄依彤突然感到陌生了很多。

离开了吴柳家，黄依彤没有回娘家，到了家，李文博没有回来，她一边看电视，一边等他。房间里收拾得还算整洁，李文博是个有条理、爱干净的人，比很多女人还要讲究，他见不得房间太乱。保持房间干净整洁，这是他多年以来一直养成的好习惯。

黄依彤等了一会儿，还不见李文博回来，有些坐不住了，在房间里来回走动，她来到了李文博的书房，里面是李文博的电脑和一些书籍，黄依彤打开电脑，查看李文博电脑里的一些东西，看看有没有什么新的发现。找了一圈，没发现什么东西，她又登录了李文博的QQ，一上线，李文博的网友还真多，大部分是女性的头像，有几个在闪，那是信息来了。

黄依彤打开一个叫"春儿"的网友对话框，对方说：你最近怎么一直没上线啊，忙什么呢？黄依彤没有理会，直接关闭了对话框。接着，她点开了一个叫"梦幻天使"的对话框，对方的消息是：嘿，干吗呢？上次没打招呼就下线，你很忙吗？

她依然没有理会，直接关闭了，这时，她又点开一个叫"咪咪"的网友发来的信息："亲爱的，自从上次做了之后，我一直很想很想你，我离不开你了。"

黄依彤一下子血压升高，天哪，有人和老公做爱，这还了得？自己在现实中苦苦侦察了那么久，原来老公网上还有情况，而且都已经发生性关系了！

难道是他在网上搞一夜情？想到这，黄依彤本来就敏感的神经一下又绷得紧紧的，他怎么那么多的花花肠子？不仅现实中有婚外情，而且网上也有，简直太恐怖了！黄依彤突然觉得李文博变得很脏很脏污秽不堪，而自己居然和这样一个人结婚了，为什么以前就没慎重呢？

黄依彤心一下子凉到了极点，她实在想不通，自己看似斯文正派的老公，私下里怎么会是这样的不知廉耻，和他结婚，简直是一种耻辱，还是赶快离婚，寻求解脱吧！

黄依彤木然地坐在沙发上，心都凉了。这件事，无论放在谁身上，都是无法忍受的。回忆起自己与老公的相识相知、相恋相爱，幸福的日子多么的短暂，这么快就一去不复返了。

当初，她很爱自己的老公，爱到无法自拔、无法呼吸，看见他和任何一个女性联系，她都无法忍受，都会忍不住吃醋。他应该属于她一个人。他的爱，不能让任何一个女人来分享、掠夺。

李文博不是一个完美的男人，但是，近似完美。虽然出身农村，但是浑身没有一丁点乡土气息，长得高大、帅气、皮肤白皙，一脸的阳光之气。不仅如此，而且浑身透露出一种儒雅的气息，看着是那么的舒心、惬意。黄依彤一天不见他，就感觉好像少了很多东西似的，浑身都不自在，坐立不安。

如今，这个帅气的男人，生活糜烂不堪，而且，又时刻有偷腥的迹象，种种可疑的情况接踵而至，足以说明他在外面有人了，出轨了，婚姻要解体了。黄依彤想扼杀住这么多不好的兆头，想力挽狂澜，但是，她所有的努力和付出都证明，老公离她越来越远。她感到已经无能为力⋯⋯怎么办？是留？是分？黄依彤矛盾重重，她无法作出选择，她无法掌控这一切⋯⋯

正在胡思乱想之际，门一开，李文博买了些菜，夹着公文包回来了。黄依彤一见他，顿时怒火中烧，再也控制不住自己，大声说："你看，你网上的性伙伴都来找你了！"

"你胡说什么啊？发什么神经？"李文博像触电一样跳起来。

"你仔细看看，这是什么？"黄依彤吼道。

"什么东西？"

"睁大你的狗眼，好好看清楚！"

李文博仔细一看，只见自己的QQ上显示出了聊天记录，特别是那个叫"咪咪"的网友的留言，让他目瞪口呆，这根本就是无稽之谈，他很清白，根本就不认识那个叫什么"咪咪"的网友，而且连面都没见过，怎么可能发生关系呢？

想到这，李文博说："我根本就不认识这个网友，这完全是胡说八道。"

"胡说八道？我就知道你会不承认的！"黄依彤说。

"我真的不认识这个网友。"李文博很委屈。

"不认识，怎么会发这些东西？"

"我真的不知道，网上的人乱七八糟，那些东西也不可信。"

"那为什么她偏偏会对你说这些？"

"我也不明白这个下贱的东西怎么会对我说这些话。"李文博简直太窝火了。

"苍蝇不叮无缝的蛋。"

"这是空穴来风。"

"如果你没和她做，她根本就不会这样说。"黄依彤始终不肯相信李文博。

"你可以好好调查调查，看看到底有没有这回事。"李文博见黄依彤还不相信自己，急了。

"我怎么调查？你们早就设计好了的。"

"唉！"

李文博一看，这下是解释不清楚了，说再多也是白费口舌，他马上调查那个叫"咪咪"的网友资料，发现她是本市的，今年十九岁，个人说明写的全是火星文字，根本看不懂。

李文博一头雾水，转身对黄依彤说："要是不信，你可以加她的QQ号，和她好好谈谈，问问她到底认不认识我？"

"加她的QQ号？你们早就对好了口径，她怎么会说出来？"黄依彤质疑他。

"你可以隐瞒你的身份，你慢慢套她的话嘛！"

"哼，我觉得你实在是太无耻了，做出了这么让我恶心的事，简直不是人！"黄依彤骂道。

"你为什么就是不肯相信我呢？网上的人随便瞎说几句，你也能当真？"

"别再狡辩了。"

"好，假如调查完，没有这回事，你说，怎么办？"

"怎么办？你想怎么办？"

"如果没有那回事，我是清白的，你要向我赔礼道歉，而且以后不准再怀疑我！"李文博说。

"如果有呢？"黄依彤反问。

"如果有，我们马上去离婚，我赔偿你十万损失费，怎么样？"李文博说。

"好，那一言为定！那要多久证明出来？"黄依彤说。

"一个月内吧！"

"行，说话算话，到时希望你别耍赖。"

"肯定算话！"

晚上，黄依彤没有回娘家，自从结婚后，她很少住在这儿，李文博心想也好，可以好好地和她谈谈心，告诉她都误会了哪些事，而且还可以上网等那个网友上线，证明给她看。

李文博先是不声不响地去厨房，做了一桌子好吃的菜，而且都是黄依彤特别喜欢吃的菜，红烧排骨、糖醋鱼，还有拔丝苹果。菜一端上来，客厅里立刻弥漫了一阵诱人的香味，黄依彤立刻感到一阵嘴馋，几乎要流口水了。

李文博布置好饭菜，伸出手臂，做了一个邀请的姿势，很绅士地说："请！"

黄依彤看了看李文博，白了他一眼，心说，少来这套，装什么装？表面上很绅士，衣冠楚楚，背地里寻花问柳、风流成性，恶心死人。但是，

晚饭这么丰盛,她又忍受不了诱惑,默默地坐下来。李文博打开了一瓶雪碧,放在黄依彤的面前,很体贴地一边给她夹菜,一边说:"这都是你最爱吃的,多吃点!"

李文博大献殷勤,黄依彤没有理会,自顾自地品尝起来。他见时机成熟,开口说:"老婆,其实,你很多时候都误会了我,比如,今天下雨,我没有伞,和同事一起出门,可能被人看到了,告诉了你,其实,我只是借别人的伞而已,并没有其他的!"

"是吗?有这么简单吗?"黄依彤根本就不相信。

"肯定没什么啊,还有,今天这个无聊的网友,我根本就不认识,从没与她聊过天,不信,你看看聊天记录?"李文博说。

"聊天记录可以删除,这谁不会啊?"

"唉,看来,我真的说不清了,只能等待真相大白了。"

"你早晚会原形毕露的。"

"你错了,老婆,其实,我真的是很爱你的,只是,你根本就没用心体会而已。"

"谁知道你心里怎么想的?"黄依彤说。

李文博听她这么说,也就不再多说了,他开始埋头吃饭。李文博一直感觉自己很倒霉,一件事还没处理好,另一件事又接着来了。而且都不是什么好事,让他身陷其中,成为黄依彤怀疑的把柄。李文博一直在想,怎么才能证明自己是清白的呢?

吃完了饭,李文博收拾完桌子,又清理厨房。黄依彤没有帮忙,直接进卧室休息去了。当然,她现在怀了宝宝,不做家务,情有可原。

一切打扫得干净整洁之后,李文博在电脑前坐了下来,他打开QQ,他的好友很多,基本都是同学、同事。李文博和大学的一个同学谈心,诉说自己的苦恼。

李文博聊了会儿天,黄依彤洗澡睡觉了,可能是白天活动太多,太累了。李文博没有管她,继续上网。突然,他发现那个叫"咪咪"的网友头像亮了。她上线了,这个死女人,害得我好惨啊!李文博气不打一处来,他给"咪咪"

发了个信息，问她：你好，请问你是谁？为什么说和我上床啊？

咪咪很快回了话：对不起，我发错了。

李文博说：你发错了不要紧，害死我了，我老婆要和我离婚，都是你害的！

咪咪说：对不起，很抱歉。

李文博赶紧进卧室去喊黄依彤，黄依彤睡得迷迷糊糊的，李文博拍拍她的脸说："老婆，快起来，快起来，她上来了！"

"谁？"黄依彤问。

"那个网友啊！"

"哦，是吗？我去看看！"

黄依彤来到电脑前，李文博把他们之间的聊天记录给黄依彤看。黄依彤顿时来了精神，睁大眼睛看着，看完，她依然有些狐疑，她说："不着急，我加她QQ试探一下。"

很快，黄依彤加了"咪咪"的号，咪咪很快就主动发来了信息：美女，你好啊，你在哪里？

黄依彤说：我在和平大街，你呢？

咪咪说：我也是，美女，让我看下你，好吗？

黄依彤为了取得她的信任，于是随便在网上找了一张美女照片，然后发了过去，没想到，刚发过去，咪咪就兴奋地说：美女，我们见面吧，好吗？我请你吃饭！

黄依彤愣了，什么？她居然要请我吃饭？不会吧？女的和女的，有什么好请的？难道她是同性恋？

想到这，黄依彤说：你为什么要和我见面啊？

咪咪说：我喜欢你啊，我们可以做个好朋友吗？

黄依彤一看，差点晕倒，果然对方是个同性恋，她说：对不起，我不是同性恋，你去找别人吧！

咪咪说：什么呀？我是男的。

黄依彤说：不会吧？那你资料怎么写的是女的啊？

咪咪说：我资料写女的，是好玩，捉弄别人的！

黄依彤说：什么？你真是男的？

咪咪说：对，我是男的，还是个帅哥，你有没有兴趣和我交个朋友呀？

黄依彤突然感到一阵恶心，简直像吃了一个苍蝇，差点吐了。天哪，这是什么人啊？一上来就要照片，要完照片又要见面，还没见面又要交朋友，真是太雷人了！

李文博见有人要和老婆见面，交朋友，他不但没有生气，反而特别的高兴，为什么？因为这下终于可以在老婆面前证明自己的清白了，这是他最期待的，这件事证明他是清白的，那么，其他的一些让黄依彤疑心的事也可以就此洗脱掉嫌疑了。想到这，李文博对黄依彤说："老婆，这下证明我是清白的了吧？"

"那还不一定。"黄依彤说。

"为什么？你怎么还不肯相信我？"

"就算这一件事你没情况，不代表你其他方面就没问题。"

"天哪，你还不相信我？你究竟还要怀疑我多久？"

黄依彤没有说话，在她的心里，她始终认为男人都靠不住，俗话不是说吗？男人靠得住，母猪能上树。老公表面上文质彬彬，一身正气，背地里就是一个花心大萝卜。在她的眼里，男人就是猫，哪有猫不吃腥的？她宁愿相信这世界上有鬼，也不愿相信男人的嘴。

到了这个时候，老婆还不相信自己，李文博也没有任何的办法。

想想和黄依彤结婚以来的风风雨雨，李文博简直恍如隔世。他觉得和黄依彤结婚完全是个错误，而且是个天大的错误。如果不是整天被老婆吵吵闹闹、折腾，说不定现在自己早已提拔，当上了公司的高层领导了。现在，自己每向前走一步，都被她拖住后腿。

李文博前途渺茫，感到失落，甚至绝望。曾经，他以为结婚后，幸福的生活会一眼望不到头，而现在，黑暗的生活没有止境，什么时候才是个了结啊？

眼看着黄依彤的肚子一天一天地鼓起来，这个女人孕育了一个小生命，确切地说，是他们爱情的结晶和见证，但这样的生活，如何能保证孩子将来的幸福啊？

## 14 生气到咳血

婚姻不是两个人的事,涉及的是两个家庭。两个人离婚,最遭殃的就是未出世的宝宝,孩子是无辜的。孩子成为了婚姻的牺牲品,这是最残忍的事。

李文博和黄依彤谈了一个晚上,也没谈到一块去,睡觉的时候,李文博给了黄依彤一个冷冷的背,他们作为夫妻,已经很久没有在一起睡觉了,几乎成了无性婚姻。其实,这不是代表李文博性功能不行,而是他冷战的手段和方式。通常情况下,夫妻吵架或者发生矛盾,一般都是老婆采取不做爱的方式,以此来表达不满和惩罚老公,但是,李文博恰恰相反,他这样做,目的很简单,保持距离,决不妥协。

两个人就这样躺在床上,背对着背,他们似乎该说的话都已经说完了,同床异梦。

李文博想着心事,睡不着,黄依彤抱着一个玩具熊,睡着了。看着身边性感娇媚的老婆,李文博一点兴致都没有,换成别人,早就像猛虎一样扑上去,亲吻缠绵,享受鱼水之欢了。

刚结婚的时候,李文博每天都和黄依彤做爱,从不间断,而且一晚上能做三四次,甚至更多。基本上都是李文博主动,他强大、霸道,把黄依彤往身下一按,投入战斗。当然,有时,李文博也会有很多前奏,勾起黄依彤的欲望,然后再直奔主题。曾经,夫妻生活是那么的和谐,可是,如今呢?什么都没有了。

到了后半夜，李文博渐渐地有些困了，开始昏昏欲睡，迷迷糊糊中，他听到黄依彤起来上厕所。过了老半天，黄依彤还没从厕所出来，伴随着她的咳嗽声，深夜，听得十分真切。

她怎么了？是不是病了？李文博的心里顿时警觉起来，想到这，他起来了，披了衣服，去厕所查看。刚进厕所，李文博吓了一大跳，他大惊失色，只见黄依彤跌坐在地板上，脸色苍白，胸口的衣服上有鲜血。李文博急忙扶起黄依彤说："老婆，老婆，你怎么了？"

黄依彤有气无力地瘫倒在李文博的怀里，嘴巴里全是鲜血，衣服都染红了。李文博吓得不得了，赶紧问她："老婆，老婆，你要挺住，我马上送你去医院！"

李文博抱着黄依彤跑下了楼，立刻拦车去医院，黄依彤还是不停地咳嗽，往外吐鲜血。李文博很担心，催促司机说："师傅，麻烦您开快点好吗？我老婆生病了，要赶紧去医院。"

"好！"司机回答。

车子疾驰，平时十几分钟的车程，五分钟就到了。付了车费，李文博抱着黄依彤冲进了急救室，医生立刻给黄依彤检查。

"医生，我老婆情况怎么样了？"

"你老婆是患了支气管扩张。"

"严重吗？有生命危险吗？"

"很严重，但没有生命危险，你放心！"

"谢谢医生！"

正说话间，突然，黄依彤又咳嗽起来，一口血又吐了出来，李文博吓坏了，赶紧叫道："医生，快，给我老婆止血啊！"

黄依彤的脸色越来越苍白，像一张白纸，很吓人。她虚弱地躺在那里，像一只受伤的美丽蝴蝶。黄依彤太虚弱了，已经近乎昏迷了。看着黄依彤苍白的脸，李文博的心揪得紧紧的。

医生说："你老婆失血过多，需要输血，不然，很危险！"

"那就输我的吧，我和我老婆都是O型血。"李文博毫不犹豫地挽起袖子说。

"那好，你赶快去化验室化验。"医生说。

李文博化验完，一切都符合要求，他毅然给老婆输血。看着血一滴一滴地滴进老婆的血管，李文博松了一口气，他的心总算是放到了肚子里。

黄依彤慢慢地睁开眼睛，看着躺在旁边的李文博，她的眼泪像是断了线的珠子，一颗一颗地掉了下来。

"老婆，你别哭啊，没事的，有我在！"李文博看见黄依彤哭了，急忙安慰她。

黄依彤不说话，把手伸过去，紧紧地抓住李文博的手，李文博说："老婆，你很快就会好起来的，老公会一直陪着你！"

"你恨我吗？"黄依彤问他。

李文博看着虚弱的黄依彤，心里特别难受，他嗓子堵得厉害，虽然平时黄依彤对他并不怎么好，还经常怀疑他、跟踪他、吼他、骂他、和他闹，但是，这个时候，再多的仇恨也恨不起来了。毕竟，黄依彤是他的老婆，在她这么危急的关头，作为老公，应该全力以赴地救治，怎么能不管不问，冷血无情呢？

想到这，李文博紧紧握住她的手说："老婆，我不恨你，你安心养病。"

"嗯！"

黄依彤伸手又摸了摸李文博的脸说："老公，你输血疼吗？"

"不疼！"

"你怕针，我知道，一定很疼！"

"我不怕，你别想那么多了，好好养身体，等你康复了，我带你去旅游。"

"真的？那你说话要算话啊！"

"肯定算话！"

"君子一言，驷马难追。"

"那好，来，我们拉钩。"

"好，拉钩。"

黄依彤伸出纤细瘦弱的手指，李文博也伸出小指，两个人的手钩在一起，旁边的医护人员看了，都很感动，这是多么温馨感人的场景啊！

过了一会儿，李文博打电话，通知了黄依彤的家人。很快，岳父、岳母还有小姨子都来了。一进病房的门，黄依彤的妈妈就带着哭腔说："孩子，你受苦了，妈心疼死了！"

妹妹也说："姐，你好点了吗？"

黄依彤点点头，她的爸爸看了看黄依彤，问："你现在感觉怎么样？"

黄依彤说："没事，爸、妈、小妹，你们都别担心，我很快就会好的。"

一家人围在黄依彤的病床前，问寒问暖，心疼得不得了。是啊，谁家的孩子谁不心疼？李文博默默地看着这一切，心情此起彼伏，说不出这到底是什么滋味。

输完血，李文博下了床，出去给黄依彤买鸡汤，因为，黄依彤平时特别喜欢喝鸡汤，现在病了，鸡汤也是最好的补品。李文博出了医院，到对面的餐厅去买鸡汤，很快，买好了鸡汤，李文博兴冲冲地往医院走，刚进大厅，一抬头，愣住了，他看见梁雪的胳膊上缠着绷带正从里面往外走。

"你怎么了？"李文博吃惊地问。

"我不小心摔伤了！"梁雪说。

"啊？怎么摔伤的？"李文博担心地问。

"我下午到柜子上拿东西，站在凳子上，不小心一下摔倒了！"

"严重吗？你现在好点了吗？"

"右臂骨折了，医生说要休息三个月才能康复。"

"现在还痛吗？"

"已经打了石膏了，暂时不要紧，只是不能活动。对了，你在医院做什么？"梁雪问李文博。

"我老婆住院了！"

"哦，什么病？严重吗？"

"医生检查说是支气管扩张，但情况不是很好，不过，没有生命危险。"李文博说。

"那你要好好照顾好你老婆，让她早点恢复健康。"梁雪嘱咐李文博。

"我会的。"

"女人这个时候，最需要老公的关心和照顾，你千万不要忽略了她的感受，要体贴点、细致点，让她心情愉快。"

两个人正在走廊上交谈，这时，黄依彤被妈妈和妹妹搀扶起来上厕所，正好在走廊上看见了李文博和梁雪，黄依彤的脸色当时就变了，心情一下坏起来。她扭头对妈妈说："你看看，他居然在我生病的时候，还有心思和别的女人谈情说爱。"

"李文博，你他妈的简直太不像话了，老婆都病成这样了，你还有心思泡别的女人！"黄依彤的妈妈说。

"什么？您别胡说啊，我和同事是清白的，她在医院包扎伤口，我碰见了，问了几句她的伤情而已。"李文博说。

"这可是我们亲眼看到的，你还想抵赖？"

李文博一看，阵势不对，他让梁雪赶快走，梁雪说："我要是走了，那你就更说不清楚了！"

正说话间，黄依彤被妈妈和妹妹扶着，走到了李文博和梁雪的面前，黄依彤一句话没说，一抬手就给了梁雪一记响亮的耳光，她指着梁雪的鼻子骂："贱人，你居然追到医院来勾引我的老公，真不要脸！"

李文博见梁雪被黄依彤打了耳光，一时也挂不住了，他大声说："你疯了？"

梁雪捂住脸，平静地说："我没有勾引你的老公，真的。我摔伤了，是来医院包扎的，不信，你看看我的胳膊。"

"信你？就你这种女人，还有什么信任可言，无耻、下贱，我打死你！"黄依彤越说越生气，抬手还要打梁雪。

李文博急了，一把抓住她的胳膊，怒吼道："你真的疯了？"

黄依彤扯住梁雪，不肯罢休，李文博忍无可忍，扭住她的胳膊，大声呵斥她说："有话慢慢说，你怎么能动手打人？"

"你帮她说话，有种你打死我啊！"黄依彤吼道。

"谁帮她说话？我是让你讲道理，怎么能打人呢？"李文博指责她说。

"你分明是袒护她。她都欺负到我的头上来了，你还跟她在一起，你对我好狠心！"黄依彤哭着说。

"你理智点好吗？"李文博说。

"什么？我不理智？我要不理智，早就和你同归于尽了！"

"你胡说什么啊？一点都不清醒！"

"我再说一次，我和你老公没什么的，你要相信我。我今天来医院包扎，是碰到他，并不是找他。"梁雪说。

"你快回去吧，别管她！"李文博说。

梁雪转身要走，黄依彤像发疯了一样，挣脱开李文博的手，上前又狠狠地打了梁雪一拳，梁雪被她一击，站立不稳，摔倒在地。李文博忍无可忍，上前对着黄依彤就是一耳光，骂道："你够了没有？"

"妈的，你敢打我女儿，我和你拼了！"岳母凶相毕露，冲上来打李文博。

李文博正弯腰扶梁雪，岳母冲上来打他，他没有防备，头上脸上被重重地打了几拳，李文博怒不可遏，使劲一推，岳母倒在地上。李文博说："你再敢动我一下，我让你爬不起来！"

岳母捂着腰在地上呻吟，不停地喊叫，小姨子赶紧去搀扶，黄依彤和岳母哭成一团。李文博扶着梁雪说："我们走，我送你回去，看她们谁再敢动手！"

岳父听见动静，从病房里冲出来，要打李文博，李文博说："你要敢碰我一下，我让你横着出去！"

临走，李文博冷冷地对岳父说："你的女儿还给你，我不要了！"

黄依彤见李文博扶着梁雪要走，大声说："你如果跨出这个大门，就永远别回来，我要让你后悔一辈子！"

李文博听到黄依彤这样说，心里一惊，立刻涌起一股不祥的预感，他心想，怎么？难道她要堕胎？想到这，李文博倒吸了一口凉气。这个女人被逼急了，什么事都能做得出来。如果黄依彤真的打掉了孩子，那离婚就是很轻松的事了，自己不会再有任何犹豫。可是，孩子是一个无辜的小生命，这个小家伙还没来得及看见这个世界上的阳光、树叶，还有父母的爱，就这样被扼杀掉，那是多么残忍的事啊？李文博的心一下被深深地触动了，一股父爱涌上心头，他就要做父亲了，做父亲的感觉多好啊！再说，就算打掉孩子自己不心疼，但是自己的父母那一关，又该怎么交代呢？父母知道了，肯定会痛不欲生的，如果父母再出现什么差错，那自己就犯了不可饶恕的大罪，真的会内疚一辈子。

李文博一脚门里，一脚门外，僵在那里，他不敢贸然跨出这最后一步。经过一番强烈的思想斗争，李文博慎重权衡之后，他最终留了下来。

李文博看了看黄依彤，她那张因极度生气而变得扭曲的脸十分吓人，像一头发怒的母狮，十分恐怖。李文博轻轻地对梁雪说："对不起，你先回去吧，改天我再去看你！"

"好的，我先回去了，你一定要照顾好你老婆，别让她病情加重了。"梁雪嘱咐他。

"我知道。"李文博轻声说。

"家庭和睦最重要，别让伯父伯母操心，他们年纪大了！"

"谢谢你，我会的！"

"我走了，你多保重身体！"

"好，你路上小心点，注意安全。"

梁雪走了，看着她远去的背影，李文博的心特别难受。当然，他不是再对梁雪有爱恋之情，只是觉得梁雪这样的女人，太善解人意，太体贴了，如果黄依彤能有梁雪一半的心，那生活会是多么美好啊！

梁雪的一句话"别让伯父伯母操心，他们年纪大了"，让李文博百感交集。作为一个局外人，和他父母没有任何关系的人，都能如此地关心自己的父母，而作为自己的老婆，父母的儿媳妇，她却从来没有想到过自己的父母，从来没有关心过自己的父母，从来没有尊重过自己的父母，从来没有孝敬过自己的父母，不管怎么说，自己的父母也是她的公公婆婆啊？自从结婚以后，最简单的关心和问候，她从来都没有向自己的父母关心过一句。这哪是儿媳妇啊？连邻居都不如。作为大学毕业生，受过高等教育，这样的女人，实在太没素质、太没教养了，还要她做什么？结婚后，自己曾经对她的父母，一口一个爸，一口一个妈，问寒问暖，还帮助他们做家务，可是，她又是怎么做的呢？

李文博正在胡思乱想，黄依彤冷冷地说："怎么了？舍不得她走？你去追好了！"

"我再申明一遍，我和她没有任何关系，我们只是同事，你要是再不相信，我也没有办法，不要逼人太甚。"李文博严肃地说。

"你说没有关系就没有关系啊？谁相信你？"黄依彤说。

李文博听后，不再言语，他知道，说再多，也是没用的。他心里暗自作出一个大胆的决定，等黄依彤病好了，就和她分居，然后把工作辞掉，手机一关，让谁也找不到自己，到时，看她怎么办？

不过，这也是李文博迫不得已的一个办法，再这样下去，迟早会发疯的，这哪是婚姻啊？分明是折磨，遭罪。爱情是让人快乐的，婚姻是让人幸福的，可是，李文博的婚姻根本就找不到一点快乐和幸福，这种生活暗无天日。

黄依彤在医院里住了一周，出院了，医生告诫说，病人要好好养病，不能生气，调理很重要。岳母要求李文博住到她家去，以便照顾黄依彤，因为她家的条件比住在外面的条件好。李文博想了想，觉得说得也有点道理，再说，老婆怀孕，生病了，老公照顾也是应该的，如果这个时候消失，太没责任心，更没有人情味。于是，他答应了，分居的计划暂时搁浅了。尽管李文博很无奈，但还是住进了老婆的娘家，没办法，谁让自己暂时买不起房子呢？忍着吧！

住到老婆家后，李文博变得沉默寡言了，每天下班回家后，基本不怎么说话，除了机械性地关心老婆几句，无话可说。有时候，李文博下班回家晚了一点，或者路上堵车，老婆和岳母就轮番打电话，问他在哪里？李文博说在车上，她们一定要问清楚，车子到了哪一站？还有几分钟到家？李文博上班时，就算黄依彤不打电话，岳母也会打电话到他办公室，问他在不在？很明显，是查岗。

李文博心想，你不是查岗吗？我每天都告诉你我的上下班时间，手机回家放桌子上，QQ开着，电子信箱也开着，你想怎么查，就怎么查，什么都查不到，我看你们还有什么好说的？

一连几个星期，日子就这样过去了，李文博循规蹈矩地做事，对老婆问寒问暖，呵护有加，端饭倒水，按摩捶背，甚至帮助老婆洗脚。一天晚上，黄依彤让李文博给她倒热水泡脚，李文博到卫生间接水，他刚到卫生间门口，看见岳母洗澡居然不关门……

黄依彤的妈妈毫不避讳，李文博很生气，一扭身，进卧室了。洗澡怎么能不关门呢?这成何体统?分明是为老不尊啊!当然,这是人家的房子,她想怎么样就怎么样,自己无权干涉。又不是你的房子,你凭什么说这说那?黄依彤见李文博进来,问他:"水调好了吗?"

"没有。"

"怎么半天还没搞好?"

"你自己去看看!"李文博说。

"看什么?"

"你去就知道了!"

黄依彤莫名其妙,过去一看,她的妈妈洗完澡正在穿衣服,没什么呀。她回来问李文博:"你让我看什么?"

"你没看到?"

"看到什么?我什么也没看到啊!"

"那算了,不说了。"

"你神经病啊?莫名其妙的。"

李文博调好了热水,给黄依彤泡脚,这时,黄依彤的妈妈穿着三角内裤进来了,问黄依彤:"依彤,我前些天买的那件黑色裙子,你看到了吗?"

"我不知道啊!"

"可能在你的柜子里,我找找。"

她妈妈穿着内裤,在房里走来走去,李文博非常尴尬,他不能忍受这样的作风,做长辈的,好歹要做个样子,注意点形象啊!房里有个大男人呢!就是自己的亲妈,也不能这样啊?

李文博给黄依彤洗了下脚,起身出去了,来到阳台,他真想从上面跳下去,他甚至有自杀的冲动。李文博无奈地看着天空,月亮泛出微弱的光芒,想到远在老家受苦的父母,李文博心如刀绞一般,作为儿子,自己却不能在父母面前尽一点孝心,这样的日子什么时候才能结束啊?自己什么时候能奋斗成功,买房子,把父母接来呢?

"文博,来帮我揉下脚,我的脚肿得越来越厉害了!"李文博在阳台上还没透一口气,黄依彤又在房里喊起来。

李文博只得进屋给她揉脚,确实,老婆怀孕后,脚有些肿了,女人怀孕,

身体发生变化，这是很正常的，每个女人都会经历这一关。当初，自己的母亲也是这样过来的，俗话说，生儿才知报娘恩啊！当父母的确实不容易，可怜天下父母心。此时，父母还在农村没日没夜地干活，还在受苦呢！

李文博一边给黄依彤揉脚，一边想着心事。黄依彤的妈妈穿着三角内裤，还在柜子里找裙子，李文博觉得尴尬，背对着她，而她好像习以为常，一边找，还一边和黄依彤说："依彤啊，你要好好养身体，安心养胎，将来给我生个大胖孙子！"

"呵呵，妈，您就那么想抱孙子呀？"

"是啊，妈可是盼星星、盼月亮地等呢！"

"好，那我就努力给您生个孙子！"

"你要是真给我生了个孙子，我和你爸也不会寂寞了！"

"是啊，孙子是你们的开心果！"

"有了孙子，我把他含在嘴里，谁也别想抱走！"

李文博听到她们母女的对话，简直像吃了一只苍蝇，恶心得要命。她们这样肆无忌惮地说话，根本就没考虑到李文博的感受。简直把李文博当空气，当透明人，直接忽略。

李文博正在窝火，黄依彤她妈又和黄依彤说："依彤，这孩子将来没有我的同意，哪儿也不能去，听到了吗？"

"好，妈，您放心，什么都听您的！"黄依彤笑着说。

李文博突然站起身，出去了，他很郁闷。出了门，他给同事张兵打了个电话，请他喝酒，张兵说他和陈娜几个人在外面吃消夜，让他马上过去。李文博一想，也好，和大家聊聊，透透气。

李文博赶到了张兵他们吃消夜的地方，大排档一字排开，人很多，特别热闹。张兵，陈娜等几个同事正在那里吃得热火朝天。一见面，张兵说："文博，本来下班大家说好了来吃消夜，准备叫你来的，但又怕嫂子不让你出来，所以，没和你打招呼，别介意啊！"

"没关系，我这不是来了吗？"李文博说。

"那今天怎么破例出来了？你老婆允许了？"陈娜问。

"管她呢，我又不是她的宠物，我从今以后，再也不受她管了！"

"是吗？你翻身了？"张兵又说。

"自由是一定要争取的，否则，就成了奴隶了！"李文博说。

"哈哈，说得好，来，兄弟，先干三杯！"张兵说。

李文博拿起酒杯，一饮而尽，张兵又倒满了，李文博又喝光了，张兵再一次倒满啤酒，李文博又一口气喝完了。

"好样的，是条汉子！"张兵说。

"来，兄弟们，大家一起喝个痛快，今晚，我请客！"李文博说。

"文博，你老婆来了，看那边！"一个同事突然叫起来。

"啊？我老婆来了？"李文博听到同事的话，吓了一大跳。赶紧回头一看，什么也没有，同事随即哈哈大笑，说："文博，骗你的，你现在都风声鹤唳，草木皆兵了！"

"你这个家伙，怎么喜欢捉弄人啊？"陈娜十分不满，指责那个同事的恶作剧。

"结婚真的那么恐怖吗？"一个年轻的同事问，他是个毛头小伙子。

"唉，有苦难言啊，兄弟，等你结婚了，你就体验到是什么滋味了！"李文博面无表情地说。

"文博，你想过和你老婆好好沟通沟通吗？"张兵问。

"沟通过无数次了，每次都吵架，根本没用。"李文博很无奈地说。

"你想过问题的根源在哪里吗？"

"我觉得，一是性格不合，她太好强，我也好强，我们谁都不服谁。二是家庭背景不同，她是大城市的女孩，家庭条件好，有优越感，我是农村的，家庭条件不好，她心里看不起我。"李文博说。

"兄弟，你说得对，其实，主要还是家庭出身的问题，这是主要矛盾，其次，性格不合也是一个重要原因，性格合不来，就无法沟通。"张兵说。

"其实，还有一个原因，就是她的教育方式。因为，她妈妈就是那种争强好胜的女人，太彪悍，对男人说一不二，让男人绝对服从她，是那种喜欢控制男人的女人。所以，她教育女儿的方式也是这样，我老婆的性格就是她妈妈的翻版，一模一样。"李文博说。

"她妈真的这么厉害吗？"有人问。

"我告诉你,她妈在家一手遮天,她爸爸整天被骂得抬不起头,屁都不敢放一个!"李文博说。

"好恐怖啊!"张兵说。

"再恐怖,我也不怕她们,我堂堂一个大男人,怎么能被女人驱使?让我朝东,我就朝东,让我朝西,我就朝西,我李文博堂堂正正,好歹也是个大学生,怎么能受这种窝囊气?"

"是啊,男人要有骨气,这才是纯爷们!"陈娜说。

"那你怎么才能解决好你们夫妻的矛盾呢?"张兵问。

"其实,要解决我和她的矛盾,很简单,我要比她能干,我工资要超过她,能力要超过她,一切都比她强,比她有钱,让她无话可说。"李文博说。

"文博,你比她有钱了,会不会把她甩了啊?"张兵问。

"现在她有宝宝了,肯定没办法了,总不能让孩子一生下来就没爸爸吧?"李文博无奈地说。

"确实啊,孩子是无辜的,再怎么样,也不能不管孩子,那样太残忍了!"陈娜说。

"好了,不说这些了,来,大家干杯!"李文博红着眼睛说。

大家齐声附和,纷纷举杯,李文博逐一和大家碰杯,然后仰起头,一饮而尽。李文博又倒满了酒,再次提议说:"来,再干一杯!"于是,大家又一起举杯,酒杯与酒杯碰撞的声音响个不停。旁边吃消夜的人们都好奇地看着他们这些人。

消夜吃了两个多小时,一群人才慢慢散去,李文博醉醺醺地往回走。走到一个十字路口的时候,李文博看见路灯下,有一对青年男女在接吻,好像很缠绵的样子。李文博定睛一看,那女的不是老婆的闺密吴柳吗?以前吴柳曾陷害过自己,冒充别的女人来勾引自己,和老婆一唱一和,害得自己和老婆大吵了一架。想到这里,李文博怒从心头起,他拿起手机,偷偷拍了几张吴柳和那个男人搂抱的照片。李文博心想,等我找机会传给你老公,看他怎么收拾你?

李文博回到家里,老婆和家人都已经睡下了,李文博轻手轻脚地进了屋,他找到黄依彤的手机,查找吴柳的电话,黄依彤的手机里只有吴柳的手机，没有她家里的电话，怎么办？李文博又去翻老婆的电话本，终于，在一页纸上看到了吴柳家的电话和地址，李文博悄悄地记下来了。

　　第二天，李文博把手机里的照片调出来，拿到照相馆去洗，洗出来后，他把照片放在了信封里，通过邮局，寄给了吴柳的老公。信寄出去后，李文博就开始等待着看吴柳的好戏，你不是曾经陷害我吗？这回被我抓住了把柄，吴柳的老公看到她和别的男人偷情，会怎么惩罚她呢？李文博要报一箭之仇！

　　信寄出去了两周，没有一点点动静，李文博从黄依彤的口里想打听一点关于吴柳的消息，但是，黄依彤表现得很正常，吴柳那里没有发生什么动静。难道，吴柳的老公没有收到寄的那些暧昧的照片？那些照片应该是重磅的定时炸弹，为什么这么久还没有爆炸呢？李文博似乎有些沉不住气了，他开始频频向黄依彤打听关于吴柳的一些消息，黄依彤本来就很敏感，一听李文博老打听吴柳的事，觉得不正常，莫非老公和吴柳有什么不可告人的秘密？黄依彤开始警觉起来，她就像是一只灵敏的警犬，嗅到一丝一毫的怪异的气息，马上就有反应。她心想，李文博啊，李文博，你主意都打到我的好朋友吴柳身上了，你究竟在外面沾了多少女人？黄依彤更加坚定了以前怀疑的那些情况，无风不起浪，否则，我怎么会凭空去捏造呢？

　　那天晚上，李文博回到家里，又开始问黄依彤："最近吴柳一直没找你玩，她都忙什么呢？"

　　"你问她的事干吗？"黄依彤敏感地问。

　　"她是不是家里发生什么事了啊？"李文博说。

　　"你怎么突然关心起她来了？"黄依彤皱了皱眉头，明显有些不高兴。

　　"哦，没事，我随便问问而已。"李文博轻描淡写地说，尽量回避关键问题和敏感问题，他不傻。

　　"我警告你，你休想打她的主意，否则，我让你身败名裂。"黄依彤威胁他说。

　　"不是，我怎么会打她的主意呢，因为我最近看到吴柳在和一个男人偷情，作为好朋友，你不会不知道她的那点事吧？"

　　"你了解她的事？你怎么知道的？"

"我也是偶然看到的，随便问问而已。"李文博说。

"那是别人的事，与你又没有关系，你管那么多干吗？"黄依彤说。

"是啊，她偷不偷情，我无所谓，我又不是她老公。"李文博说。

"是啊，你还是管好你自己吧！"

"我和她可不是一种人！"

"是不是，你自己心里清楚！"

"你别老往我身上泼脏水，好不好？"

"我往你身上泼脏水？你别诬赖啊，你自己想想！"

李文博和黄依彤话不投机，没说几句又吵了起来，李文博一看，话越说越多，接下来，肯定又是战争，算了，我惹不起还躲不起吗？他起身去书房了。

"你去哪里？"黄依彤问。

"去书房上网。"李文博回答。

"你不会又是上网和你那些小妹妹打情骂俏吧？"黄依彤说。

"那我不上了。"李文博说。

"你回来。"

"我去客厅看电视。"

"你是去给某些人发短信吧？"

"那好，手机给你，总行了吧？"

李文博进房，把手机丢给了黄依彤，然后，回到客厅看电视。夫妻之间，一点信任都没有了，这日子过得还有什么意思？你既然不信任我，当初为什么还要和我结婚呢？我也没有拿刀拿枪逼你和我结婚啊！

夫妻之间，最重要的就是信任，信任是感情的基础！李文博心想，幸亏自己天天在老婆身边，能看得见，摸得着，要是自己被单位派到外地工作，那怎么办？要是不信任，什么都完了。她到底是怎么了？难道是精神有问题？有强迫症还是妄想症？李文博很郁闷，想了一夜都没想明白。

## 15 要老婆孩子还是要工作

第二天上班，李文博到公司，突然接到领导的通知，公司要派他到深圳的分公司工作一年。天哪，这怎么怕什么来什么啊？昨天自己刚想到这事，居然今天就来了？这怎么和老婆说呢？她会怎么想啊？

李文博公司的业务做得越来越大，最近在深圳设了分公司，那边一直缺少一个办事干练的人，公司经过仔细研究，决定派李文博去。李文博左右为难，到底去不去呢？不去，就是违反了公司的命令；去，黄依彤能放心吗？自己在家，在她的眼皮底下，她都不放心，何况是在深圳？

见李文博有些为难，公司副总陈江说："文博，我知道你有难处，但是公司已经决定了，只能执行。"

"我现在的情况确实很为难，一是老婆怀孕了，需要照顾；二是她的疑心很重，我一离开，她肯定会更加不放心，唉！"李文博叹了口气。

"那也没有办法，现在公司正是用人之际。"

"是的，我理解。"

"文博，你说，公司不派你，派谁呢？张兵，能力不行，办事也让人不放心，梁雪、陈娜都是女孩子，其他的人，也没几个能办事的。"

"陈总，您放心，我接受公司的安排，服从大局，以公司的利益为重。"

"那就委屈你了，文博。"

其实，李文博本意还是想去深圳的，那样，至少可以换个环境，好好清静一下，因为，他现在的生活实在太压抑了，一切都被限制了。他的手机被查，QQ被查，电子信箱被查，上班被查，下班被查，同事来往被查，同学聚会被查，别说个人隐私了，连喘口气、打几个哈欠都要被查得一清二楚，完全是生活在真空之中，如果再这样下去，他不死也会疯掉。作为一个大男人，什么自由都没了，活得实在是太窝囊了。

李文博回到家，黄依彤正在喝鸡汤，她的妈妈在洗衣服，爸爸在做饭。李文博看了看黄依彤，顿了顿，轻声说："公司要派我去深圳工作一年。"

"什么？你说什么？"黄依彤放下碗，瞪大了眼睛。

"我说，公司要派我去深圳工作一年，你听清楚了吗？"李文博说。

"我都怀孕了，这么关键的时候，你怎么能去深圳工作一年？我怎么办？"黄依彤强烈地反对。

"是啊，我也不想这样，但是公司领导已经决定了，非让我去。"李文博很无奈。

"妈的，是哪个领导？我明天去找他理论，简直太没人性了！"黄依彤气呼呼地说。

"你先不要激动，我再做做领导的工作，看看有没有希望不去。"李文博劝说黄依彤。

"我倒想看看，哪个没人性的人居然能作出这种无耻的安排。"黄依彤不肯罢休。

"公司也是按照规定办事的。"

"那也太没人性了，怎么能不考虑员工的实际情况？"

"个人的事，毕竟还要服从集体啊！"

"服从集体？你倒是很高尚啊？公司给你多少钱啊？"

"你不要生气，我也是讲道理。"

"那你的意思是说，我不讲道理了？"

"我不是这个意思，我的意思是，你先别生气，我们慢慢商量。"

李文博劝了黄依彤一个晚上，黄依彤仍然余怒未消，李文博没敢再提去深圳分公司的事情。

第二天上班，李文博刚到公司，还没坐一会儿，就听到办公室外一阵喧哗。听着声音很熟悉，像是黄依彤的，他吓了一跳，急忙跑出来一看，天哪，黄依彤正挺着肚子，双手叉腰，站在总经理办公室的门口，大声嚷嚷："谁要派我老公去深圳？给我出来！"

她怎么这么快就来了？我前脚刚走，她随后就到，这个女人实在是太厉害了。你这样在公司闹，让我以后怎么在公司干下去啊？想到这，李文博赶紧跑过去，一把拉住黄依彤说："老婆，你怎么来了？快回去，别动了胎气啊！"

"我倒要看看是哪个派你出去的，眼看我怀孕了，居然派我老公去外地，我去他们家安胎算了！"

黄依彤正说着，公司副总陈江来了，黄依彤一见陈江，高声说："你就是公司总经理吧？是你派李文博去深圳吗？"

"我是副总，怎么了？有什么问题吗？"陈江问。

"那你派他出去，我怎么办？谁来照顾？我都怀孕几个月了！"黄依彤很激动。

"你生孩子时，公司可以批假给他啊！"陈江说。

"批假？你说得轻巧，我要是出了事，谁来负责？你负责吗？"

"我们也是按照公司的要求办事，李文博是公司的员工，就要服从公司的安排。"

"我不管，反正，我不会让他走。"

"老婆，走，回去吧，这事慢慢再商量。"李文博劝她。

"哼，我出了事，谁派你走，我找谁负责，到时，我让他吃不了兜着走。"黄依彤气呼呼地说。

黄依彤到公司一闹，很快，同事们都知道了这件事，在公司里传得沸沸扬扬，李文博很没面子。而且，更严重的是，公司的领导很生气，后果自然很严重。副总陈江说，如果李文博不能按照公司的规定办事，就直接走人。

李文博无可奈何，如果辞职了，肯定也找不到这么好的工作，就算找到工作，还得从头再来。虽然说，一月六七千块的工作，对别人很普通，但对李文博来说，简直太重要了。他要拿这么多钱养家、生活、照顾父母，

更重要的是，他要拿这么多的钱来找回自信和尊严。

到底是服从公司还是服从老婆呢？李文博陷入了巨大的矛盾之中。他明白，没有钱，什么都没了，至少目前是这样的情况，很现实。再说，父母的年纪也大了，家里的条件很艰苦，父母住的房子至今还漏雨，李文博经常偷着寄钱回家给父母修缮房屋，给父母改善生活条件。如果父母万一生个病或者其他什么的，拿什么来应对呢？难道要伸手向老婆要钱？李文博知道，就算父母生病需要钱，老婆也是不会管的，他太了解老婆了。

随着公司规定起程的日子越来越近，李文博的压力越来越大，怎么办？到底去不去？李文博一想，自己虽然走了，其实，老婆还可以由她的妈妈照顾，到时，自己按时汇钱给老婆不就行了？对，就这么定了，三十六计，走为上策。

主意打定后，李文博悄悄地开始了准备工作，他像往常一样，每天都按时回家，而且做很多家务，什么擦地板、做饭、洗碗等，晚上还要服侍老婆洗澡睡觉。李文博任劳任怨，勤勤恳恳。

到了去深圳分公司工作的那天，李文博一大早就起床了，他把老婆家又做了一次卫生，还做了早餐。一切忙完后，他这才出门，临走，他亲了一下睡梦中的老婆，心里默默地说：老婆，对不起，我也是为了工作，没办法，我会经常回来看你的，等你生宝宝的时候，我一定回来陪你！

李文博到了公司，办好了手续，然后直奔机场。飞机起飞了，身后，是这座美丽的城市，还有这个美丽的城市中，自己的那个霸道而蛮横的老婆和她那个家⋯⋯

李文博走了，等待他的将会是什么呢？为了工作，李文博已经没有选择了，既然没有选择，那就直接走吧！

下了飞机，他开机给黄依彤发了个短信，问候她，然后，他又关机了。现在，他就怕老婆问他在哪里？如果开机，他不知道如何回答；所以，干脆关机了事。

到了公司，李文博没有休息，当即投入工作中去。也许，现在他唯一的解压方式，就是拼命地工作，除此之外，他再也没有别的办法。

李文博忙碌了一天，晚上，他的内心开始感到恐惧，因为，不辞而别，他心里不踏实。如果老婆知道他直接到了深圳，肯定会暴跳如雷。

李文博熬到半夜，忍不住了，他开机了，想给老婆发个短信，刚一开机，老婆的短信就铺天盖地地涌了进来，塞满了收件箱。内容都是："你在哪里？怎么还没回来？你为什么不回短信？你怎么关机了？你是不是又跑到外面和别的女人鬼混去了？你要再不回话，就别怪我不客气了！后果自负！"等等。

李文博简直要发疯了，事到如今，只有硬着头皮说了，于是，他给老婆回了条短信：老婆，我现在已经在深圳分公司了，你照顾好自己，我有空会经常回去看你，多保重！发完短信，李文博又赶紧关机了，他怕老婆打电话骂他，他只能关机暂时逃避。

李文博熬了两天，直到第三天，他再也撑不住了，开机的时候，老婆的短信又蜂拥而至，李文博都要崩溃了，他看到了最愿意、也不愿意看的两个字，离婚！

如果说是黄依彤没有怀孕，离婚，这是李文博求之不得的，离婚才是最大的解脱，这样的女人，不和她离婚，还等什么？等着自取灭亡吗？但是，现在，黄依彤怀孕好几个月了，能离吗？离了，孩子怎么办？作为父亲，如何向这条无辜的小生命交代？

李文博以前很希望离婚，但老婆怀孕，他又不希望离婚，直到现在，他才真正体会到，结婚容易离婚难啊！结婚，是很简单的事，双方同意，你情我愿，带着户口本和身份证去民政局登记，也就几分钟，九块钱的事。而离婚，可就没有那么容易了，虽然说，现在他们不涉及分割财产的问题，但是，老婆肚子里的那个小生命，怎么办呢？

李文博不在乎老婆家里的钱，不稀罕，就是全部送给他，他也不想要，男人，这点骨气都没有，以后还怎么做大事，还怎么在人前抬头？现在，孩子已经成了李文博心里难以割舍的感情寄托，他现在很担心这个还没出世的小家伙，这是什么？这就是一个父亲的爱。

李文博给黄依彤打了个电话，说："老婆，对不起，我不应该这么突然地走，应该和你说一声的，但是，公司的事很急，我只好先过来了。"

黄依彤在电话里，冷冷地说："我现在给你两条路，一、回来；二、你可以不回，但我们必须离婚。你自己好好考虑考虑吧！"说完，挂了电话。

李文博现在的软肋被黄依彤抓到，他内心最柔软的东西，被她狠狠地捅了一刀，真的是杀人不见血啊！

李文博很无奈，当即给公司总部打电话，找领导商谈这事，看能不能等老婆生了孩子，他再过来？公司的领导很生气，告诉李文博说，这两天，他老婆一直在公司闹，找公司要人，现在，公司正头疼这事呢！唉，面对这样的老婆，李文博只能对天长叹一声，下辈子结婚，一定要慎重、慎重、再慎重，如果自己哪天真的离婚了，他也许今生就不会再结婚了，真的是太可怕了！

为了孩子，李文博决定，回家。工作没了，可以再找，但孩子要是没了，那就再也找不回来了。人命关天，他选择了妥协。当晚，李文博买了机票，直接回家了。他不知道，回去后，等待他的是什么？

一个多小时后，李文博下了飞机，他很担心老婆的情况，来不及休息，直奔黄依彤的家。进了门，黄依彤正在客厅和街坊打牌，说说笑笑，兴致高昂。黄依彤见了李文博，头也没回，自顾自地玩牌。

李文博风尘仆仆地到了家，没想到，面对的是这种情况，心中一阵发凉，他太失望了，大失所望。年纪轻轻的女人，什么不学，偏偏学打牌，真的是庸俗。作为一个知识分子，学点什么不好？李文博听着麻将声声、笑语声声，简直愤怒到了极点，但是，因为是在老婆的家，他也不好发作，在自己的家，她想干什么就干什么，谁管得着？其实，黄依彤也是这样想的，我打牌，你不喜欢，看不惯也好，憎恶也好，你自己心里忍着，要是受不了，你可以走。

李文博强忍着怒火，在老婆家里，他完全是个外人，没权力干涉她的私事。这时，李文博的手机响了，公司副总陈江质问他没有经过公司同意，为什么擅自离开工作岗位？让他立即回公司总部。李文博无奈，只好赶紧回公司，黄依彤见李文博出门，嘴角冷笑了一声，心想，你还想走？这次回来，你就别想再离开半步。李文博一脚门里，一脚门外，正准备走，黄依彤冷冷地说:"你去哪里?"

"公司让我回去,有事!"李文博说。

"我不是都和你公司说清楚了吗?还有什么好说的?"黄依彤咄咄逼人。

"这是我的工作,你无权过问。"

"我无权过问?你脑子有病啊!"

"你才有病,我没时间和你闲扯!"

李文博骂过这一句,头也没回,走了。身后,传来黄依彤暴跳如雷的叫骂声,响彻整栋楼。李文博叹息一声,自己活了这么大,还没见过这种女人,和这样的女人结婚,真是瞎了眼。

李文博默默地发誓,如果有一天,能脱离这个女人,他一定会义无反顾!

李文博急急忙忙赶到公司,公司副总陈江正满脸怒气地坐在办公室里等他。李文博满脸的惭愧,他不知道如何面对公司的领导,作为一个好员工,却不能听从公司的安排、履行公司的义务,并且给公司的业务带来了影响,他感到很丢脸。进了办公室,陈江厉声质问他:"李文博,你怎么没有经过公司的同意,擅自离开工作岗位?"

"对不起,陈总,我是因为家里有事,老婆怀孕……"李文博吞吞吐吐,很愧疚。

"你知道你走了,给公司造成多大的损失吗?"陈江很生气。

"我很惭愧,只是我老婆天天和我闹,不让我……"李文博显得很无奈。

"那是你的私事,我不管,既然你在公司做事,就要规规矩矩,如果不能按公司规定办事,你可以走人。"陈江声音越来越高。

"是,是,我下不为例,希望公司能给我一个机会。"

"你知道吗?你走了,那边的客户找不到你签字,订单一个都办不下来,公司造成的损失有多大?你知道吗?"

"我……"

"我们的赵总多生气,你知道吗?他都对我拍桌子了,质问我安排的什么人?你让我如何向公司交代?"

陈江对着李文博大发脾气,李文博低着头,也不敢再接他的话茬儿,

是啊，本来就是自己犯了错误，还有什么好说的？公司没有把他立即开除，已经是很仁慈了，换成别人，早就滚蛋了。

被陈总骂了一通，李文博回到家里，看见黄依彤还在打牌，一副满不在乎的样子，他窝了一肚子的火，但又没处发作。黄依彤的妈妈从外面买菜回来，一见李文博，马上唠叨起来："我说你这个浑小子，你老婆都怀孕好几个月了，挺着个大肚子，你还有心思到处跑、到处晃，你怎么就没一点点责任心呢？"

"妈，您这话怎么说的啊？公司派我去深圳工作，又不是游山玩水，您以为我想去啊？"

"你老婆都这个样子了，你还能去深圳吗？是你老婆重要还是工作重要？"黄依彤的妈妈质问李文博。

"我当然知道是老婆重要，但是，她现在也不是说不能活动，怀孕也才不到五个月而已，别人怀孕六七个月的，还在上班呢！"李文博说。

"放屁，你妈怀孕五个月还能上班吗？"黄依彤接过了话茬儿。

"你怎么说话呢？一点礼貌都不懂吗？"

李文博很生气，他受不了黄依彤这种出口伤人的话。作为男人，被女人骑到头上，任意辱骂，这是谁都受不了的，除非他不是男人，是软骨头。

"我怀孕了，你不知道保胎有多重要吗？"黄依彤很委屈。

"我知道你怀孕很重要，但你需要什么，可以和我说，有必要这样吗？全世界都要围着你转，你很了不起？"李文博说。

"我怀孕有多辛苦，你知道吗？我腿脚都肿了，你体会到我的痛苦了吗？"黄依彤说。

"我知道你很辛苦，但是女人怀孕生孩子，这本身就是很正常的，天底下，哪个女人像你这样养尊处优的？"李文博很愤怒。

"我养尊处优？我受的苦你根本就不知道。"

"你这孩子，你怎么说话就不体贴一点呢？依彤怀了孩子，也是你的骨肉，你多付出一点，有什么？"黄依彤的妈妈说。

"我不是说不愿意付出，我平时对她不好吗？我做的事还少吗？和她结婚以来，她做过几次饭？洗过几次碗？拖过几次地板？洗过几次衣服？

她的脚都是我亲自给她洗，你还让我怎么做啊？我娶的是老婆，不是地主婆！"李文博越说越生气。

"她是你老婆，你做也是应该的！"黄依彤的妈妈说。

"我一个大男人，您让我以后怎么抬头啊？"

"你们夫妻之间，还计较这么多做什么？"

"你们的女儿，从来就没把她老公的事业当成一回事。她从心里看不起我、看不起我的家，做事从来就不为老公的家考虑，哪里是您女儿嫁给我？分明是我嫁给了您女儿！"李文博说。

"你不要说得这么难听啊！"

"我在想，你们家受的都是什么教育？娘家人都是祖宗，高高在上，夫家人都是奴隶、用人，都矮三辈，无所谓，是吧？"

李文博这句话，把黄依彤的妈妈问得哑口无言。再一看黄依彤，脸都绿了……

李文博不等黄依彤说话，转身就走。他实在不想与黄依彤再争吵，这样的争吵，已经有几十次，甚至上百次了，说实话，李文博早已经麻木了。

李文博刚走出门，黄依彤的妈妈赶紧把他拉住，不让他走，李文博一看，丈母娘动手阻拦了，也就不好再强行出门，于是，他转回卧室看报去了。客厅里，依旧是麻将声声，哗啦哗啦地响，黄依彤和几个牌友高谈阔论，分析输赢。一群庸俗的人，做着庸俗的事，浪费时间，虚度光阴，打发寂寞。

李文博看了会儿报纸，突然心神不宁，他突然想起了乡下的父母，父母现在依然在农村受苦受累，生活在泥浆之中，什么时候自己才能有能力把父母一起接到大城市里享福啊？照这样的计划来看，别说十年，就是二十年，估计也不太可能。

李文博意识到，自己必须要努力创业了，如果就这样干耗着，得过且过，自己不但改变不了命运，而且下场会很惨。一个月几千块钱的工资，男人就这么点出息，女人还能指望你什么？她还能看得起你？她还能尊重你？如果你有权，或者有很多钱，几十万几百万地赚，她肯定会对你服服帖帖，保证不敢再小看你。女人嘛，其实也很好打发，无非就是买几套名牌衣服，几件高档化妆品，几个名贵首饰，如果再慷慨一点，丢个几十万、几百万就更好打发了，让她做什么，她就做什么。

如果这样的话，出路只有一个，做生意，创业，除此之外，别无他法。李文博决定做生意，可是，究竟做什么生意好呢？究竟做什么生意赚钱呢？如果搞不好，赔本了，或者经营不善，老婆会更加看不起他的。

路都是一步一步走出来的，一口肯定吃不成胖子，李文博明白这个道理。为了减少风险，他决定开始从小生意做起，先投资个几万块钱，开个小店。至于经营什么行当，他决定先考察考察市场。听说大学同学张萌现在生意做得不错，开了一家大型服装店，资产已经好几百万了，李文博决定向张萌讨教讨教，亲自去拜访张萌。

那天刚好是周末，李文博休息，他给张萌打电话："老同学，你现在哪里？生意还好吧？"

"我现在店里啊，生意还行，一般般吧。"张萌说。

"你发财了吧？是不是都忘记老同学了？"李文博笑着说。

"看你说的，怎么会呢？"

"那我去做客，你方便吗？"

"方便啊，欢迎你来！"

"呵呵，开个玩笑，不过，老同学，和你说真的，我最近也想做生意，但不知道做什么？所以，想向你讨教讨教。"李文博说。

"干吗这么客气啊？有空你来玩就是了！"张萌说。

"那好。"

约定了时间，直接去了张萌开的服装店。张萌的服装店开在市区最繁华的步行街上，听说每年可以赚三百多万。如果一年是三百万，那每个月就是近三十万，每天就是一万元，看来，做生意还是赚钱比较快的，如果仅仅依靠上班，每月就是一万，一年也才十二万，什么时候才能买得起房子和车子啊？

李文博来到张萌的店里，张萌正在接待顾客，她一见李文博，立即让座。李文博说："你忙你的，别客气，我在旁边等你。"

张萌说："那你先坐会儿，我忙完就来。"

李文博闲得无聊,坐在那里喝茶,翻看流行杂志。过了一会儿,张萌忙完过来了,李文博和她聊起天来,请教生意经。两个人谈得兴致勃勃。这个时候,店里来了一位顾客,这位顾客不是别人,正是黄依彤的闺密吴柳,吴柳一见李文博和一个女人聊得热火朝天,她马上出去给黄依彤打了电话。当然,肯定是添油加醋地说了一通。

真是冤家路窄,在哪里都能碰到。吴柳进来的时候,李文博没看到她,他正和张萌谈得高兴,完全没注意旁边有什么顾客,而张萌又不认识吴柳,不知道吴柳和李文博的老婆是什么关系,所以,这下,又麻烦了。黄依彤接到吴柳的密信,自然是火冒三丈,什么?我都怀孕五个月了,你居然还敢在外面和别的女人谈情说爱?

黄依彤最敏感的就是老公和别的女人接触,只要李文博出门和异性接触,而且事前不打招呼,黄依彤就觉得有问题。李文博和张萌见面,无疑是捅了马蜂窝。

黄依彤接到吴柳的密报,马上和妈妈一起冲到了张萌的服装店,黄依彤一眼看见李文博正在和张萌说话,马上冲过去,破口大骂:"你个贱人,还说不是勾引我老公?这回我亲自抓到了,还有什么可说的?"

张萌正在和李文博说话,突然见黄依彤冲过来,她吓了一跳,没想到他的老婆会跟来,这让她感到很意外,呆住了。

"你们真是不要脸,谈得好热乎啊!"黄依彤骂道。

"你别误会,我只是来找老同学谈谈生意上的事。"李文博解释说。

"别装了,我知道你们在大学里就已经好上了,现在是藕断丝连啊!"黄依彤说。

"你别瞎说好不好?这完全是个误会。"李文博说。

"怎么次次都是误会?哪那么多误会?"黄依彤吼道。

"你都结婚了,有老婆了,是有家室的人了,怎么还老是寻花问柳?一点点责任心都没有,还像个男人吗?"黄依彤的妈妈也指责李文博。

"我告诉你,要是我和她有关系,在大学里就好上了的话,怎么会和你结婚?你不用脑子想问题?是猪脑子啊?"李文博说。

店里被黄依彤一闹，顾客看到这么多人在这里吵吵闹闹，纷纷离开了，张萌的生意受到很大的影响。李文博怕把事情闹大，反复地做黄依彤的思想工作，让她回去再说，黄依彤哪里肯罢休？好不容易逮到了机会，把老公和"第三者"捉了个现行，肯定要闹一闹的。

李文博无奈，只好对天发毒誓说："我如果和张萌有情况，天打雷劈，出门让车撞死！"

黄依彤冷笑了一声说："这有用吗？你以为我是三岁小孩，就这么好哄骗？"

"我发了这么毒的誓，你都不相信，那我也没办法了，信不信随便吧！"李文博说。

"发誓算什么？这事没完。"黄依彤说。

"唉！"李文博无奈地叹了一口气。

张萌在旁边不停地解释，但是黄依彤说什么都不相信，大吵大闹，弄得张萌的生意也做不了，旁边的营业员都目瞪口呆，这算什么啊？不就是老公和女同学聊一会儿天吗？有必要搞成这样吗？自己不累，别人看着都累，典型的吃饱了撑的，没事找事。

正在黄依彤和他们争论不休的时候，她突然感到一阵腹痛，不知道是什么原因。吓得她妈心惊肉跳，让她去医院检查。黄依彤捂着肚子，这才勉强同意离开，当然，一边走，一边骂骂咧咧。总算是走了，张萌长出了一口气，李文博见黄依彤腹痛，怕她是流产的先兆，也跟着护送她去医院。

李文博赶紧出门拦了一辆车，往医院疾驰。一路上，黄依彤痛得满头大汗。好不容易到了医院一检查，医生说，没什么事，可能是她活动量太大了，劳累所致，没什么大碍。李文博这才放心，虚惊一场。

回到家，李文博赶紧伺候黄依彤休息，然后去买鸡炖汤，给黄依彤补身体。李文博其实也不愿意这样，伺候这位一手遮天、独裁统治的"慈禧太后"，但是，再不负责，也不能对孩子不负责啊？那还是男人吗？可是，李文博想到今天黄依彤到张萌的店里闹，他真想一狠心，关机，走人，消失，看你怎么办？

## 16　肚子里的孩子和外边的女人

曾经很多次，李文博想离婚，回归单身。如果黄依彤不肯离婚，他就逃走，关掉手机，跑到一个黄依彤找不到的地方，等分居两年后，再去法院起诉离婚，至于孩子，你打掉也好，生下来也好，随你的便，生下来，大不了，我付抚养费嘛！可是，李文博想来想去，还是没有忍心，为了孩子，他要忍辱负重，卧薪尝胆，大不了，像越王勾践一样，发达了，再打败吴王夫差嘛！

晚上，李文博伺候黄依彤洗澡，黄依彤脱了衣服，躺在浴缸里，李文博蹲在旁边给她搓背，涂沐浴露。黄依彤闭着眼睛，一动不动，一副很享受的样子。只是偶而会提醒一下李文博，下手轻一点，哪个位置需要重点洗。按理说，李文博看着黄依彤光着身子，应该很激动，男人嘛，都是视觉动物，哪个男人看着裸体女人，没冲动？除非，他是性无能或者白痴。

如果是换作以前，李文博一定是很冲动，但此刻，他完全没有一点欲望。看着黄依彤高高隆起的肚子，他的心情很复杂，内心充满了矛盾。

洗完澡，黄依彤半裸着身体躺在床上，李文博在旁边看报纸，黄依彤看了看李文博，温柔地说："老公，你很久没有碰我了，晚上，我们做爱吧！"

"什么？你都怀孕五个月了，还能做爱？"李文博吓了一跳，还以为自己听错了。

"怎么了？"黄依彤问。

"你开什么玩笑？万一伤到了宝宝，那怎么办？"李文博说。

"你可以轻点啊？谁让你那么粗鲁！"黄依彤说。

"不行的！"李文博摇了摇头。

"没事的，我在网上查过了，怀孕期间，可以过夫妻生活，只要动作轻，绝对没事的。"黄依彤说。

"那也不行，安全第一！"李文博坚持说。

"哼，你分明是找借口。不想和我做，就直说。"

"我真的不是这个意思！"

"你肯定是在外面有人了，对我没兴趣了。"

"你怎么能这样胡乱猜疑？"

"肯定是白天和哪个女人做爱了，现在不想和我做，我知道！"

"我真的是为了宝宝好，你怎么就不相信我呢？"

"我知道你的心思，你这么久都不碰我，心里完全没有我，肯定是外面有人了。"

"我说了很多次了，我在外面根本就没人，我是清白的。"

"鬼才相信！"

黄依彤很生气，她认为老公一定是移情别恋了，否则，怎么可能几个月都不碰她一次呢？换成谁，都有意见。

李文博之所以不想碰黄依彤，其实也有他的苦衷，一个整天生活在老婆的极度猜疑之中的男人，一个生活在老婆阴影之中的男人，一个生活在老婆娘家巨大压力之下的男人，面对老婆的蛮横、霸道，甚至是高压政策、暴力手段，面对老婆娘家盛气凌人、不可一世的态度，他怎么能对老婆有兴趣？没有阳痿已经很不错了，哪还有精力做爱？想逃都来不及呢！

李文博生活在这样的环境中，活得很压抑，很累，很窝囊，很憋屈。他每天什么都不想，只想着快点改变自己的经济状况，等自己有钱了，赶紧买房子，独立自主，至少可以远离老婆的娘家。怎么改变自己的命运和现状，这是他每天都思考的问题。

整天面对黄依彤的无理取闹，李文博早已丧失了对她的所有兴趣。平时，黄依彤要求李文博履行夫妻之间的义务，但李文博总是借口推托，他实在提不起任何兴趣。但是，今天晚上，黄依彤态度很坚决，必须要李文博履行夫妻之间的义务。李文博不愿意，黄依彤一直闹个不停，李文博被她吵得心烦，只好勉强答应了。

黄依彤见李文博答应了，不禁心花怒放，她把睡衣带子全部解开，两腿交叉在一起，卖弄风情。李文博看了看黄依彤撩人的姿势，差点没吐出来，他觉得好恶心啊！李文博对黄依彤说："我去洗个澡再来。"

"好的，你快点啊！"黄依彤催促道。

"嗯。"

"别磨蹭啊！"

"嗯。"

"听到了吗？"

"嗯。"

"嗯你个头，你就不能多说几个字啊？"

"哦。"

"你真气死我了！"

李文博在浴室里洗澡，他洗得很慢，想拖延时间，他心想，等这个死女人睡着了就好了。谁知，他刚洗了一半，黄依彤在卧室里喊："你怎么还没洗完啊？"

"哦，马上就好，急什么啊？又不是赶公交车？"

"我让你快点，我都等半天了。"

李文博心想，谁让你等了啊？你等不了，可以先睡嘛！

李文博洗完澡，走进卧室，黄依彤坐在床上，满脸的不高兴。李文博说："不就是多洗了一会儿，这点小事就生气？至于吗？"

"哼，都大半天了！"

"好，好，我这不是来了吗？"

李文博爬上床，抱着黄依彤就要进入主题，黄依彤说："这就开始了啊？"

"怎么了？"李文博愣了。

"一点点前奏都没有，你这分明是应付我，敷衍我！"

"我没有敷衍你，只是感到很累，想休息，你要考虑我的感受。"李文博说。

"你这么久都不碰我，现在好不容易才有一次，你还这样，我真的是很失望。"黄依彤说。

"我们互相理解一点吧！"

"你一点都不用心，还怎么互相理解？"

"我很想和你好好地沟通一下，但是，每次你都不想和我心平气和地谈，你让我怎么办？"

"是你态度不好，明明不想和我谈，你还怪我？"

"每次都是你的态度不好，你为什么就不肯承认呢？"

"算了，算了，不说了，你还做不做了？"

"我无所谓，随便！"

李文博一句话，噎得黄依彤半天说不出话来，黄依彤觉得，每次过夫妻生活，李文博总是千方百计地找借口、逃避或者搪塞，或者干脆拒绝，这分明是不爱她的表现。老公对老婆都没兴趣了，这种情况再清楚不过了。其实，她始终想不明白，造成夫妻之间这种不正常的情况，原因都是她一手造成的。她对老公蛮横、霸道、强悍、经常无理取闹，而且疑心又那么重，常常搞得李文博很没面子、很郁闷，给李文博的心理造成了巨大的伤害，李文博已经感觉不到对黄依彤的感情了，更不用说爱了。

如果不是黄依彤怀孕，李文博早和她离婚了，绝不会这么优柔寡断。我又不要你一分钱，也不用分割夫妻共同财产，没有孩子的话，离婚就是双方签个字而已，非常简单。

黄依彤没有意识到自己的问题，她是大城市女孩，又比李文博有钱，当然对他趾高气扬。自己的条件比老公好，有优越感，你不如我，就要服从我，对我俯首帖耳，马首是瞻。有句话说，经济基础决定上层建筑。婚姻也是一样的，谁有钱，谁就说了算，谁就是大爷，没钱的那一方就是孙子，是下人。

李文博很后悔，不应该娶城市的女孩做老婆，他把肠子都悔青了。尽管他很后悔娶了黄依彤，尽管他很不情愿和黄依彤做爱，但他今晚还是要和黄依彤过一次夫妻生活。

李文博没有前奏的夫妻生活，让黄依彤非常不满意，黄依彤觉得，李文博完全是应付她，面对黄依彤的不满，李文博也无可奈何，现在都什么时候了，哪里还能过夫妻生活？万一流产了，那怎么得了？

可想而知，这种夫妻生活是怎么样一种尴尬，李文博草草结束了，他没有心思，实在是没有心情做这些。黄依彤不满意，和李文博吵，李文博也不解释，随你怎么想吧，反正，那是你的事。两个人闹到半夜，谁也没服谁。第二天，黄依彤要求离婚，她的理由是，夫妻生活都过不好，以后怎么办？李文博也不甘示弱，既然你要求离婚，那就离吧，他也不想继续这种生活，三天一小吵，五天一大吵，难道一辈子就这样吵下去？对于孩子的问题，黄依彤要求打掉，李文博正在气头上，脑袋一热，打就打吧，反正以后生活在一个没有爱的家庭里，孩子也受罪。

第三天一大早，李文博起来了，准备好了户口本、身份证、结婚证，黄依彤也准备好了。黄依彤说："先去医院打掉孩子，然后再离婚，不然，谁来签字啊？"李文博同意了，两个人直接去了医院。

到了医院，医生给黄依彤做了检查，一切都很正常，孩子已经五个多月了，脑袋也有数厘米了。当黄依彤说出要打胎，医生一愣："这么健康的宝宝，怎么不要？"

"我们还没结婚呢！"黄依彤撒了个谎。

"哦，你们想好了吗？"医生问。

"想好了！"黄依彤说。

"你呢？"医生又问李文博。

"也想好了！"李文博说。

"那好，准备做手术吧！"医生说。

李文博向外走的时候，突然，他看见旁边的桌子上放了几个玻璃罐子，里面装的好像是胎儿，李文博的心顿时像被刀割了一般，疼痛难忍，一种伟大的父爱顿时涌满了全身。李文博想，如果孩子打掉了，是不是也像这样装在玻璃罐子里呢？好残忍啊，不行，我的孩子不能打掉！孩子是无辜的，我要保护他！

"走，回家。"李文博说。

"怎么了？"黄依彤一愣。

"我们不做了！"李文博一把拉过黄依彤向外走。

"为什么？"

"我们不离了。"

"你不是同意了吗？"黄依彤边走边问李文博，一脸的不解。

"一定要留下孩子，孩子是无辜的！"李文博说。

黄依彤的脸色一沉，似乎也有些触动，于是，顺从地和李文博回家了，两个人一路上都沉默不说话，各自想着心事。李文博想得更多的是黄依彤肚子里的孩子，而黄依彤想得更多的却是李文博在外面到底有多少女人。

回家的路上，李文博突然碰到了以前的一个大学同学叫王阳，王阳是李文博读大学时玩得比较好的同学，两人关系非常铁，毕业后，一度失去了联系，今天在路上突然碰见了，分外高兴，王阳兴奋地问李文博："兄弟，你现在住在哪里啊？"

"哦，我现在，我现在住在，住在老婆家！"李文博吞吞吐吐，有些不好意思，怕同学笑话自己。

"是吗？住在老婆家？还好吗？对了，看样子，嫂子要生了吧？"

"嗯，还有几个月，不过，也快了！"

"到时生了宝宝，一定要告诉我，我要喝你的喜酒啊！"

"没问题，一定请你。"

"那你千万别忘了啊？"

"不会的。"

"对了，我以后找你玩，去哪里找你啊？"

"可以到我老婆家来找我，我暂时住她那儿。"

"哦，那不太方便吧？算了，这样吧，干脆，等以后你搬家了，我再去找你！"

"也好！"

李文博听到王阳这样说，脸一阵红一阵白，很不好意思，毕竟，住在老婆家，确实让他有些抬不起头，不管是在亲戚面前也好，朋友面前也好，他都觉得很没面子。回到家，李文博和黄依彤商量说："老婆，我们搬出去住吧！"

"搬出去？现在？那我生孩子怎么办？"

"就在外面生啊！"

"那谁照顾我啊？"

"我照顾你啊，要是怕我没经验，我也可以让我妈来照顾你啊！"

"那怎么行？住外面，我怎么住得惯？再说，外面条件也没家里好呀！"

"我知道你家里有钱，你觉得家里好，当初可以不嫁给我啊？"李文博说。

"你这话什么意思？"黄依彤生气了。

"你是有钱人，是富家大小姐，你吃不了苦，可以选择有钱人，为什么当初还要跟我结婚呢？既然和我结婚了，你也知道我条件有限，你为什么就不能站在我的立场上，替我想一想呢？"李文博越说越生气。

"你这人怎么这样啊？我怀孕这么辛苦，住娘家，条件肯定好一点，这你都不让？"

"你没怀孕时就老住在娘家，还要求我和你一起回去住，这又怎么解释啊？我们结婚了，应该出来单住，我又不是你们家上门女婿。"李文博越说越激动。

"你到底是什么意思？你究竟想怎么样？"

"我的意思是，我不住你们家，我现在要出去住，你来不来随便！"

李文博说完，出去了，只拿走了自己的几件衣服。黄依彤僵在那里了，半天说不出话来。

李文博又回到了自己在外租住的小屋，虽然地方不大，条件也不怎么好，但很舒服，俗话说，金窝银窝，不如自己的草窝。自己的地方，住得自由，没有拘束，想做什么就做什么，寄人篱下太难受。李文博心想，我又不靠别人养活？为什么要受那份窝囊气？

在家待了一天后，李文博见黄依彤没有回来，他直接去公司总部交了

检查，然后直飞深圳，继续到分公司上班去了。李文博暗下决心，从今以后，要一心放在工作上，只有努力工作，自己才能有前途，才能有发展空间，才能做出事业，不然，什么时候才能熬出头啊？天上不会掉下馅饼的。

李文博工作很勤奋，几乎是在拼命，他每天都提前到办公室，研究公司的业务和计划，积极与总部沟通，汇报分公司的进展。他简直成了"拼命三郎"，差点忘了自己的老婆。现在，李文博觉得工作很重要，老婆无所谓，因为，工作做好了，可以高升，有钱，而老婆，你对她再好，她还是欺压你。

李文博离开家之后，黄依彤立即就给他的父母打了电话告状，她气势汹汹地说："你儿子太不负责，整天不沾家，在外面胡作非为，和别的女人乱来，现在，又离家出走，失踪了。"

黄依彤的妈妈也接过电话，非常严厉地质问李文博的父母："你们到底是怎么管教儿子的？就算没文化，也不能不管不问啊！"

李文博的父母吓坏了，赶紧打儿子的电话，果然，关机了。李文博的父母又询问了李文博的几个朋友和同学，别人都说不知道，很久没和他联系了。两位老人这下慌了，赶紧买车票，冒着大雨，连夜坐火车，赶往儿媳妇的家。李文博的父母颠簸了一夜，又冷又饿，又着急，到黄依彤家小区外的时候，天已经快亮了，两位老人不敢那么早打扰，在小区外面的人行道上又坐了几小时，等到八九点的时候，这才去按儿媳家的门铃。

李文博的父母进了门，还没了解情况，赶紧先向儿媳妇赔礼道歉。李文博的妈妈说："孩子，都是我们没管教好他，让你受委屈了，你多担待点，我们找到他，一定好好训斥他！"

"他真的太过分了，一点责任心都没有，根本就不尊重我，本来我就怀孕了，他倒好，一天到晚不沾家，在外乱搞……"黄依彤开始数落李文博，大倒苦水。

"是啊，文博这个孩子，实在太不像话了，还动手打我们家依彤，脾气太坏，要是打坏了，你们说怎么办？你们谁都负不起责！"黄依彤的妈妈也开始帮腔。

"这个兔崽子，我找到他，非狠狠揍他一顿！"李文博的爸爸生气地说完后，低头狠狠地吸了一口烟。

"你们看，我们家对他多好啊？房子买得这么大，装修得这么好，又买了汽车，他还有什么不满意的？你们看，这地板，三百多块一平米，这家具，全是红木的，一套几十万。你们再看看这房子，三居室，一百二十多个平米，多大啊，多宽敞啊！"黄依彤的妈妈用手敲敲家具，又指着房间里的摆设，大声地对李文博的父母说。

"是，是，亲家母，您消消气，别和文博这孩子一般见识，他太不懂事了，从小脾气就犟。"

"哼，亲家，不是我抱怨，我看，这门婚事，不能长久啊！"黄依彤的妈妈阴阳怪气地说。

李文博的父母一听吓坏了，赶紧又接着道歉，生怕黄依彤的妈妈把李文博扫地出门，那样，不仅儿子的美好前途没了，孙子肯定也没着落了。

"我一定让他改正，让他回来给你们认错，这孩子就是太不懂事了，都是我们没管教好……"李文博的妈妈说。

李文博的爸爸一直坐在客厅的一个角落里吸烟，黄依彤看见公公一直抽烟，甩过来一个烟灰缸，说："别弄脏了地板。"

李文博的妈妈一见，马上责怪老伴说："你就不能不吸吗？"

李文博的爸爸赶紧掐灭了烟头，把半截烟又装回了烟盒里，准备出门时再抽。李文博的妈妈说："烟瘾真大，一会儿不吸就能死啊？"

黄依彤的爸爸听见女儿说公公，有些不好意思，毕竟，自己的女儿是儿媳妇，也不能乱了礼节和章法，他赶紧赔着笑脸说："不要紧，不要紧，地板脏了我拖。"说着，他又从口袋里拿出一根香烟，递给李文博的爸爸。

李文博的爸爸赶紧摆摆手说："老弟，我不吸了！"

黄依彤的妈妈狠狠地瞪了一眼黄依彤的爸爸，她爸爸也不敢出声了。

"你看，这事怎么办？我们家依彤就快要生了，你儿子跑得没影了，总不能让孩子一生下来就没父亲吧？"

"你放心，我们一定赶紧找他，让他快点回来。"黄依彤的爸爸说。

"那好，我丑话说到前面，我给你们三天时间，如果三天之内，他还不回来，就让他以后不要再回来了，别怪我们翻脸无情！"黄依彤的妈妈说。

"你们放心，我一定把他找回来，给你们认错。"

当天中午，李文博的父母就匆匆忙忙地四处去找李文博了，黄依彤居然也没留公公婆婆吃饭，更没提留他们住两天了，这儿媳妇当的，比皇帝的女儿架子还大。好歹也是你的公公婆婆，招待一下也是应该的，这是最基本的孝道和礼节，作为一个大学毕业生，不会连这点道理都不懂吧？

李文博的父母出门，找了个小旅馆住下来，然后开始四处打听儿子的下落，当天晚上，李文博的妈妈就病倒了。

因为李文博换了手机号码，他又和公司里所有的人都打了招呼，任何人打听他的手机都不要告诉，主要是防止黄依彤找到他，所以李文博的父母从公司里也没有问到他的联系方式。最终，两位老人住了三天招待所后，无功而返，回老家了。

可怜李文博的父母，千里迢迢来找儿子，不但儿子的面没见到，连儿媳妇的一顿饭都没吃到，简直是太过分了。都说婆媳是冤家，难道真的是这样？婆婆和媳妇的关系为什么就那么难相处呢？大部分媳妇都说婆婆很凶狠、很霸道、很恐怖，李文博的母亲，老实巴交的农村妇女，从来不干涉儿子媳妇的私生活，从来不给儿子媳妇找麻烦，从来不找儿子媳妇要钱，从来不对儿子媳妇指手画脚，也从来没有指责过儿子媳妇一句，为什么媳妇还是和婆婆关系这么冷淡呢？李文博的父母来到儿媳妇的家，不仅没留公公婆婆住一天，而且连顿饭也没让吃，公公婆婆只好住在外面便宜的招待所里，让人寒心。究竟公婆哪里得罪了儿媳妇呢？难道仅仅是因为公婆是乡下人？作为儿媳妇，这样做，不说人情味了，还有一点人性吗？

李文博的父母在外受了这么多的苦，李文博远在深圳，还不知道，如果他知道父母来老婆家遭到了这样的对待，肯定会怒发冲冠的。他觉得，就算自己再不对，那老婆也应该对自己的父母以礼相待，长辈就是长辈，做一天儿媳妇也应该尊重公公婆婆，否则，他绝对不会善罢甘休的。

其实，李文博也很想打电话问候父母，但是，他不敢，怕父母问起他和黄依彤现在的情况，如果父母知道了他离家出走，肯定着急、担心。但是，李文博万万没有想到，此时父母早已经知道了，而且还千辛万苦地跑到老婆娘家赔礼道歉，如果李文博知道，他肯定会发疯的。

现实往往很残酷，这就是生活中不为人知的一面。家家有本难念的经，清官也难断家务事。此时的李文博，只想早点作出成绩，改变自己的现状，改变自己的生活，改变自己的命运。等他站在成功的阶梯上，极目远眺的时候，当他发达了、有钱的时候，他相信，黄依彤一定不敢再小看他，对他呼来喝去。他要让这个蛮横、霸道、不可理喻的强悍的女人低头，服服帖帖……

得知李文博的父母没有找到儿子，回了老家，黄依彤火冒三丈，立即打电话回去，逼两位老人找回儿子，否则，永远别想让李文博再回来。李文博的父母没有办法，于是发动了所有的亲戚寻找，打听李文博的下落，但一直都没有任何消息。无奈，两位老人只好又来到了李文博所在的公司，请求公司领导告诉儿子的下落。

李文博的父母找公司的领导，刚好公司的领导都出差去了，一个都没回来，办公室的秘书接待了李文博的父母，告诉了深圳分公司的电话，对其他的则避而不谈。李文博的父母给深圳的分公司打电话，工作人员说李文博出差去了。李文博父母问李文博的手机号，工作人员说换了，只能等他出差回来后再转告他，两位老人也只好作罢。

离开公司的时候，两位老人很可怜，李文博的爸爸生病还没好，胃痛得都直不起腰来，也不敢去医院治疗，因为，他们身上也没有多少钱了，不敢去餐馆吃饭，也不敢住招待所，他们打算在一家商场的廊檐下露宿。

梁雪见李文博的父母很无助，走上前说："伯父、伯母，我是文博的同事。文博出差在外，他打电话委托我接待你们，走，跟我回去！"

"姑娘，你真的是文博的同事？你快告诉我们，文博现在到底在哪里？"

"你们别着急，先跟我回去吃点东西，我一定帮你们联系上文博，行吗？"

"好，那真是太好了！"

梁雪准备带李文博的父母回家，然后给他们做点吃的，安排他们休息。刚走不远，李文博的父亲眼前一黑，昏倒在地，梁雪吓坏了，赶紧打120叫急救车，把李文博的父亲送到了市第一医院。

医生检查的结果是胃溃疡，情况不是很好，医生说，胃溃疡是个慢性病，且易复发，要使其完全愈合，必须坚持长期服药。不能症状稍有好转，就骤然停药，也不能朝三暮四，服用某种药物刚过几天，见病状未改善，又换另一种药。一般来说，一个疗程要服药四到六周，疼痛缓解后还得巩固治疗一到三个月，甚至更长时间。

梁雪见李文博父亲病情严重，马上给深圳分公司打电话找李文博，分公司的秘书转告了他，梁雪接通李文博的电话，说："你现在赶快回来，你父亲病倒了，在第一医院。"

李文博听到父亲病倒了，立即放下手里的工作，买机票飞了回来，工作有很多选择，丢了可以再找，但父亲永远却只能有一个，谁也不能代替。

两小时后，李文博风尘仆仆地赶到了医院，父亲已经睡着了，母亲在旁边照看着，梁雪安排好李文博父亲住院后，回公司上班去了。

李文博一进病房，看见母亲满面愁容地呆坐在病床前，父亲脸色苍白，紧闭着眼睛，满是皱纹的脸布满了沧桑，父亲母亲一下又老了很多，李文博心里一酸，几乎掉下眼泪来。他很愧疚，本以为自己读了大学，在大城市工作，又娶了城市老婆，能让父母早点享福，改变父母的生活条件，没想到，现在反而让父母的生活过得更加艰苦和悲惨。他嗓子哽咽了，叫了声："妈！"

母亲转身看了他一眼，眼泪刷的一下就流了出来，她说："孩子，你总算回来了！"

"妈，爸爸身体怎么样？好点了吗？"李文博快步跑上前，扑到了父亲的病床前。

父亲缓缓地睁开眼睛，看了看李文博，轻声说："孩子，我以为见不到你了呢！"

"爸爸，你千万别这么说啊，我还没让你和妈享福呢，你要给我机会啊！"李文博终于忍不住哭了。

"回来就好，回来就好！"母亲说。

"我和你妈，找你找得很苦啊！"父亲说。

"爸爸，你安心养病，我这回再也不会离开你们了，我要和你们回老家，专门孝敬你们二老！"李文博说。

"胡说，回老家？那我和你妈千辛万苦供你读书出来做什么？你要给我们祖宗争光啊！"父亲发怒了。

"孩子，你千万不能回农村啊，我和你爸就指望你能在大城市里安家落户，你要是回了农村，村里的人都会笑话的啊！"母亲担忧地说。

"爸、妈，我要给你们尽孝心啊！"李文博委屈地说。

"你在大城市，好好地和依彤过日子，就是对我们最大的孝心了，我和你爸不用你管！"母亲说。

"那怎么行？我可以不要老婆，但不能不管父母，否则，天打五雷轰！"李文博说。

"孩子，你就听妈一回，行吗？"母亲劝说道。

"妈，您和爸爸那么远从老家过来，您看，她是怎么对待你们的？作为儿媳妇，最起码要尽点责任和义务吧？她对你们不管不问，完全不把我们当成一家人，我还要这样的女人做什么？"李文博说。

"算了，忍忍吧，也许他们城里都是这样，待人不亲热，不像我们农村，亲戚朋友一到家，热情款待。"父亲说。

"那她也要看是谁啊？丈夫的父母，公公婆婆，不是外人啊！"李文博想不通。

"别说这事了，也许以后你们有了孩子，她会改好的。"母亲说。

"这种人，没素质，没良心，天生的冷血，和她的父母一样，上梁不正下梁歪。"李文博气愤地说。

"她以后会改的。"母亲说。

"狗改不了吃屎！"李文博说。

"孩子，你就听妈的话，行吗？别和她计较，她现在怀了我们家的骨肉，别出差错啊，不然，我和你爸可不答应！"母亲说。

李文博想想，现在肯定不能和父母说离婚的事，父母无论如何也不会答应的，那就不说了，等父亲的病好了，安排好了父母，然后再和黄依彤算账。

李文博向公司请了假，专门照顾父母，很快，父亲的病好些了，李文博父亲坚持要去儿媳家把事情好好说清楚，李文博不让父亲去，他说自己想好了，会回家的。父母也没有再坚持，儿媳家的人如此冷淡，去了也没什么意思。就这样，李文博把父母送回了老家。李文博从车站回来的第一件事，就是去老婆娘家，拿走属于自己的东西。黄依彤质问他："你为什么不打招呼就走？"

李文博说："我要和你离婚，还打什么招呼？"

"离婚？我都快生了，你要离婚？为什么？"黄依彤说。

"你这种女人，太冷血了，我看着都恶心，我现在不爱你了！"

"好，你离是吧？离就离，你以为我在乎你？"

"那好，明天办手续吧！"李文博说完，提着东西就走。

"文博，你怎么刚回来就要走？"黄依彤的妈妈从外面回来，一进门，正好看见李文博向外走。

"我要和她离婚！"

"离婚？那孩子怎么办？你不能没有责任心啊！"

"责任心？您问问她，有责任心吗？"

"你什么意思啊？"

"没什么意思，我不想和她再过下去了！"

"依彤怀孕期间，你休想离婚，法律是不允许的！"黄依彤的妈妈说。

"那就分居，法律规定夫妻分居满两年就可以离婚。"李文博不甘示弱地说。

"你太没良心了，丢下老婆和孩子不管！"

"我没良心？您问问您女儿，到底谁没良心？"

李文博说完，提着自己的东西，头也不回地走了。他下了决心，再也不回来了，再也不受老婆和她家人的气了。李文博当即回到了深圳分公司，开始努力工作。他要赚钱，他要拼搏，他要做一个事业有成的男人，找回尊严，再也不受人歧视。

## 17 副总救浴女

一个月后,由于李文博的开拓进取,分公司的市场已经全面打开,公司的业务直线上升,销售额突破了一千万,公司破格提拔李文博当副总经理,月薪一万五,另外,还发了二十万奖金。

李文博兴奋得几乎要发狂了,这下付出终于得到了回报,他可以买房子了。其实,李文博本想等两年再买房子的,这样,可以一次性付款,根本不用贷款。但是,他一想到在老婆和她娘家人面前受到的歧视,李文博等不了那么久,他要赶快买房子,证明自己有这个能力,绝不会靠女人。二十万奖金,正好可以买房子,付首付,然后办按揭。李文博觉得,房子不用买那么大,两居室就行,够住了。

李文博用二十万,买了一套八十多平米的房子,向银行办了贷款,十年的,这样,月供也没有多少压力。从一个穷打工仔,漂泊不定,寄人篱下,到买了属于自己的房子,李文博感慨万千,这么多年的愿望,终于实现了。虽然房子不大,但毕竟是自己买的,靠的是自己个人的努力,而不是靠女人,李文博终于可以扬眉吐气了。

李文博做梦也没有想到,他自己这么快就能买房子,而且,买房子就像买包香烟一样简单,他实在是太高兴了,简直要发疯了。他第一时间给父母打了电话,报告了这一消息,父母激动得一晚上没有睡着,自己的儿子有出息了,做父母的当然高兴了。

买房子的第三天,李文博给黄依彤发了条短信:我已买了房子,富贵小区，3栋3单元，3楼，303室。离不离婚，你看着办吧！

　　冷冰冰的两句话，似千钧重担，一下砸到了黄依彤的心里，她的心都快凉了。离婚？真的要离婚？黄依彤跌坐在沙发里，两眼发呆……

　　黄依彤不知道她心里现在是什么感觉，总之，很复杂。按理来说，老公买了房子，她应该高兴才对，但她就是高兴不起来。看着李文博发来的短信，柔中带刚，她分明感觉到了一种巨大的压力扑面而来，危机来了。黄依彤想，也许，李文博买房子的日子，就是和她离婚的时候，以李文博的个性，他肯定要报仇的。

　　其实，黄依彤也预感到这一天迟早要来，但她没想到，这一天会来得这么快？分开才一个多月啊，他这么快就买了房子，他是从哪里找的钱啊？这时，黄依彤的妈妈从外面进来，一见黄依彤发呆，忙问她："依彤，你怎么了？"

　　"妈，他买房子了。"黄依彤说。

　　"谁啊？"妈妈问她。

　　"还有谁啊？李文博。"黄依彤说。

　　"啊？他哪来的钱啊？"妈妈惊讶地问她。

　　"不知道，他发短信说买房子了。"

　　"哦，那他买了房子，以后就不会住我们家了。"

　　"肯定的，以他的性格，肯定是这样。"

　　"那我和你爸老了，就没指望了，本来指望他能住我们家，将来照顾我们的，以后，谁来照顾我们啊？"

　　"妈，您放心，不是还有我吗？"

　　"那你以后千万不能不管妈啊！"

　　"怎么会呢？妈，看您说的，您就放一百二十个心吧！"

　　晚上，黄依彤一家人坐在一起吃饭，黄依彤和妈妈各想着心事，黄依彤想以后怎么才能跟李文博相处？因为，现在，她怀孕在身，根本就不想离婚，离婚了，孩子还真没法交代。打掉吗？那太残忍了，现在，她多多少少有些母性了，完全舍不得。现在，李文博自己买了房子，肯定会挺直腰杆，有底气，只怕是再也不会听她的指挥，再也不会向她低头了，以后自己的日子可就不好过了。

　　黄依彤的妈妈在想，李文博买了房子，将来肯定是自己单住，女儿作为他的老婆，肯定也要过去住的，不去，那就可能真的离婚，要是他们自己单住了，将来，自己老了，谁在身边照顾她呢？她和老伴要是行动不便，或者是身体有病，动不了，谁来伺候呢？她本以为李文博买不起房子，将来会乖乖地住进自己家的，现在，她失算了，以后老了怎么办？

　　黄依彤想了一个晚上，也没想出个头绪来，她的心里很乱很乱。李文博给黄依彤发了信息，等了很久，没有收到黄依彤的回信，他又发了一条信息：如果你不想离婚，就马上回来住，不许住娘家；如果你坚持住娘家，绝对离婚。

　　黄依彤接到信息，回信息问李文博：新房要装修，肯定不能住，对胎儿不好的。

　　李文博回信息说：装修是在搞，不能住，但我在旁边租了一套房子，先住着再说，等装修好了，放一段时间再搬进去。

　　黄依彤不知道怎么说了，于是，去问她妈妈怎么办？母女两个商量了一夜，也没找到一个合适的拒绝理由。黄依彤想，没有别的办法，看来只能回去住了。

　　李文博见黄依彤妥协了，心里终于出了一口气。他心里骂道，妈的，以前看不起我，做什么都不听自己的，完全是她一个人说了算，现在，老子买了房子，她马上就软下来了，看来，这个女人还真是贱。

　　黄依彤回家的第二天，李文博就把父母接了过来。本来李文博的父母不愿意来的，说过不惯城里人的生活。李文博对父母说，我买了房子，你们过来住几天，在亲戚邻居面前也好看些，毕竟儿子买了房子，父母去享几天福，也是应该的，否则，别人会说闲话的，认为儿子娶了媳妇忘了娘。李文博的父母一想，儿子说得有道理，他们去，享不享福这并不重要，重要的是，要在亲戚邻居面前挣足面子，让他们看看，儿子多孝心、多有本事。

　　接着，李文博又向公司提出了申请，暂时回总部工作，以便照顾即将生产的妻子，公司自然从人性化的方面考虑，很快就批准了李文博的申请。

一天晚上，吃过饭，黄依彤坐在沙发上看电视，是韩国的电视剧《浪漫满屋》。正看得高兴，李文博走了进来，他随手拿起遥控器，调了节目，看起了《百家讲坛》。

黄依彤说："我要看《浪漫满屋》。"

李文博说："我喜欢看《百家讲坛》。"

"让我看《浪漫满屋》。"

"这是我买的电视，我说了算。"

"你……"

黄依彤一时无语，她悻悻地进房睡觉了，心里难受极了。

李文博看了会儿电视，见黄依彤睡了，大声说："你不洗澡？"

黄依彤没动，李文博又提高了声音说："你没听见？我问你怎么不去洗澡？"

黄依彤还是没动，李文博再次提高了声音说："你还等着我给你洗？我告诉你，你以后想都不要想，从此，就做梦吧！"

"文博，你干什么那么大声啊？"李文博的母亲从厨房洗完碗，走了过来，问李文博。

"妈，没事，您歇会儿吧！"李文博招呼母亲坐下来，然后给母亲倒了杯水。

"文博，给依彤倒杯水吧！"母亲说。

"她自己又不是没手没脚！"李文博说。

"你这孩子，真是的，犟脾气！"李文博母亲说完，站起来，端着水杯，向黄依彤睡觉的房间走去，她把刚才儿子倒的那杯水，送给儿媳妇。

"妈，您累不累啊？"李文博说。

李文博的母亲走到黄依彤的床边，喊了两声，黄依彤脸对着墙，背对着外面，没动，母亲以为黄依彤睡着了，把水杯放在床头柜上，转身出来了。

李文博见黄依彤没理自己的母亲，走进卧室，把床头柜一拍说："你聋了？你妈没教育你讲礼貌吗？"

"孩子，你这是干什么？"母亲慌忙拦他。

"她太无礼了，什么态度？将来还不上天哪？有这么做儿媳妇的吗？"

李文博很生气。

"她睡着了,别吵她,快出来,让她休息!"母亲说。

"你听到没有,和你说话呢?"李文博一把扯开被子。

"文博,你要再不听话,再闹,妈明天就回去。"母亲说。

"妈,那我不说了!"李文博一听说母亲要回老家,赶紧不说了,出来了。

回到客厅,母亲说:"文博,你要好好体贴她,她怀孕了,你让着她,妈求你了!"

"妈,我……"

"你要是有孝心,就听妈的话,妈就多住几天,要是不听妈的话,妈明天就走。"

"好,好,妈,我听您的还不行吗?"

"那好,你也早点休息吧,我去看你爸睡了没有。"

"咳,咳,咳……"突然,爸爸的房间里传出一阵剧烈的咳嗽声。

"是不是爸爸的胃病又发作了?"李文博连忙跑到了父亲的房间里,只见父亲脸色苍白,咳个不停,李文博吓坏了,扶着父亲的背说:"爸,您怎么了?我送您去医院吧!"

"不,不要紧,我没事,一会儿,一会儿就好了!"父亲说。

"我担心您的身体啊,还是去医院吧!"李文博说。

"他爸,你好点了吗?要是严重就听孩子的吧!"母亲说。

"没事,我是听到你和依彤发脾气,我一着急,胃病犯了……"父亲说。

"爸,那我以后注意点,不发脾气了!"

"孩子,你要让着她,她毕竟都怀孩子了,你怎么就不能……"

"好,我听您的,爸,放心吧!"

李文博听到父亲这么说,心里很难受,他只好答应了父母,以后要让着黄依彤。其实,李文博的心里有一团火,他以前受到的委屈太多了,太压抑了,现在,必须要释放出来,不然,他会爆炸的。虽然说现在有"发泄中心",交了钱,可以进去任意打砸东西,但毕竟那不能让李文博出气,他的症状很特殊,解铃还须系铃人。

李文博内心的怨气像毒素一样在身体里吞噬着他，他很想把这些怨气都还给黄依彤，否则，他心里不平衡。但是，父母不允许他这样做，他非常的郁闷。

黄依彤过来住了没几天，她的妈妈来看她，买了很多滋补身体的补品，嘱咐李文博的妈妈给黄依彤做，李文博妈妈高兴地答应下来。黄依彤私下里向她的妈妈诉苦，说："妈，他现在对我态度很不好，我受不了。"

"是不是他欺负你？如果他敢欺负你，妈绝对不答应。"

"他态度很生硬，很蛮横。"

"什么？我态度蛮横？你怎么不想想，以前你对我态度什么样？"李文博怒气冲冲地说。原来，他刚下班回来，走到门口，正好听见了黄依彤和她妈妈说自己不好，因此，忍不住吼了起来。

"她又没说你别的，你发什么火啊？"黄依彤的妈妈说。

"你以前对我那么凶，我现在态度重一点，你就受不了了？你想过我当初的感受没有啊？"李文博更来气了。

黄依彤见李文博语气越来越严厉，也只好不再说了。现在，她终于体会到了被人呵斥的滋味。她当初对待李文博那么蛮横，为什么就没想到自己也有今天呢？简直是猪脑子，猪还能思考什么东西好吃呢，她居然想不到三十年河东三十年河西。

李文博妈妈听到争吵声，赶紧过来劝解，她对着李文博说："文博，你就不能少说两句？"

李文博听见妈妈说他，他不再说话了，铁青着脸走开了。当天晚上，李文博和黄依彤背对着背睡了一夜，谁也没理谁。

第二天上班，李文博精神很不好，忙碌了一天，腰酸背疼，同事张兵说："文博，下班去做足疗吧，我请你！"

"足疗？谢谢，不用了。"李文博谢绝了。

"我看你精神不太好，可能是太累了，做做足疗，可以缓解疲劳呢！"张兵说。

"真的不用了，谢谢！"李文博推辞说。

"是不是怕老婆知道了，说你？"张兵笑着问。

"不是，我是不习惯那玩意，还不如自己回去泡脚呢！"李文博说。

"唉，你真是不会享受生活，每月那么多的薪水，为什么不过得丰富多彩一些呢？每天上班下班，就这两点一线，多没意思啊！"张兵笑话他。

"呵呵，我啊，习惯了！"李文博说。

"兄弟，你太死板了，不懂生活情趣，你要那么多钱做什么？"张兵说。

现在的男人，特别是高薪的有钱男人，有几个不在外面花天酒地，寻欢快活？李文博不喜欢搞那些花花肠子，他也没兴趣。其实，不管是什么样阶层的男人，很多都喜欢玩，张兵，自然就不用说了，公司副总陈江，更是会享受，基本每周都出去玩一次。上次，李文博去陈江的办公室拿资料，无意中，在他的办公桌上看见了很多高级酒店和洗浴中心的票据，估计桑拿、保健都做过，说不定，还有小姐特殊服务，这些东西在酒店再平常不过了。而李文博，从没去过休闲场所，也没做过足疗和保健，在商业活动和日常生活中，他一直保持着自己的道德操守，洁身自好，从不沾染那些腐朽堕落糜烂的东西。

李文博和张兵聊了会儿，也快下班了，他正准备离开公司，突然接到一个客户的电话，是天蓝科技公司老总许东打来的，许东说："李经理，你下班方便吗？我们去贵妃洗浴中心按摩吧！"

李文博最近和许东有业务往来，有一笔三百多万的单子。怎么办？去不去呢？如果不去，估计这笔单子就飞了。如果单子飞了，自己的薪水肯定会受到影响，那自己还怎么买车？还怎么还房贷？还怎么让父母早点享福？如果去了，这不是明显要下水吗？和嫖客有什么区别呢？

生意场上的人和事，鱼龙混杂，良莠不齐，很多生意人都过着花天酒地、声色犬马的糜烂生活。有的男人不仅在外包二奶，找情人，还玩女人，找小姐，简直是肮脏不堪，很常见，李文博都嗤之以鼻。现在，大客户要和李文博去洗浴中心休闲休闲，他左右为难，很矛盾。李文博想了想，去的话，肯定要沾一点污水，不去的话，这三百多万的单子也许就谈不成了。单子谈不成事小，关键是自己的奖金和工资都要受到影响，他刚买了房子，还要还房贷，而且还要存钱买车，还要照顾父母，改善父母的生活条件。李文博考虑再三，还是决定去。

贵妃洗浴中心在市区最繁华的地段，很有名，李文博和许东约好了时间，匆忙赶到了那里。到那里的时候，许东已经在大厅里等他了，只见他红光满面，嘴里喷着一股强烈的酒气，显然，刚喝完酒，还喝高了。

李文博笑着说："许老板，你这么快就到了？让你久等了！"

"李经理，你来了，我想和你谈谈关于生意上的事，今天很累，正好我要放松一下，所以，就打电话约你一起来。"许东醉醺醺地说。

"许老板，这笔单子，你打算什么时候和我们公司签呢？"李文博问。

"不着急，不着急，我们进去慢慢谈！"许东一边说，一边往里走。

李文博无奈，只好跟着他一起进去了。说实话，李文博第一次到这种地方来，他很不喜欢，很不适应，觉得很别扭，看到服务员，他都有些不好意思，再保守的人也明白，这种地方是干什么的。进去后，服务员拿来浴袍和毛巾，交给他们，李文博扫了一眼服务员，女孩子二十多岁，长得很漂亮，圆脸大眼睛，身材很苗条。用现在流行的话说，很正点，前凸后翘，很性感，加上穿的旗袍，开叉又高，露着雪白的大腿，李文博简直有些眼花缭乱了。李文博正在发晕，只听许东说："美女，来陪我洗吧，给我搓搓背！"

"先生，这是男宾区，我不能进去，我可以给您叫男技师。"女服务员说。

"是吗？我今天来消费，你就要为我服务。"许东说。

"先生，我真的不能进去。"女服务员继续哀求说。

"什么？你不进来，怎么给我服务？"

"我真的不能，我只是个服务员，不是那种人！"

"你在这里，还能做什么？肯定是小姐，你今天必须陪老子洗澡。"

许东使劲地抓住女服务员的胳膊，就往里面拖。由于许东用力过猛，他把女服务员的衣服扯开了，白色的乳罩都露了出来，可怜的女孩子，面对着那么多男人色迷迷的目光。

"先生，求你放开我！"女服务员一边用力挣扎，一边哀求。

"废话，今天陪也得陪，不陪也得陪，老子有的是钱！"许东说。

"先生，先生，你不能这样，你不能……"女服务员拼命挣扎。

李文博见许东一直纠缠不放，心里有些反感，尤其是见女服务员可怜无助的样子，他有些不忍心。正想上前说话，只见保安过来了，保安二十多岁的样子，很清秀的一个人。

小伙子很礼貌地说："先生，你放尊重一些，这个女孩子只是服务员，请你不要为难她。"

"什么？放尊重些？难道我不够尊重？去你妈的，一边待着去。"许东使劲地推了一把保安，生气地吼起来。

"先生，请不要动粗，有话慢慢说。"保安仍然很礼貌地说。

"滚你妈的蛋，老子喜欢，你敢扫了我的兴，我让你横着出去，你信不信？"许东叫嚣着，咄咄逼人，威胁保安。

保安被许东推得后退几步，很无奈，许东仍然抓住那个女服务员的手，不肯松手，女孩子都哭了，拼命地挣扎。

"你就是哭破嗓子，今天也得陪大爷，告诉你，你们老板见了我，也要礼让三分，客客气气的。"许东满嘴喷着酒气，显得十分嚣张。

"我不要，你放开我！"女服务员拼命挣扎。

"你给老子听好了，就是你们老板来了，也照样要好好地给我服务，你装什么清纯？当婊子还想立牌坊？老子看上你，是你的福气！"

许东一边说，一边使劲地把服务员往里面拉，他脸上的肌肉都扭曲了，李文博觉得，扭曲的不仅是他的脸，还有他的心，更严重的扭曲是他的灵魂，一个男人的丑陋嘴脸暴露无遗。李文博突然感到很恶心，怎么许东是这样的一种人呢？李文博终于忍不住了，说："许老板，算了，不要难为她了，人家好好的一个女孩子，不是小姐。"

"什么？她不是小姐？莫非是你女朋友？你滚蛋吧！"说完，许东使劲地挥拳向李文博打来。

李文博好心劝阻许东不要为难那个女孩子，许东不但不听劝阻，反而一记老拳打向李文博。本来李文博是可以躲开的，但是他没有躲，他希望能息事宁人。因此，他的胸脯上重重地挨了一拳。顿时，李文博感觉胸口一阵剧烈地疼痛，几乎摔倒在地。李文博依然赔着笑脸说："许老板，算了，行吗？"

"你说什么？你算什么东西？你猪鼻子里插大葱，装象啊？"许东骂道。

"许老板，你也打了我，给我个面子吧！"李文博严肃地说。

"给你个面子？滚你妈的！"许东又骂了一句。

"你不要给脸不要脸，我警告你，你再不放开她，别怪我对你不客气了！"李文博发怒了。

"呀，我好怕啊，我好怕怕啊，你能把我怎么样？就是你老婆，我也玩定了！"许东完全像一个恶棍。

李文博实在忍不住了，他像一头发怒的狮子，两眼冒火，他一把揪住许东的衣领，一挥铁拳，"砰"的一声，只一下，李文博就把许东打倒在地，摔了个四脚朝天。许东没想到李文博敢打他，也没作防备，这一拳打得很结实，许东半天没爬起来。李文博指着许东的鼻子说："你起来，不服，再来！"

许东挣扎着从地上爬起来，声嘶力竭地叫嚣道："你他妈的敢打我？我让你在这里混不下去，我找兄弟灭了你！"

李文博又揪住许东的衣领说："我告诉你，不要太过分了，坏事做多了，小心生儿子没屁眼！"

"你还敢打我？我让你死！"许东恶狠狠地威胁道。

李文博一挥拳，一下打在许东的鼻子上，顿时，许东的鼻子像喷泉一样，流出鲜血来。李文博冷笑着说："今天给你点颜色看看，让你长长记性，以后，再做坏事，我见一次打一次！"

"算你狠，你他妈的有种！"

"滚，人渣！"

许东捂着鼻子，狼狈地跑出门去，估计是去医院止血去了。李文博扶起那个浑身瑟瑟发抖的女孩子，关切地说："你别怕，没事了，以后他再敢骚扰你，我保护你！"

"谢谢你！"女孩子感激地说。

"没关系，你快去休息吧！"李文博一边说，一边向外走。

"对了，这位大哥，你叫什么名字啊？把你电话号码留给我吧，可以吗？"

"可以。"李文博走过来,写下了自己的手机号码,递给了那个女孩子。

李文博转身刚要走,那个女孩子又说:"大哥,我能请你吃顿饭吗?"

"不用了。"李文博大手一挥,走了。

毫无疑问,这笔单子飞了,李文博一拳打掉了三百万。不过,他不后悔,自己做了一件好事,这可不是能用金钱来衡量的。

李文博回到家,母亲正在做饭,父亲在清理家里的废旧书本和报纸,老婆黄依彤躺在床上一边看电视,一边吃着薯片,很悠闲的样子。黄依彤的妈妈因为家里有事,先回去了。李文博一进厨房,母亲就问:"文博,你脸色不太好。怎么了,是不是很累?"

"妈,我没事,只是工作压力大,过会儿就好了!"李文博撒了个谎。

"孩子,你要多注意身体,没有好身体,什么都干不了,你看你爸,都被病缠得……"母亲说。

"妈,您放心吧,我会注意的!"

正说话间,父亲过来了,他抱着一捆旧报纸杂志,打算集中到一起卖掉。李文博一见,忙上前接过来,说:"爸,您先歇会儿,别太累了,医生都说了,让您好好休息的,不能再干活了。"

"孩子,我闲不住的,一闲就发慌,可能是我的命不好!"父亲说。

"爸,看您说的,这是哪儿的话,您听医生的嘱咐就好!"李文博说。

"闲着太闷了,我做点能做的活,没事!"父亲说。

"爸,您身体不好,我还想让您将来抱孙子呢,您要是病倒了,我还找谁抱孩子啊?"李文博说。

父亲嘿嘿一笑,沧桑的脸上荡起了一圈幸福,看样子,提到孙子,他很欣慰,老人不图儿子有多富贵发达,只要儿孙绕膝,尽享天伦之乐就好。其实,农村人,很容易满足,不图什么,盼星星,盼月亮,不就是盼个孙子,能在乡亲们面前挺直腰杆吗?

"文博,你进来,妈有话和你说。"李文博正和父亲说话,母亲突然喊他过去。

李文博有些热,把衣服一脱,进厨房了。母亲笑着说:"孩子,依彤现在怀孕五六个月了,去医院检查,医生说是男是女了吗?"

黄依彤肚子里的孩子，是李文博父母最关心的，特别是胎儿的性别。

"妈，鉴定胎儿性别是违法的！"李文博说。

"妈也不是要你们鉴定是男是女，我就是很想知道到底是孙子还是孙女。"母亲笑着说。

"那就好，妈，您也别太在意，孙子孙女不都一样吗？"李文博说。

"是啊，是啊，我也想通了，孙子孙女都是心肝宝贝啊！"母亲依然笑着说。

"嗯，男孩女孩都是爹妈心头的一块肉，都心疼呢！"李文博说。

"你爸就是想要个孙子，呵呵，老头子很想哩，你爸说，要是有个孙子，咱们家就有香火了！"母亲说。

"妈，那您可以做爸爸的思想工作，让他开明点，他思想太封建，落后了，您要带动带动爸，他以前不是还当过生产队长吗？思想应该先进一点才对呢！"李文博说。

"是啊，是啊，你爸现在落后了，还经常和我吵架，说我没给他多生几个儿子！"母亲说。

"是吗？那多少个是多啊？"

"他说，多子多福！"

"那都是以前的老观念了，现在改革开放都三十年了，早就该与时俱进，继往开来了。"

"你爸，他啊，是老古董，开不了了。"

"妈，那这就要看您的本事了，您能改造好我爸，那就是立下了盖世奇功了！"

母子两个正聊得高兴，突然，只见黄依彤满脸怒气地冲进厨房，指着李文博的鼻子骂："你这个无耻卑鄙的不要脸的东西，你干的好事！"李文博愣了，吃惊地问她："你说什么？又发什么神经了？"

"什么？我发神经？你真不要脸啊，我真为你感到恶心！"黄依彤声色俱厉。

"你到底在说什么啊？"李文博很疑惑。

"你怎么能去找小姐？你怎么就这么不要脸呢？"

"找小姐？你胡说什么啊？我没有。"

"你看看，这是什么？"黄依彤说着，把两张贵妃洗浴中心的收据摔到了李文博的面前。

原来，李文博和许东去贵妃洗浴中心消费，开了收据，李文博随手把收据塞进了上衣的口袋里，他准备去财务部报销的。后来，因为许东调戏女服务员，李文博实在看不下去了，制止许东，许东和李文博打了起来，最终，许东鼻子挂彩，走了，李文博也没消费，直接回家了。到家后，李文博把衣服脱下来，扔到房里，洗浴中心的收据从衣服的口袋里滑了出来，不幸被黄依彤看到了，又捅了马蜂窝，后果不堪设想。

看到贵妃洗浴中心的收据，李文博的脸色顿时就变了，因为，他担心说不清楚，到了这种场合，就是跳进黄河也洗不清了。黄依彤因为生气，脸色变得通红，李文博支支吾吾地说："我没去找小姐，你要相信我！"

"没去？这收据还能有假？"黄依彤质问他。

"真的不是你想的那样，我没做对不起你的事！"李文博想解释，又不知道该怎么说。

"我现在怀孕了，不能和你过夫妻生活了，你就去外面偷腥，你不觉得很无耻吗？"黄依彤像火山一样爆发了。她又转身对着李文博的母亲说："你儿子在外面做的丑事，你到底还管不管？"

"依彤，有话慢慢说，你千万别生气，别伤了身子。"李文博母亲说。

"我真的是寒心，你居然做出这种事，太脏了，猪狗不如！"黄依彤怒道。

"文博，你到底去没去那种地方？和妈说清楚！"母亲问。

"去了！"李文博说。

"看，他自己都承认了！"黄依彤说。

"啊？你这个浑球，你怎么能去那种地方啊？"母亲说。

"我去了那种地方，但没做那种事啊，你们要相信我！"李文博委屈地说。

"相信你？我还敢相信你？我拿什么相信你？"黄依彤质问他。

"我真的没做那种事，我可以找人证明的。"

李文博着急了，当他说出这句话的时候，他马上又后悔了，为什么？

能证明的，只能是许东了，但是，他刚打过他，肯定不会给他证明的。找贵妃洗浴中心的人证明，那是污秽场所，他们的话，黄依彤肯定不会相信。如果小姐卖淫，那谁会相信小姐的话呢？

"证明？谁能证明？你叫他来！"黄依彤紧逼着问。

"他不会给我证明的！"李文博无奈地说。

"你这不是骗人吗？不能证明，那你说什么？"黄依彤更生气了。

"因为，我刚才和他打起来了！"李文博说。

"打起来了，不会是因为争小姐打起来的吧？"黄依彤冷笑道。

"你胡说什么啊？我是制止他调戏女孩，看不下去，所以才打他的！"李文博说。

"你骗谁呢？当我是三岁小孩？"黄依彤根本就不相信。

"唉！"

李文博无奈地叹了一口气，他知道，再说下去，也是没任何结果的，可能情况还会更糟糕。怎么办？这事要是传出去，那不毁了他一世英名？

李文博确实是委屈的，为了给公司拉业务，无奈陪大客户去休闲场所，他本来是不愿意去的，但为了客户的单子，为了自己的收入，不得不去。本来陪客户去了，应该生意谈成的，没想到，去了反而搞得更坏，不但坏，而且又让老婆知道了，现在闹得鸡犬不宁，全家都不安宁。

黄依彤和李文博吵、闹，不依不饶，李文博被逼得没有办法，一个大男人，几乎走投无路。李文博的母亲一直向黄依彤道歉，黄依彤一边哭，一边骂李文博，并且给自己的父母打了电话。李文博的父亲听到儿子做了丑事，气得差点晕倒，胃病又犯了，躺在床上不停地唉声叹气。

李文博低着头，闷坐在房里，他虽然没有做出格的事情，但自觉理亏，也不好发脾气，加上黄依彤怀孕到了关键时期，而且，现在父母也在身边，和黄依彤闹翻了，父母那一关也过不去的，弄不好，父母还会更加操心，李文博选择了忍耐。

黄依彤的妈妈本来回家去了，听说女儿受了委屈，又急忙冲了过来。她一进门就骂李文博："你这个不要脸的东西，真不是人，居然去找小姐，做下三烂的事，你真够无耻的，我们家依彤和你结婚，真是瞎了眼！"

本来黄依彤的妈妈嗓门就大，这一嚷嚷，几乎整个楼层的人都知道了。岳母骂上门，李文博感到很没面子，如果人们用异样的眼光看他，这以后还怎么出门，怎么抬头啊？李文博正在发愁，手机响了，接通后，李文博问："请问你是哪位？"

对方是一个女孩的声音，她说："我是你解救的那个女孩，贵妃洗浴中心的服务员。"

"哦，你好，请问你有什么事吗？"李文博问。

"没什么事，我就是想请你吃顿饭。"那个女孩子说。

"谢谢，不用了，不要客气。"李文博委婉地拒绝了。

"你一定要来。"那个女孩子说。

"真的不必了，我不说了！"

李文博说完，挂了电话。刚挂，那个女孩子又打了过来，她语气很坚定说："你不来，我心里会很难受的，你救了我，我要感谢你的，做人要知恩图报。"

李文博听到那个女孩子要感谢自己，他拒绝了，这本身就是应该的，而且自己也不是为了要得到她的感谢才这样做的。生活中，并不是所有的事情都是为了获得报答或者利益才去做的。

女孩见李文博不肯接受自己的感谢，显得很失望，她说："你如果不来，我心里很过意不去……"

李文博想了想，说："那好吧，在哪里见呢？"

"我在胜利大酒店等你好吗？就是文化路上的那家酒店，你知道吗？"

"好，我一会儿过去。"

"那我等你，不见不散。"

李文博挂了电话，准备出门，黄依彤和她的妈妈在房里不停地骂，特别是黄依彤的妈妈，她指着李文博的鼻子骂："你哪是人啊？是禽兽，是人渣！"

她泼妇骂街一样，尖酸刻薄，脏话满口，把李文博几乎骂了个狗血喷头，李文博低着头，也不敢还口，因为他怕招来更多的谩骂。无奈之下，他抓起公文包，想出去，黄依彤恶狠狠地威胁他说："你要敢跨出这个门，我今天就死给你看，你信不信？"

李文博吃了一惊，心想，这个女人简直是疯了，她们全都是疯子。好男不和女斗，这样无休止地纠缠下去，绝对没有什么好处。想到这里，李文博平静地说："依彤，你不要这么极端好不好？我们能心平气和地好好沟通沟通吗？"

"你不把今天的事给我个交代，我不会罢休的，我怀了宝宝，这么辛苦，受了这么多的罪，你在外面找小姐，你对得起我吗？"黄依彤质问李文博。

李文博说："我是陪客户去了洗浴中心，但我是为了拉业务，客户要求我请客，我没办法，我也是应付一下了事，我根本没有接受异性服务。"

"你说没有就没有吗？你不为了找小姐，又怎么会去洗浴中心？"黄依彤质问他。

"我说了，我根本就没接受异性服务，因为客户非礼那个女服务员，我还和他打起来了，三百多万的单子也飞了，我已经很窝火了，你不信，我也没办法。"李文博说。

"既然他不肯认错，那我们走，回家。"黄依彤的妈妈说。

"好，回家。"黄依彤哭着说。

李文博心想，你回家更好，我求之不得呢，请神容易送神难，走了我就耳根清净了。整天在耳边唧唧歪歪的，像苍蝇一样令人心烦意乱。李文博都快崩溃了，换成谁也受不了。

李文博的父母听说儿媳妇要回家，拼命地劝解，但是黄依彤一定要回家。李文博在旁边不说话，沉默不语，他的母亲为了让儿媳妇解气，拿起拖把就打李文博，李文博不敢躲闪，拖把重重地落在了他的背上，李文博顿时感到一阵剧烈的疼痛。李文博母亲打儿子，其实也疼在她的心里，再怎么说，也是自己的亲儿子，娘身上掉下来的肉啊！但为了取得儿媳妇的谅解，她必须要这样做，不然，儿媳妇走了，怎么办啊？俗话说，家和才能万事兴啊！

"别走，孩子，妈求你了！"李文博的母亲说。

"你妈已经打他了,你就不要走了,行吗?"李文博父亲也说道。

"不行,我今天非要走!"黄依彤哭着说。

"你们教育出的好儿子,太丢人了,我们都嫌脏,还在这做什么?丢人现眼。"黄依彤的母亲说。

就这样,在李文博父母的哀求声中,黄依彤和她妈妈走了,李文博父母不住地唉声叹气,母亲还掉下眼泪来。一是心疼儿子,二是担心黄依彤肚子里的宝宝,那毕竟是他们家的希望啊!

"妈,您别难过,她走了更好,我正好清静几天!"李文博安慰母亲说。

"都怪你,她走了,我孙子怎么办啊?妈好担心啊!"李文博母亲说。

"妈,她会好好的,您放心,她妈会照顾得很好的!"李文博说。

"妈就是担心我的孙子,唉!"李文博母亲说。

"她要敢把您孙子怎么样,我就甩了她!"李文博说。

李文博安慰了母亲几句,又劝父亲,让父母不要担心。他和父母谈了下心,就出去了,因为,那个洗浴中心的女孩子还在等他呢!李文博出了门,向胜利大酒店走去。胜利大酒店在文化路上,这是最繁华的街道之一,满街都是大型商场和购物中心,人来人往,车水马龙,川流不息。李文博走到酒店门口,那个女孩子已经在酒店门口等他了。见李文博来了,女孩子很礼貌地打招呼:"先生,你来了!"

李文博仔细看了看她,只见那个女孩子化了淡妆,眉毛描过,还擦了粉底,涂了唇膏。比在洗浴中心见到时明显漂亮了很多,而且显得很单纯,像是一个大学生。她这么清纯,怎么会在洗浴中心上班呢?简直是可惜了!想到这,李文博说:"我临时有点事,来晚了,你别介意啊!"

"怎么会呢?没关系的!"女孩子轻轻一笑说。

"我们进去谈吧!"李文博说。

"好啊,你先请!"

"不客气!"

进了酒店,落了座,女孩子说:"先生,我还不知道你的名字呢,请问,你怎么称呼啊?"

李文博微微一笑说:"我叫李文博,木子李,文化的文,博学的博,你呢?"

"我叫池梦梦,池塘的池,做梦的梦,浙江人!"女孩说。

"看样子,你像一个学生!"李文博说。

"我在本市一所大学读书,马上要毕业了,现在一所中学实习,平时,利用周末时间,我在贵妃洗浴中心做兼职,赚点生活费。"池梦梦说。

"哦,原来是这样啊!"

"你是做什么工作的呢?"

"我在一家公司做销售经理。"

"上次多亏你帮了我,我现在想起来都有些后怕!"

"事情都过去了,不要担心,以后小心点。不过,你最好换个地方做兼职,不要再去那里做事了。"

"我会的,我以后注意,今天约你见个面,就是想向你表达一下谢意,我明天就要回老家工作了。"

"你去哪里工作呢?"

"我学的是英语专业,可能会回老家去当中学老师!"

"不错,很好的职业,对了,你今年多大啊?"

"我二十一了。"

"还很小,当老师是很高尚的,人类灵魂的工程师,你要好好教育学生,最好把所有的坏孩子都教育好,免得以后进入社会,成为坏人。"

"当老师,肯定要好好教育学生,最起码要对得起'老师'这两个字!"

"是啊,韩愈说,师者,传道授业解惑也,我觉得,这不完整,还应该加上育人。"

"你真是博学啊,像你名字一样,呵呵,对了,我回去工作了,也不知道什么时候再能见到你?"

"见面是有机会的,说不定,我们很快就能见面。"

"但愿如此,我真想留在这个城市,可是,我父母非让我回去,唉!"

"只要能做自己喜欢做的事,在哪里不是一样呢?"

"我现在很茫然,也不知道该怎么选择。"

"先确定理想,找准自己的准确位置,努力就行!"

李文博和池梦梦聊得很投机，两个人谈得几乎都忘记了点菜，服务员在旁边站了半天。服务员是一个年轻的女孩子，二十岁左右，秀秀气气的，很淳朴的样子。李文博笑着对服务员说："对不起，让你久等了！"

"没关系！"服务员说。

"你来点菜，你喜欢吃什么？"李文博问池梦梦。

"还是你来点吧，我请你！"池梦梦说。

"你点，你是女生，优先！"李文博说。

"那好吧！"池梦梦说。

池梦梦点了四个菜，其中，三个菜一个汤，有红烧排骨，番茄鱼头，清炒小白菜，外加一个紫菜蛋汤。

她问李文博："你喜欢吃吗？够了吗？"

李文博一笑说："喜欢，够了，三菜一汤，正好国宴的标准！"

"国宴不是四菜一汤吗？"池梦梦说。

"现在改为三菜一汤了，国家不是现在提倡节约型社会吗？"李文博说。

"原来是这样啊，我孤陋寡闻了。"池梦梦说。

"你言重了。"李文博说道。

"对了，你最喜欢吃什么菜啊？"池梦梦问。

"我喜欢吃清淡一点的，你呢？"

"我喜欢吃辣的，比如四川菜。呵呵，想不到吧？"

"你是浙江人，怎么会喜欢吃辣的呢？"

"我也不知道，我爸爸妈妈都说我是个奇怪的人！"

"呵呵，是吗？我不能吃辣的，一吃，浑身就起小疙瘩！"

"有句话听说过吗，'不吃辣椒不革命'！"

"是吗？那我就做汉奸，叛徒好了！"

"呵呵，你真幽默！"

两个人正谈笑间，菜就上来了，李文博一看，不错，这家酒店的菜做得真好，真可以说是色香味俱全，李文博夸奖说："这菜真香啊，看起来好诱人呢！"

"是吗？快尝尝！"

李文博夹起一筷子红烧排骨，吃在嘴里，感觉很可口，他说："真好吃，味道真好！"

"改天，我让你尝尝我的手艺！"池梦梦说。

"好啊，有机会，我一定要吃你做的菜！"李文博笑着说。

"我喜欢做地道的川菜，你呢？"池梦梦说。

"我怕辣，基本不吃川菜和湘菜，粤菜还能吃一点。"李文博说。

"是吗？"

"是的，川菜口味清鲜醇浓并重，以善用麻辣著称，并以其别具一格的烹调方法和浓郁的地方风味，融会了东南西北各方的特点。"

"是吗？那湘菜呢？"

"湘菜是注重刀工、调味，尤以酸辣菜和腊制品著称，烹饪技法擅长煨、蒸、煎、炖、熘、炒等。"

"粤菜呢？"

"粤菜讲究火候，制出的菜肴注重色、香、味、形。口味上以清、鲜、嫩、脆为主，讲究清而不淡、鲜而不俗、嫩而不生，油而不腻。时令性强，夏秋力求清淡，冬春偏重浓郁。"

"你对这些菜还真有研究啊，不简单！"

"呵呵，那因为我是个好吃佬，喜欢吃！"

"你叫文博，文博，文博，还真是博学啊，仅仅是吃的就知道这么多！"

"古语说，民以食为天；仓禀实而知礼节，这说明吃的确很重要。"

两个人边吃边聊，从川菜谈到湘菜，从湘菜又谈到粤菜，不亦乐乎，李文博对吃的很有兴趣，也很有研究，滔滔不绝。池梦梦对吃的也很有兴趣，听李文博懂得这么多，又对李文博增加了一些好感。她心想，我要是能嫁给这个男人该多好啊，以后就可以吃到很多种不同的菜了！

想到这，她说："将来谁做了你的女朋友，一定会很幸福的！"

"是吗？我已经结婚了！"李文博说。

"啊？你结婚了？"池梦梦睁大了眼睛。

"是的，我结婚了！"李文博说。

"那真遗憾！"池梦梦说。

"遗憾什么？"李文博一愣，问她。

"哦，我是说，你老婆真幸福！"池梦梦意识到自己失言，急忙转移话题。

"唉，别提了，我现在真的是生不如死！"

"啊？为什么？"

"我老婆简直是个十足的疯子，神经病！"

"她有病？你怎么还和她结婚呢？"

"她精神有问题，太恐怖了，和她结婚，简直是做噩梦！"

"为什么？"

"她疑心太重了，比曹操还多疑！"

"说说看！"

"我现在，只要有异性和我联系，不管是女同事，还是女同学，只要给我打电话、发短信，她都怀疑我和别人有关系。和我吵，和我闹，还骂别人，甚至还经常闹到我公司去，我真的是颜面丢尽。"李文博说。

"啊？怎么会这样？"池梦梦惊呆了。

"她不仅怀疑我，还经常查我的手机通话单，查我的QQ，查我的电子信箱，只要有人和我联系，她都会查是男是女，和我是什么关系？我出门办事，她会随时随地地打电话查岗，如果手机关机，她就和我闹，我现在一点点自由都没了！"李文博向池梦梦大倒苦水。

"天哪，她也太极端了吧？"池梦梦说。

"是啊，我现在很头痛，唉，朋友们没有一个敢和我联系了！"李文博很无奈地说。

"你和她沟通过吗？"池梦梦问。

"沟通了很多次，都没用，现在，我们简直无法沟通了！"李文博说。

"那也不是办法，整天生活在这样的环境里，怎么受得了？"池梦梦很担心地说。

"她不仅这样，对我父母也不尊重，逢年过节，从来不给我父母打电话问候一句，而且，我父母来了，她甚至不让我父母住家里，让住旅馆，连吃饭都不让在家吃，简直太可恨了！"李文博说。

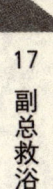

"那也确实过分了点，哪有这样做儿媳妇的，太没礼貌了！"池梦梦很气愤。

李文博提起这些难过的事情，心情就不好，作为一个男人，堂堂的七尺男儿，居然被这样对待，被欺负成了这个样子，简直成了木偶。不仅自由没了，连尊严也没了，这还不算，关键是老婆对父母不尊敬，这让他最无法忍受。

"那你怎么不离婚？想过离婚吗？"池梦梦问。

"要不是她怀孕了，我早就和她离婚了，只是，我不想对不起宝宝。"

"这怎么办？将来，就这样过一辈子吗？"

"我们的矛盾太多了，无法调和了！"

"她为什么会这样呢？"

"因为，她是城市的，我是农村的，我们的出身差距太大，她有优越感，感觉自己高高在上，我什么都要听她的，服从她，听从她的支配，我父母是农村的，她尊敬不尊敬无所谓。"

"那你当初怎么会和她结婚呢？"

"当初，我没想到她会是这样的人。谈恋爱的时候，我没发现她这么极端，那时，她为人处世都还是很大方得体的，但是结婚后，她突然变得很敏感，很多疑、很傲慢、很极端，而且越来越恐怖！"

"你现在打算怎么办呢？"

"没办法，又不能离婚，她现在怀孕的事，我父母也知道了，绝对不让我离婚，我很痛苦。"

"那你当初怎么不小心点呢？没采取安全措施？"

"有保护措施，但她还是怀孕了！"

"孩子可以打掉啊！"

"不行，孩子是无辜的，那也是一个小生命啊，我不忍心，再说，我父母也不让打，甚至以死威胁我。"

"唉，那确实难办了！"

"我现在人际交往基本没了，工作受到很大的影响。前段时间，公司派我去深圳分公司，她跑到我公司总部去闹，害得我差点被解雇了！"

"都说，一个成功的男人背后，都有一个伟大的女性，那她很不应该捆住你的手脚。"

"我现在度日如年！"

"你觉得这样熬下去，什么时候是个头呢？"

"我很茫然，不知道该怎么办？我现在连一个知心的朋友也没有了，找人诉苦都没有，我真的很失败！"

"没关系，以后我做你的知心朋友，你有不开心的事，都可以告诉我，我给你分忧解难，我在学校，可是公认的开心果哦！"

"好啊，谢谢你！"

"我应该感谢你的，谢谢你救了我一次呢！"

"都过去了，不要再提了，没什么的！"

"我很担心你，希望你早点摆脱出来！"

"谢谢，但愿吧！"

李文博和池梦梦聊了现在自己的处境和心情，他心里好多了，憋了这么多天，现在经过倾诉，人顿时轻松了很多，平时，简直太压抑了。

吃完了饭，天已经很晚了，李文博说："你现在住哪里？我送你！"

"我住学校旁边的一个小平房里。"池梦梦说。

"每月多少钱啊？"李文博问。

"三百块钱。"

"那很艰苦啊，习惯吗，能适应吗？"

"习惯了，我是农村的，肯定能适应的。"

"走，我送你回去。"

"好啊，你方便吗？不怕你老婆查你的岗吗？"池梦梦问。

"怕啊，不过，今天我和她吵架，她回娘家了。"李文博说。

"是吗？那就好，不用担心她查你的岗了。"池梦梦说。

"是的，我今天总算恢复点自由了。"李文博长出了一口气。

"那要好好庆祝一下，放松一下。"

"唉，也没什么心情了。"

"我陪你，怎么样？保证让你开心！"

"怎么？"

"到时你就知道了。"

"不用了，谢谢你的好意，你早点回去休息吧，天已经很晚了！"

李文博送池梦梦回去，李文博拦了辆的士，快速向池梦梦住处驶去。不一会儿，到了一处平房前，池梦梦用手一指，说："到了，我就住这里。"

李文博下车一看，这里的住房很拥挤，一栋挨着一栋，几乎是墙靠着墙，环境不怎么好。李文博说："你一个人住吗？"

"是的，你不上去坐坐吗？"

"谢谢，不用了，我想回去了，不早了，你休息吧！"

"哦！"

"我走了，再见！"

李文博转身就走，他不是不想上去坐，他是被黄依彤无休止的疑心，搞得有些敏感了，不敢再和女孩子走得太近，尤其是深夜去一个女孩子的单身宿舍。

李文博还没走出这个小巷子，突然，池梦梦上气不接下气地追过来，惊恐地说："不好了，不好了！"

"怎么了？"李文博吓了一跳，急忙问她。

"有人威胁我，要砍我一只胳膊！"池梦梦吓坏了。

"什么？在哪里？"

"我的门上贴了一张纸，上面写的。我好害怕啊！"

"我去看看！"

李文博赶紧和池梦梦上了楼，果然看见池梦梦的房间门上，贴着一张字条，上面写着：你这个死女人，得罪了老子，老子砍你一只胳膊，给你点颜色看看！我知道你住的地方了，你等着！

"这是谁写的呢？你得罪谁了？"李文博问她。

池梦梦想了想，说："没有啊，我没得罪过人啊！"

"你再好好想想。"李文博说。

"实在是想不起来了，除非，是在洗浴中心得罪的那个男人！"池梦梦说。

"许东？难道是他？但他怎么会这么快知道你的住处呢？"李文博很疑惑。

"我今天下班，感觉好像有人在跟踪我！"池梦梦说。

"没关系，我保护你，实在不行，就赶紧报警！"李文博说。

"好，谢谢你！"池梦梦说。

李文博进了池梦梦的房间，她的房间不太大，但却被她收拾得很整洁干净，简直一尘不染，房间里弥漫着一股女孩子特有的香味，令人心旷神怡，神清气爽。看得出，她是一个很爱干净的女孩子，这样的女孩子做老婆，将来做家务，简直是一把好手，那就好多了，不用担心家里成了鸡窝。

池梦梦说："房间太小了，你就将就一点吧！"

"没关系，小了还温馨一些呢！"李文博说。

"是吗？你快坐下休息下，我给你削水果。"池梦梦说完，去洗苹果去了。

"不用，真的不用了！"

"没事，很快就好的，你要闷，先看会儿电视吧，遥控器在床上！"

李文博打开电视，看起新闻来。池梦梦洗完苹果，开始削，不一会儿，一个整苹果就被削好了，一条长长的苹果皮，像一根弹簧似的，非常好看。

"你削得真好，我怎么就削不了完整的苹果皮呢？"李文博说。

"来，我教你！"

李文博拿起一个苹果，削了几下，苹果皮就断了，他又削了几次，还是刚削几下就断了，李文博有些泄气了，说："我太笨了！"

"你看着我怎么削的，我给你示范。"池梦梦说着，拿起一个苹果，手把手地教李文博削。

她说："你这样捏紧苹果，不要松开，刀子要稍微深一点点。"

李文博照着她的做法削，很快，一条完整的苹果皮就削下来了，李文博说："你的手真的好巧啊！"

"是吗？对了，来，我这里有一瓶红酒，是我上次去做兼职时，一个朋友送给我的，我一直留着，今天，算我请你！"

"不用了，我不能喝酒的！"

"红酒没事的，不会醉。"

"那不一定，红酒也很厉害的。"

"喝一点吧，我明天就要走了，也不知道下次什么时候能再见到你！"

"那好吧，我陪你喝一点！"

池梦梦给李文博倒了酒，自己也倒了小半杯，她说："来，为了我们的相识，干杯！"

"好，干杯！"李文博一仰脖子，酒就喝光了，池梦梦马上又倒了酒，笑着说："这杯我敬你！"

李文博一仰头，又喝光了，池梦梦也一饮而尽，她说："多喝几杯，忘记那些不愉快和烦恼吧！"

李文博正要喝，突然，对面的窗子里传来一阵女人的呻吟声，夜深人静，听得非常真切。

听到女人的呻吟声，池梦梦说："不好意思，对面的女人一连叫了几天了，真是太不注意影响了，唉，简直是太过分了！"

"是吗？现在有的人太开放了，很有个性的。"李文博说。

"我都被吵得不行，真后悔住在这里！"池梦梦说。

"呵呵，是吗？"李文博笑着说。

"我去把窗户关上，把窗帘拉上！"池梦梦说。

池梦梦过去关窗子的时候，李文博朝对面的房间扫了一眼，只见对面的房间亮着灯，透过薄薄的窗帘，李文博看见里面有一对人影在里面晃动，不言而喻。池梦梦关上了窗子，对面的声音还能听得见，真的是声声入耳，因为离得太近，所以如此的真切。

对面女人的叫声此起彼伏，强烈地刺激着李文博的耳膜，他浑身热血沸腾，心跳加快，几乎要燃烧起来，全身的血管几乎膨胀得都要爆炸了。池梦梦居然像没事人一样，平静地做着自己的事，仿佛什么事也没有。估计她是听得多，习以为常了，也或许是她本身是女人，对女人的叫声没兴趣。李文博受不了刺激，想回去了，他站起来对池梦梦说："时间不早了，我现在回去！"

"你回去？那我怎么办啊？我担心有人要来报复我！"池梦梦害怕地说。

"你明天不是要回去了吗？怕什么？"李文博说。

"我今晚怕啊！"池梦梦说。

"那怎么办？"李文博问。

"你能睡在这里吗？"池梦梦说。

"这？"李文博愣住了。

"就一晚，行吗？"池梦梦说。

"这里没地方睡啊，怎么睡？"李文博问。

"你就睡我旁边，行吗？"池梦梦说。

"那怎么行？"李文博说。

"怎么了？"池梦梦问。

"我万一不小心，控制不住，你怎么办？"李文博担心地说。

"你不会的，我相信你！"池梦梦说。

"但我不相信我自己。"李文博说。

"你真幽默，呵呵。"

"我说真的。"

"你控制不住也没事，我不怕，因为，我现在喜欢上你了！"

"什么？你喜欢我？"

"是的！"

"你开什么玩笑啊？"

"我没开玩笑，我说的是真的。"

李文博吓了一跳，这怎么行呢？自己已经是已婚男人了，再说，对方还是一个小姑娘，怎么能做出格的事情，这不是害了别人吗？那自己就成了采花大盗了。想到这，李文博说："我已经结婚了，不能伤害你，你还是找一个未婚的男朋友吧！"

"不，我现在真的喜欢上你了，和你在一起有安全感。"

"我真的不能伤害你。"

"你晚上千万不要走，否则，我会害怕的，要不，你睡床，我睡地板！"

"这怎么行呢？你睡床，我睡地板还差不多。"

"那好，就这么说定了，你不要走了，我先去洗澡，一会儿你再洗！"

池梦梦去卫生间洗澡去了，李文博坐在她的床上看电视，心里乱乱的，像一团乱麻，理不清任何头绪。池梦梦在卫生间里洗澡的水声，撩拨着他的心弦，他心想，如果自己主动，她肯定会和自己上床。

主动送上门来的肥肉，吃不吃呢？李文博的脑子里在思考着这个问题，理智告诉他，不能，千万不能做坏事，否则，良心会受到谴责的。虽然说现在的女孩子很开放，但是，最起码的道德底线应该遵守，不能越了轨。李文博正在胡思乱想，卫生间的门开了，池梦梦洗完澡出来了，穿得很少，李文博有些不好意思，不敢正眼看她。池梦梦说："你看我的身材怎么样？"

"很好，不错，很苗条的！"

"我觉得还是稍微胖了点，要是再瘦点就更好了！"

"我觉得正合适，太瘦了，就没线条了。"

"呵呵，那你快去洗吧，水我给你调好了，毛巾，你就用我的，我很干净的，放心吧！"

"哦，好！"

李文博进卫生间了，一试水，水温正合适，不热不冷，他一边洗，一边闭着眼睛想问题，毛巾上有池梦梦的体香，很温馨的那种，他的鼻子里满是池梦梦的味道，这个女孩子已经把他俘虏了。

李文博洗完澡出来，池梦梦已经躺在了床上，身上只遮着一条薄薄的床单，露着雪白修长的大腿，她的皮肤很有弹性，在柔和的灯光下，散发着一种柔软的光泽，充满了青春的活力。

李文博极力地克制着自己。床边，池梦梦已经铺好了一块席子，上面有一条粉色的毯子和一条浅蓝色的床单。李文博顺势躺下来，靠着池梦梦的床沿，如果池梦梦下床，或许一脚就能踩到他。李文博心想，千万不要踩到我，我会控制不住自己的。

"凉吗？"池梦梦问他。

"还好！"李文博说。

"如果凉，你就上来睡。"池梦梦温柔地说。

"没事，不要紧！"李文博说。

"你别担心，我相信你！"池梦梦轻声说。

"我就睡地上，做你的保护神！"

李文博躺在地板上,看着池梦梦粉色的床单发呆。突然,对面的房间,又传出那个女人热烈的呻吟声。

李文博睡不着,翻来覆去的,池梦梦好像也睡不着,在这个环境中,谁能睡得着呢?空气中弥漫着一种暧昧与欲望混合的味道,浓浓的,很强烈,仿佛一点火星就能燃烧。

李文博悄悄地抬眼往床上看,只见池梦梦穿着一件薄薄的睡裙,她躺在床上,面朝里面侧睡着,圆鼓鼓的臀部正对着李文博,李文博心想,她还真大方,居然穿这么透的睡衣?难道就不怕我看见她的春光?李文博正在想着事情,突然手机响了,他吓了一跳,以为是黄依彤打来的,他现在都有手机恐惧症了,李文博一看,不是黄依彤的电话,是家里打来的,他这才放心,李文博接了电话,母亲问他:"孩子,你现在哪里?怎么还不回来啊?"

"妈,我在公司加班呢,今天临时有事,晚上就不回去了。"李文博撒谎说,他现在不能让父母知道,他睡在别的女人家里。

"那你怎么睡啊?"母亲关心地问。

"我就睡在公司,您不要担心。"李文博说。

"你千万不能熬夜啊,别熬坏了身体!"母亲叮嘱道。

"好,您和爸不要担心,你们也早点休息吧!"李文博对母亲说。

李文博正在说话,突然,对面的房间,那个女人又开始大声地呻吟起来,李文博赶紧挂了电话,怕母亲听到,不然,老人家还不知道怎么回事,肯定还以为是自己在外面做坏事呢!

挂了电话,李文博赶紧关机了,不然,他怕黄依彤会打电话来。这时,池梦梦说:"你还真会撒谎啊?"

"我也是没办法,不这样说,我妈知道了,那就不得了了。"李文博说。

"你老婆还会给你打电话吗?"池梦梦问。

"我关机了。"李文博说。

"那如果她打不通你的手机,肯定还会和你闹吧?"池梦梦说。

"现在她回娘家了,估计还在赌气,一时也不会理我的。"李文博说。

"真没想到,你居然会有这样的老婆,简直是母老虎,是母夜叉。"池梦梦说。

"她比母老虎和母夜叉还恐怖十倍。"李文博说。

"你以后的日子怎么过啊？"

"熬啊，现在我下班基本不想回家，我宁愿在办公室待着！"

"真是太可怜了，可惜我要回去了，如果我在这里，你可以到我这里来。"

"那要是被她发现了，我们就会死得很惨很惨！"

"我可不怕她。"

"你不怕她？为什么？"

"因为我也是女人。"

"不过，我不想伤害你，我是已婚男人。"

"其实，我看得出，你这个人心肠还不错，是个好男人，可惜她不知道珍惜。"

"你怎么知道我是好男人！"

"你很有正义感，心又特别善，而且待人又这么诚恳，很博学，又细心体贴。这么好的男人，现在到哪里去找啊？"

"你过奖了，我很普通的，只是不坏而已。"

李文博和池梦梦又聊了起来，两个人睡意全无，池梦梦坐起来，对李文博说："你上来，我们聊。"

李文博翻身爬起来，坐到床上，池梦梦下了床，给李文博倒了杯水，递给他说："喝杯水吧！"

"谢谢！"

窗外那个女人的声音又响了起来，李文博浑身又开始燥热，欲望被勾起，但是，他知道，不能发生别的，人家刚毕业，还是一个小姑娘，不能占别人的便宜。虽然说现在很多女孩子在大学里都谈了男朋友，在外同居，和男人做爱是很平常的事，但是他不能这样做。很多女孩子在大学里谈朋友，有的是找学生，有的是找外面的大款，有的是找社会上已婚的成功人士，每天在外面玩，甚至有的成了男人的玩物和发泄工具，但是，如果他也这样做了，又算什么呢？

对了，为何不试探下她，看看她是哪种类型的女孩子？到底是轻浮还是正派的？是装的还是本来就是这样的性格？想到这，李文博说："你喜欢什么样的男人呢？"

"我喜欢细心、体贴、懂得照顾人的男人！"池梦梦说。

"还有吗？就这些？"李文博问。

"还有，善良，有爱心，对人有礼貌，没有不良嗜好。"池梦梦说。

"对家庭条件呢，没要求吗？"李文博问。

"希望他有一定的经济基础，最好有一套房子，而且没有经济负担。"池梦梦说。

"不在乎他是不是很有钱的人吗？"李文博问。

"有钱的男人大都没几个好东西，太花了，整天在外面玩女人，没有安全感。"池梦梦说。

"呵呵，你还很现实的啊！"李文博笑了。

"女人想要的，其实也不多，就是希望男人能关心她，疼她，爱她，给她带来温暖，让她感觉到自己是个幸福的小女人，这就够了，钱再多，如果没有爱，也买不来幸福，不是吗？"池梦梦说。

"你说得很有道理，钱可以买来女人，但买不来爱情，也买不来幸福。"李文博说。

"我在想，我将来要是能找个像你这样的老公就好了，我会很幸福的。"池梦梦说。

"我？其实，我也不怎么好，我只能是勉强过得去。"李文博谦虚地说。

"我不会看错人的，我真想和你在一起。"

"你不在乎我结过婚吗？"

"不在乎。"池梦梦说。

"为什么？"李文博问。

"有句话说，未婚男人是根草，离婚男人是块宝。"池梦梦笑着说。

"这怎么说？"李文博不明白。

未婚应该是很纯粹的，也没什么牵扯，离婚的，大都有前妻和孩子，怎么说也是个累赘，整天两头顾，多麻烦啊！李文博有些疑惑不解，池梦梦见他不理解，她说："好多人都和我说离过婚的男人比未婚的男人还要抢手。以前我不怎么相信，现在信了。如果是找同龄的男孩，大多都是独生子女，在中国上下五千年的文化熏陶下，你仔细想想，家里得了个男孩，还是独子，他被宠成什么样？"

"那确实，现在的独生子都是小皇帝！"李文博说。

"是啊，他什么都以自己为中心，以为自己就是太阳，你们都要当星星，对他好，听他的，照顾他，是应该的！他要是长不大，那就完了！离婚的男人就不会这样，他们成熟，懂事，会照顾人，会珍惜身边的你。我以前的一个同学就嫁给一个离过婚的男人，这是她的肺腑之言。"池梦梦说。

听完池梦梦的话，李文博惊讶得目瞪口呆，倒吸了一口凉气。李文博简直不敢相信，眼前的这个小女生，居然把男人研究得这么透彻？天哪，这要是长大了，嫁人了，那还了得？说不定比武则天和慈禧太后都厉害。看来，也不是个省油的灯啊！想到这，李文博说："不过，不能一概而论。"

"是啊，我是说，在一般情况下。"池梦梦说。

李文博和池梦梦聊了很久，两个人只是聊天，并没有做越轨的事。就这样，李文博在池梦梦的地板上度过了一夜，他们相安无事，什么也没发生。第二天早晨，李文博早早地就起来，池梦梦也起来收拾东西，准备去车站，李文博提出要送她上车，池梦梦接受了。

池梦梦整理好了东西，李文博和她出去吃早点，然后找房东退了房，李文博送池梦梦去火车站。两个人提着东西，准备拦的士。这时，突然，从对面的巷子里，有几个人冲了过来，李文博以为是抓小偷的，他还没有看清楚是谁，身上就挨了重重的一棍子，池梦梦也尖叫一声，被人打倒在地。李文博一看，只见几个彪形大汉，手持棍子和钢管，还有刀子。李文博寡不敌众，被打倒在地，身上都受伤了，额头也出血了，染红了衣服。

"快跑！"李文博护住头，对池梦梦喊道。

"打死你这个小婊子，看你牛什么牛？"其中一个男人抓住池梦梦的头发，一边打一边说。

"你们别打女人，要打就打我，放了她吧！"李文博说。

"妈的，打死这个骚女人，还真把自己当成稀世珍品了？其实，你也不过是个贱人而已，卖肉的。"一个男人叫骂着。

李文博拼命反抗，却招来更加凶残的殴打，李文博瞅准机会，去抢夺一个男人手里的棍子，抢夺间隙，他看见一个男人揪住池梦梦的头发，恶狠狠地打她耳光。李文博这才看清楚，那个不是别人，正是许东。这个垃圾，原来，他带人来报复了。

此时，因为时间还有些早，加上这条街位置很偏僻，几乎没有人来往，就是有一两个人路过，看见这伙歹徒拿着凶器，也不敢靠近的。

李文博想报警，但他的手机已经被这伙恶人抢过去，摔烂了。池梦梦的手机也被砸烂，根本就没机会报警了。

"打，打死这个多事的小子，看他神气什么！"许东说。

"往死里打！"有人说。

"也不能轻饶这个小婊子，我们玩死她！"许东叫嚣着。

池梦梦被打得发蒙，发出凄惨的叫声，大喊："救命啊，救命啊，要杀人了！"

"他妈的，你喊什么喊？老子打死你，你这个贱货，装什么装？装清纯，你他妈的就别上洗浴中心，既然去了，不陪男人上床，你想干什么？打，给我使劲打！"许东叫骂着，又狠狠地打池梦梦。

此时，池梦梦已经被打倒在地上，一个男人揪住她的衣服，因为用力过猛，只听嚓的一声，她的上衣被撕开了，池梦梦披头散发，样子十分悲惨……

许东淫笑着说："哈哈，来，把这个贱女人的衣服扒光。"

"是啊，来，大家把她全脱了。"一个黑胖的男人坏笑着说。

"兄弟，干脆大家轮流上，每人三分钟，怎么样？"另一个高个子男人说。

"先脱了她，快！"有人叫嚣着。

黑胖男人捉住池梦梦的双腿，开始脱她的裙子，高个子男人趁机猥亵她。池梦梦拼命挣扎，发出惨烈的叫声，撕心裂肺，哭喊着……

"你们这群畜生，人渣，有种和老子单挑，不要欺负一个弱女子，有种就放手！"李文博骂道，想刺激那些歹徒转向自己。

眼看着池梦梦就要被脱光，情况万分危机……正在这千钧一发的关头，有一辆警车巡逻，开了过来，歹徒立即四散奔逃，作鸟兽散。李文博见许东要跑，立即爬起来，扑过去，使劲抓住许东的一条腿，抱住不放。许东使劲地用手里的棍子打李文博，李文博就是死死不肯松手，直到警察冲过来，铐起了他。

李文博倒在地上，脸上、头上、嘴里全是血，几乎成了一个血人。他用微弱的语气说："警察同志，快救救那个女孩子，快……"

这时，警察拨打了120，李文博被扶起来，他睁眼一看，池梦梦躺在不远的一块平坦的地上，衣服撕烂了，而且头发散乱，正在痛苦地呻吟……

"怎么回事？要紧吗？"警察问李文博。

"有人报复我们，打我们！"李文博吃力地说。

"你伤得怎么样？坚持一下，马上送你去医院。"警察说。

"我不要紧，快看看那个女孩子伤得怎么样了？"李文博用手指了指池梦梦。

很快，120救护车来了，李文博和池梦梦被抬上了车，立即开往医院，许东被警察带走了。李文博被送到医院，医生一检查，幸好，没有受到致命的伤，只是一些皮肉伤，头皮破了，缝了三针，胸部划了一道口子，缝了五针，胳膊和大腿都刮开了，流血很多。池梦梦检查结果是，脸肿了，胳膊和大腿淤血，所幸也没受到致命伤，更幸运的是，警察及时赶到，她没有受到侮辱，保住了清白。

医生说，两个人观察一晚，明天就可以出院了。警方过来询问，李文博就把上次和许东去贵妃洗浴中心，许东非礼池梦梦，他出面制止，和许东打起来，后来，许东找人来报复的事——告之。警方做了笔录，然后通知了李文博和池梦梦的家人。随后，警方迅速抓捕了许东一伙。

## 18 肉身的疼痛抵不过心灵的伤痛

李文博的父母一听儿子受伤了，吓坏了，哭着赶到了医院，一见李文博，母亲哭着摸着儿子的伤口说："孩子，伤得重吗？妈心疼死了！"

父亲也心疼地说："儿子，你还疼吗？"

"爸、妈，我没事了，不要紧，只是受了点皮外伤。"李文博怕父母担心，安慰着他们。

"你在外面，以后千万别惹事，妈担心你啊！"母亲说。

"外面不三不四的人，以后不要和他们打交道，没好处。"父亲说。

"我知道了，我会的，我一定记住。"

"依彤知道吗？她怎么没来？"母亲问。

"我不知道，也许警察告诉她了。"李文博说。

"她应该来看看的。"父亲说。

"她怀了孩子，出门不方便，不来也好，出门也不安全。"李文博说。

"孩子说得也是，她不来就不来吧！"母亲说。

池梦梦的家在外地，父母一时过不来，李文博没敢让父母去照顾，怕父母问这问那，可是，找谁照顾她呢？找梁雪？现在人家生活很平静了，李文博也不想再打扰她了。找陈娜？她快言快语，说出去，公司还不都知道了？感觉不怎么省心，那到底找谁呢？

想来想去，李文博想到了大学同学张萌，只有找她了。张萌为人还不错，很热心，和李文博的私人关系也不错，只是平时碍于黄依彤的疑心病，李文博不敢和张萌频繁来往。上次，李文博去张萌那里请教开店，结果被黄依彤知道了，疑心他去找张萌叙旧情，跑去大吵大闹，很不好，好在，张萌也没在意。虽然不想再去给人添麻烦，但是池梦梦也没人照顾，自己也照顾不了，总不能不管她吧？

趁着父母不在，父亲出去买饭了，母亲去卫生间了，这个难得的机会，李文博没放过。于是，他硬着头皮打电话给张萌，告诉她这件事一定要帮忙，看在老同学这么多年的情分上。

张萌接到李文博的电话，听说他受伤了，吓了一跳，得知李文博要她照顾池梦梦，张萌二话没说，当即就答应下来。

李文博很高兴，对张萌说："老同学，谢谢你，等我好了，我一定好好地酬谢、报答你！"

"老同学，看你说的，这点小事，还值得一提吗？我们这么多年的友谊，还说这个？"张萌说。

"那太好了，你忙完就赶紧来医院吧！"李文博说。

"我收拾一下就马上过去，就去看望你！"张萌说。

"那我等你！"李文博说。

"哦，对了，等等！"张萌说。

李文博一愣，他以为张萌反悔了，吓了一跳，说："怎么了？是不是不方便？生意忙？没时间来？"

"看你说的，老同学，这点时间肯定有的，不过，我一会儿过去，有些担心，怕你老婆在，她又找我闹。"张萌担心地说。

"你放心吧，她现在在娘家，挺着个大肚子，肯定过不来的，你放一百二十个心吧！"李文博说。

"那好，我马上过去，等我！"张萌说。

过了半小时，门外响起了脚步声，不一会儿，张萌提着一篮水果从外面进来了，一进来，李文博对父母说："这是我大学同学张萌。"接着，他又对张萌介绍说："张萌，这是我爸爸妈妈。"

"叔叔、阿姨好！"

"孩子，来看看就行了，还买什么东西，又花钱。"李文博母亲说。

"没事，我的一点心意，对了，你伤得重吗？"张萌关心地问李文博。

"还好，没事的，你别担心，对了，我和你说的事……"李文博问。

"不用提了，放心！"张萌说。

"你等下就过去，在302室，你告诉她，就说我让你来的，好吗？"李文博对张萌说。

"好的，你就放心吧，有事，你随时叫我，我现在过去看看。"张萌说完，要走。

"孩子，你坐会儿吧？怎么刚来就要走啊！"母亲从外面提开水进来，见张萌要走，急忙挽留。

"阿姨，我还有点事，去找个人，我忙完再来看文博。"张萌说。

"孩子，那你慢走，出门小心点！"李文博母亲嘱咐道。

见张萌过去了，李文博这才放心，他正想好好休息一下，睡一会儿，突然，他听到外面有人说话，声音很像黄依彤和她妈。难道是她们来了？李文博正疑惑间，门开了，黄依彤和她妈走了进来。

"这么远，你怎么来了？不要乱走的，万一动了胎气，那就不得了啊！"李文博担心地说。

"还不是来看看你。"黄依彤板着脸说。

"我没事，只是受了点皮外伤而已，很快就会好的。"李文博说。

"你为什么受伤？"黄依彤问。

李文博见黄依彤问起自己怎么受伤的，他的心里很矛盾，如果照实际情况说，那么，他就能证明自己去贵妃洗浴中心的事是清白的，也可以和黄依彤化解矛盾，可是，照实说的话，不是要把池梦梦暴露出去吗？那自己和她在一起待了一个晚上，要是被黄依彤知道了，情况会更糟，将会比去贵妃洗浴中心的事更严重。如果不照实际情况说，那又怎么找借口呢？说是和人发生矛盾？吵架？还是生意上得罪了人？如果警方向黄依彤说明了情况，那不是露馅了？这样，本来好事，还会弄巧成拙。

李文博很矛盾，左右为难，思考再三，他还是决定按照实际情况说，只是把和池梦梦晚上待在一起的事隐瞒过去，只说是早晨在路上碰到的，然后又遇到了许东带人报复。

"一个叫许东的客户，要和我签一笔单子，有三百多万，但他让我带他去洗浴中心休闲，我为了这笔单子，只好勉强带他去了。没想到，在那里，他非礼一个女服务员，我实在看不过去，制止他，他骂我，把我惹火了，于是，我揍了他一顿。后来，这笔三百多万的单子飞了。没想到，今天早上，我出门办事，刚走到半路，他领着人就冲了过来，六七个人一起打我。"

"你说的是实话？"黄依彤问。

"你可以问警察，有笔录的。"李文博说。

"我一会儿去详细问问，那现在许东呢？"黄依彤问。

"已经被带到派出所了。"李文博说。

"抓住了几个？"黄依彤问。

"跑了四个，抓住了三个人，包括许东在内。"李文博说。

"你没有在洗浴中心接受异性服务？"黄依彤目光犀利地看着李文博问。

"真的没有，我以人格保证，绝对没有。"李文博说。

"那我暂且相信你一次。"黄依彤说。

李文博见黄依彤相信了他的话，长出了一口气，他倒不是害怕黄依彤不回家，和自己闹，而是担心自己的父母心情受到影响，怕父母不放心，万一他们生病了，那不是很对不起父母吗？本来是想让父母过来享福的，要是受了罪，那还不如在老家种地干活呢！

李文博小夫妻两个这次战争的结果，以黄依彤和李文博和解告终，李文博父母见儿媳妇回来了，和儿子和好了，乐得嘴都合不上了。老人不图儿女什么，只要儿女一家能开开心心、和和气气的，比什么都重要。中国人讲求团圆、圆满、和气。有钱没钱不是很重要，家庭不和睦，再有钱也没什么意思。

黄依彤仔细查看了李文博的伤口，没什么大问题，李文博休息几天就没事了，她也放心了。虽然说夫妻两个关系不好，感情不和，但是，李文博毕竟是她的老公，还是她最亲密的人，是人生的伴侣嘛！俗话说，打仗亲兄弟，上阵父子兵。一家人，还是心心相系、情情相牵的。

李文博在医院观察了一天，没有什么大碍，就出院回去了，由于不能立即上班，便向公司请假，休息三天，公司批准了。李文博很担心池梦梦，但因为黄依彤在，他也不敢给张萌打电话问具体情况。黄依彤性格多疑，只要李文博有一点点风吹草动，她就会严加盘查，哪怕一个陌生人打错的电话，她也会一查到底，直到搞清楚为止。

晚上，李文博实在忍不住了，他趁黄依彤去洗澡的时候，拿起家里的电话给张萌打电话，因为，他的手机被人摔烂了，只能用家里的座机打了，他压低了声音问张萌："她现在情况怎么样？还好吗？"

"她还好，身体没有什么大伤，只是擦破了点皮，很快就能好的。"张萌说。

"她的家人来了吗？"李文博着急地问。

"还没有，我问她了，她说因为太远，估计一时半会儿还来不了。"张萌说。

"那辛苦你了，老同学。"李文博说。

"没关系，你的事就是我的事，放心吧！"张萌说。

"谢谢你！"李文博说。

"客气什么呀！"张萌说。

"好了，我不说了，她要来了。"

李文博正说着，他听见浴室的门响了一下，估计是黄依彤要出来了，吓得他赶紧挂了电话。现在，他几乎成了"惊弓之鸟"了。对于这样的女人，不得不防啊，多一事不如少一事，李文博不愿意自找麻烦。其实，换成以前，李文博如果和别人联系，都用公用电话，你不是查我的手机吗？我不用，行了吧？公用电话很方便，现在几乎到处都有，一点都不麻烦。用公用电话的好处就是，完全避免了老婆查手机，和谁联系，她都不知道，除非，她会算。黄依彤用毛巾搓着头发，一进来，对李文博说："把我头发吹干吧，我怕感冒了。"

"好，我去找电吹风。"李文博说。

"你刚才在做什么？"黄依彤问。

"我刚才在看报纸啊，你看，这个新闻多恐怖啊，矿难又死了一百多个人。"李文博随手指着当天报纸上的一条特大新闻说。

"是吗？我怎么好像听到你在打电话，给谁啊？"

"没有啊，我一直在看报纸呢！"李文博说。

"不是吧？我明明听到你打电话的。"黄依彤说。

"真的没有。"李文博有些心虚，不敢看她，语气有些底气不足。

"你还说谎？我明明听到你对别人说'你辛苦了'呢！"黄依彤说。

"没，你可能是听错了吧？"李文博说。

"哼，我看看！"黄依彤走过去，一把抓起电话，查询起来。

李文博一看，糟了，刚才打完，没来得及删除号码，这下完了，她肯定又会和我闹，哎呀，早知道承认算了，就说是以前的一个客户，她不至于连客户的电话也查吧？李文博急得几乎要撞墙。很快，李文博给张萌打电话的记录被查出来了，黄依彤满脸怒气地指着电话，质问李文博说："这是什么？给谁打的电话？为什么不敢承认？"

"这，这……"李文博吞吞吐吐地说不出话来。

"你说啊，到底是谁？"黄依彤生气了，五官都有些扭曲变形了。

"是以前的一个同学。"李文博小声地说。

"哪个同学？叫什么？我认识吗？"黄依彤步步紧逼。

"就是以前的同学，没什么。"李文博说。

"没什么？那你为什么不敢告诉我？肯定有鬼！"黄依彤说。

"我不是怕说出去你误会嘛。所以，能不说就不说了。"李文博解释说。

"哼，你别骗我了，你到底说不说？"黄依彤更加生气了。

"真的没什么，你为什么就不信呢？"李文博不耐烦了。

"那好，既然你不说，我现在打过去，自己问。"黄依彤说着，就拨通了张萌的电话。

张萌刚才刚接了李文博的电话，见电话又打过来，她以为又是李文博，便随口说道："文博，你放心，我会照顾好她的，你既然把她交给我照顾，我肯定对得起你啊！"

"我是他老婆，你是谁？又照顾谁？"黄依彤大吼起来。

张萌一听，不是李文博的声音，知道黄依彤多疑、厉害，赶紧说："对不起，你打错了。"然后，她赶紧挂了电话。

"在外面找了女人，居然还找两个，我真是小看你了啊！是不是洗浴中心里的那个女人？"黄依彤问。

"我根本就没在外面找女人，你爱信不信。"李文博说。

"我今天非要你把那个女人交出来，你信不信？"黄依彤说。

"告诉你，不要欺人太甚，不要逼我，否则，后果自负。"李文博说。

"怎么了？你威胁我？我不怕。"黄依彤针锋相对。

"不是我威胁你，兔子急了还咬人呢，你自己想着吧！"李文博说。

"我倒要看看你是怎么咬人的？"黄依彤说。

李文博不想再与黄依彤争吵，他把手里的电吹风放到桌子上，出去了。他打算出门透透气，黄依彤见李文博要出门，心想，他肯定是去见那个女人。她气极了，拿起电吹风追出来，对着李文博的脑袋就砸了一下，顿时，李文博的脑袋开始往外流血。

"你疯了？我这个伤口刚缝了几针，你又把伤口砸破了。"李文博说。

"你才疯了，你恶习不改，狗改不了吃屎！"黄依彤说。

"我从来没见过你这么可怕的女人，你哪是人啊？你是魔鬼，你是疯子，你是神经病，你是脑残。"李文博气得不知道骂什么好。

"你昨天怎么没被人打死？打死了才好！"黄依彤诅咒道。

李文博一听这话，简直无法忍受，这是他的伤疤，至今还在痛，现在，又被黄依彤无情地撒了一把盐。李文博捂着流血的伤口，出去了，身后，黄依彤又开始摔东西。李文博的母亲在厨房洗碗，一听儿子和儿媳妇又吵起来了，赶紧放下手里的碗跑过来劝解，但此时李文博已经出去了。李文博母亲赶紧安慰儿媳妇说："孩子，别生气，他回来，我会批评他的。"

"得了吧，假惺惺地装好人，赶紧滚回去算了。"黄依彤骂道。

听见儿媳妇骂自己，李文博的母亲没说什么。她知道儿媳妇心情不好，又怀孕了，不能让她生气。老人默默地忍了，然后，不声不响地进厨房，一边做卫生，一边掉眼泪。儿子儿媳妇关系不好，她操碎了心，天天担惊受怕。

李文博走了，黄依彤没处发火，又在房间里摔东西，茶杯、茶盘、水瓶，连电脑的显示器都砸坏了。她似乎还不解恨，拿剪刀把李文博的衣服剪得稀烂，一边剪，一边叫："我剪死你，剪死你！"

李文博的父亲蹲在门外抽烟，思考着什么，烟头上的火光一明一暗，映照着他满是沧桑的脸，他显得更加苍老了。六十岁的人了，身体也不好，辛辛苦苦了一辈子，一把屎一把尿，好不容易把儿子抚养成人，结婚了，还要父母操心。可怜天下父母心，做父母真的不容易。

黄依彤在房里发脾气，婆婆想过去劝劝，但又不敢去，怕儿媳妇情绪更坏，她一边擦灶台，一边默默地念叨：菩萨保佑，保佑我儿子儿媳夫妻和睦，保佑我的孙子平安出生。

黄依彤剪破了李文博几件衣服，在房里骂："不要脸的贱男人，整天在外拈花惹草，上梁不正下梁歪，你大概就是你爹在外乱搞搞出来的……"

婆婆听在耳里，痛在心里，她端了一碗排骨汤，走进儿媳的房间，轻声劝解道："孩子，别骂了，肚子饿吗？我做了点汤，来，喝点。"

"不喝，你做得又不好。"

"我这是按你平时的要求做的，你尝尝，喝一点，补补身子。"

黄依彤极不情愿地接过碗，喝了一口，突然大叫起来："难喝死了，汤有这样的吗？你没做过汤呀？"

"我是按照你的要求做的啊？"

"你自己尝尝！"

黄依彤抬手把汤泼到了婆婆的身上，汤水顺着衣服往下滴。看着儿媳妇这个样子，婆婆一句话没说，默默地蹲下来，捡地上的排骨和瓷碗碎片，然后又找抹布擦地板。

"这样哪能擦得干净，你不晓得先用拖把，然后再用抹布擦吗？"黄依彤吼道。

婆婆默默地去找拖把，黄依彤还不肯罢休，说："你生的什么儿子？是怎么教育的？你就是再没文化，也不能不教育啊？"

婆婆一边清理，黄依彤一边骂骂咧咧。作为儿媳妇，这个样子，简直让公公婆婆寒心，公公没说话，只是闷头抽烟，一根接一根地抽。

都说婆媳关系难处，婆媳天生是冤家，天底下几乎所有的婆婆和媳妇的关系都不怎么好，当然，也有好的，但毕竟都太少了。有人说，婆婆不是妈，是的，婆婆不是亲妈，也许对待儿子和对待媳妇是不一样，但是，能尊重、能关心、能体贴、能理解，就已经很不错了，何苦非要吹毛求疵，斤斤计较呢？

　　在媳妇的眼里，几乎所有的婆婆都是恶婆婆，都是一副尖酸刻薄、盛气凌人、趾高气扬、傲慢蛮横的嘴脸。十个家庭，有九个家庭婆媳关系都不好，充满了火药味。如果说婆婆和儿媳单住，可能还好一点，要是住一起，天天同一屋檐下，磕磕绊绊怎么能避免呢？

　　其实，避免婆媳矛盾最有效的方式就是分开住。俗话说，远了香，近了臭，就是这个道理。当然，婆婆媳妇分开住了，也要互相尊重，婆婆不能过多地干涉媳妇的私人事情。其实，李文博的母亲还好，她从不干涉媳妇的事，也从不找儿子媳妇要东西、要钱，有时还经常从老家给儿子媳妇带一些土特产。这样的婆婆去哪里找？可是，为什么媳妇还是对婆婆不好呢？这只有一个可能，那就是这个长在大城市的儿媳妇看不起农村的婆婆。

　　有人说，如果你生了个儿子，你不好好教育他，那么，你就害了你全家；如果你生了个女儿，你不好好教育她，那么你就害了别人全家。如果你和谁有仇，那么，你就宠坏你的女儿，然后嫁给他的儿子，那样他全家都完了，你大仇也就报了。可见，一个被娇纵惯了的女孩子，当了儿媳妇后有多么可怕！

　　李文博出门后没有地方去，只能去办公室了。到了办公室，里面空无一人，他这才想起来，原来，又到了周末。看着空荡荡的办公室，他真想从窗子跳出去，这是八楼，下去就是粉身碎骨了。一个男人被逼到这个份上，可想而知有多痛苦。

　　李文博想摆脱身上的枷锁，可是，任凭他如何挣扎，就是摆脱不了，只能苦苦地忍受煎熬。

　　"文博，怎么周末还在公司？你加班啊？"突然，有人说话。

　　李文博抬头一看，原来是同事张兵来了，他苦笑了一下，说："我过来拿东西，东西忘这儿了，你呢？加班？"

"唉，别提了，我昨天把电话缴费单忘办公室了。缴了两百块，老婆不相信，非要我拿发票！"张兵叹了口气说。

"兄弟，你老婆也控制你？"

"我每月的工资，发到手，还没捂热，就要上缴。"

"天哪，你成奴隶了？"

"是啊，没办法，我那口子，厉害着呢！"

"原来我们是同病相怜啊，不过，我比你强点，我敢揍她！"

"什么？你揍过你老婆？"

"是啊，我今天还揍了她！"

突然，张兵指着外面说："兄弟，你完了，看，你老婆带人找你算账来了！"

李文博吓了一跳，出门一看，什么也没有，张兵哈哈大笑说："我骗你的，看把你吓得，你还说敢打老婆？"

"你捉弄我？"

"我看看你到底有多怕老婆？"

"我怕老婆？笑话，我什么时候怕过老婆？"

"不怕？那你紧张什么？"

"我是怕她怀孕了，到处跑，动了胎气，是为了我儿子。你以为我真的怕她？"

"是吗？"

"不信拉倒！"

正说话间，门卫打电话给张兵，说他老婆来了。张兵不敢怠慢，赶紧跑下去接去了。李文博在办公室里有些闷，走出来透气，他听见楼下张兵的老婆骂他："你不是说缴了两百块电话费吗？怎么才一百七十？那三十呢？是不是藏起来了？"

"老婆，那三十块，我买了包烟。"

"烟呢？"

"烟招待朋友了。"

"什么烟能要三十块？"

"黄山。"

"好啊，你敢抽三十块的烟？真是要败家！"张兵的老婆一边骂，一边打他。

"老婆，你别生气嘛！"张兵赔着笑脸说。

"你抽三十元一包的烟，也不看看你那熊样，有什么能耐？你也就是一个废物。"

"老婆，我不想在朋友们面前丢面子，你也知道，男人都爱面子……"张兵支支吾吾地说。

"哼，面子？你还讲面子？你吃我的、穿我的、用我的，哪一样不是我的？你还打肿脸充胖子！"张兵的老婆越骂越厉害。

"老婆，我错了，对不起！"

"你滚，把房子、车子钥匙给我，那都是我的，你给我滚得越远越好！"

李文博看到张兵被老婆骂得狗血喷头，大气都不敢出，感慨万千。想当初，他何尝不是被老婆黄依彤这样骂过。那时，他住在黄依彤家，只要一和黄依彤吵架，黄依彤就让他滚，骂他是窝囊废，李文博每次心都像针扎一样难受，他发誓，一定要有钱。

如今，李文博终于扬眉吐气了，他买了房子，马上要买车子了，他当上了经理，工资上万了，终于可以不受老婆的气了。想到这些，他笑了。

李文博想，下一步怎么办？报仇？还是？黄依彤让自己受了这么多苦，受了那么多委屈，受了那么多伤害，这个仇怎么能不报？他忍辱负重，终于等到了出头之日，等的就是今天，以前那些凄惨的日子一幕幕地闪现在他的眼前……

李文博的心很乱很乱，几乎是一团乱麻，他躺在办公室里的椅子上，昏昏沉沉地睡着了。

也不知道睡了多久，李文博感觉浑身冰冷，口干舌燥的，他的脑袋又涨又痛，他吃力地睁开眼睛一看，天已经亮了，原来，已经是第二天了。李文博感冒了，他浑身无力，脑袋发烫，迷迷糊糊的。

正在这时，走廊里传来一阵悦耳的脚步声，是高跟鞋踩在大理石地板上的声音。李文博想喝水，他艰难地站起来，拿起杯子去接水，突然，脚下一滑，重重地摔倒在地。

李文博吃力地爬起来，门开了，一个年轻的女人走了进来，李文博抬头一看，原来是梁雪。梁雪看见李文博很难受的样子，急忙问他："文博，你怎么了？"

"我头很痛很痛！"李文博有气无力地说。

梁雪弯腰扶起李文博，用手在李文博的额上一试："好烫啊，发烧了，赶快去医院吧！"

"不用了，谢谢，我吃点药就会好的！"

"不行，你的头太烫了，必须去医院。"

"不要紧，我吃药就行，我不去医院。"

"你这里有药吗？在哪里？我拿给你！"

"没有，我去药店买！"

"你这个样子，怎么能出去呢？我去给你买！"

"谢谢你，那麻烦你了！"

"不客气，来，先喝点水！"

梁雪倒了一杯水，扶李文博喝下去。李文博感觉好多了，嘴巴也没有那么干燥了，但他还是浑身无力。

"你先休息一下，我现在出去买药，你等我！"梁雪说完，出去了。

李文博躺在椅子上，想着以前和梁雪在一起时的点点滴滴，他的心久久不能平静，当初如果和她结婚，也许生活又是另一个样子。

李文博和梁雪是同事，他没有结婚以前，两个人关系就已经很不错了，梁雪为人很好，经常帮助李文博，李文博也经常关心梁雪，他们简直是无话不谈的好朋友。不知道什么原因，他们没有谈恋爱。爱情往往就是这样，不经意间就会擦肩而过。

后来，李文博认识了黄依彤，和她结婚了，但没想到，这简直是一场噩梦。李文博很苦恼、很痛苦。直到李文博与梁雪发生了一段婚外情，李文博才意识到，当初没有选择梁雪，是人生最大的遗憾。怎么办？现在重新选择一次,还晚吗?

李文博后悔当初没有慎重考虑。当然,他没想到,一个人婚前婚后的变化会那么大,完全是判若两人。结婚,意味着一个女孩子从此变成一个女人,除了这个,还意味着,一个女孩子从此有了老公,有了公公婆婆,进入了妻子和儿媳妇这个角色。但是,黄依彤哪像个妻子?是皇太后。

李文博脑袋越来越烫,头痛得不得了,鼻子也不通气,病得很严重。

过了一会儿,梁雪匆匆忙忙地回来了,手里拿着一盒康泰克,一盒白加黑,她气喘吁吁地说:"我买了两种药,你先吃康泰克,如果不管用,再吃白加黑。来,我给你倒水,你吃下去。"

"谢谢,辛苦了!"

"客气什么,先吃药吧!"梁雪打开药,递给李文博。

李文博接过来,一仰头,把药吃了下去。李文博说:"多亏了你!"

"不要再客气了,对了,你周末还待在公司做什么?加班吗?"

"唉,别提了,家里根本待不下去!"

"怎么了?你们又吵架了?"

"唉,我现在真的是痛不欲生,生不如死!"

"别想那么多了,你要是觉得过得压抑,可以请假出去散散心嘛,干吗这么憋屈呀?人活着,不就是为了追求幸福和快乐吗?"

"是啊,我也想出去走走,可是,我每次前脚出门,她马上就给我父母打电话,说我失踪了,和外面的女人鬼混,把我全家都闹得不得安宁。我父母年纪大了,也经不起折腾了。"

"唉,那也确实,人做到她这个份上,真是天下少有啊!"

"过一天算一天吧,对了,小雪,上次的事,你还恨我吗?"

"恨你?早就不恨了,要是恨,还给你买药吗?"

"那就好,我一直很担心,就怕你恨我,天天心都悬着,总觉得很对不起你,亏欠你!"

"别想那么多了,我们还是好朋友。"

"你是一个很好的女孩子,认识你,是我这辈子的财富,我以后再也不会遇到你这么好的女孩了!"

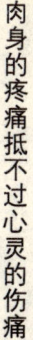

"我好？哪里好？"

"你哪里都好，真的，善良、体贴、细心、热心，还很有爱心，现在的女人，哪个不是心狠手辣？哪个是省油的灯？"

"是吗？我没你想象的那么好，你只看到了我的一部分，还不了解我的缺点呢！"

"你有什么缺点？说说看。"

"我缺点一大堆，真的，很多很多。"

"比如说呢？"

"比如说，我心胸很狭窄，喜欢记仇，还有，我嫉妒心很强等，可多了！"

"这些，我觉得都是优点呢！"

"优点？你不会是烧糊涂了吧？"

李文博笑了，仿佛又回到了当初在一起秘密交往时的甜蜜时光，那些日子，虽然两个人偷偷摸摸的，但是很快乐，很开心。李文博想，都怪自己结婚太早了。

两个人聊了一会儿，李文博吃了药，感觉好了一些，梁雪说："你还没吃东西吧？要不，我出去给你买点吃的？"

"不用了，没关系，你陪我坐会儿就好！"

"我还是去给你买点吃的吧，饿肚子怎么行呢？"

"小雪，不用了，真的！"

李文博深情地望着梁雪说："小雪，这些天，我好想你！"

"别这样！"梁雪说。

"你怎么了？"

"我们还是做普通朋友吧！"

"为什么？"

"我不想当第三者，这样太不道德，对你、对我都不好！"

"我将来会离婚的，只是，暂时委屈你一下！"

"我不能这样做，你还是好好地善待她吧，我相信，你用真心，一定能感化她的！"

"感化她？她完全是个神经病，不知好歹，我已经对她死心了！"

"但现在，你们没离婚，是合法夫妻，你不能做得太出格。"

"我现在心都已经凉了，我的关心和爱护，我的忍让和迁就，永远不能感化她。"

"你对她好一点，毕竟，她也快生了，多保重吧，我还有点事，先走了！"

"小雪，别走！"

"文博，别这样，被人看见不好！"

李文博看着梁雪起身出去了，他两眼发呆，久久地说不出话来。李文博又倒下来，昏沉沉地睡了过去。

晚上，李文博醒来了，稍微好了点，头也没有那么痛了，他在办公室窝了两天了，很难受，打算回去洗个澡。到了家，黄依彤不在，不用问，肯定又回娘家了，这个家，她从来就没当成是自己的家。李文博想，也许这是租的房子，她没有归宿感，那就搬新居吧，正好新房也装修好了。他给黄依彤发了条短信：明天搬家，新房已经装好了！

第二天，李文博的同事知道李文博乔迁新居，纷纷前来祝贺，李文博在酒店订了两桌。梁雪也来了，李文博很高兴。同事们纷纷向李文博敬酒，李文博高兴，心情特别好，喝得酩酊大醉。他醉醺醺地说："谢谢大家，以后，经常来玩，我从此站起来了！"

同事们笑了起来，纷纷鼓掌表示祝贺，李文博酸甜苦辣一起涌上心头……

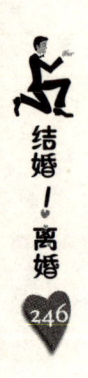

## 19 尘埃落定

搬进新居的第三天，黄依彤回来了，面无表情，她冷冷地看着地板，看着厨房，撇撇嘴说："这地板的颜色太老土了，现在，谁还装这个颜色的地板啊？还有，这厨房的瓷砖，太暗了，一点都不亮！"

"我的房子，我说了算！"李文博从牙缝里挤出了几个字。

"你了不起！"黄依彤讽刺地说。

李文博心里别提多高兴了，想想当初，住黄依彤家的时候，她总是让自己滚蛋，羞辱自己，他恨得牙齿都痒痒的。现在，他有房子了，不怕了。

夫妻之间，如果性格都好强的话，在生活中，谁在经济上强势，谁表现得就强势，道理很简单，谁有钱，谁就是大爷！

李文博现在比黄依彤的工资高，自然扬眉吐气了，以前委曲求全，敢怒不敢言，现在终于有了发言权。老虎不发威，你还把我当病猫？

布置房间的时候，李文博和黄依彤的意见也不一致，李文博喜欢中式的家具，黄依彤则喜欢西方的款式。李文博把房间挂了一些名人字画，黄依彤强烈要求李文博摘下来，她说："现在都什么时代了，你还挂这些做什么？你以为自己是五四青年啊？"

李文博生气地说："你不喜欢就别住，我们各住各的。"

"各住各的，那还像什么夫妻？"

"现在，两地分居多的是。"

"你太不负责了，你以为结婚后还可以乱来吗？"

"我要是想乱来，你也管不住，离婚就是了。"

"我早就知道你会变心，你心里根本就没有我。"

"将来发生什么事，谁也说不定，这都是你逼我的，反正，我丑话说在前面，到时候，你别怪我无情。"

"你吓唬我吗？我不是吓大的，你要是想离婚，也不要找借口把责任都推给我，敢做敢当。"

"我从来不做让人戳脊梁骨的事，你自己想，责任到底在谁？"

"欲加之罪，何患无辞？"

"我从不做昧良心的事，倒是有些人要好好反省一下。"

"你才要好好反省，你说话一点素质都没有。"

"我现在没有时间和你废话，希望你不要在这儿捣乱，你喜欢就住，不喜欢就别来。"

"你买的房子，属于夫妻共同财产，我作为你的老婆，自然也有我的一半，我有权决定。"

"夫妻共同财产？那这样说，你家给你买的房子，是不是也要分给我一半？你为什么以前总是赶我走？"

"那是我家人给我买的，凭什么有你一半？"

"属于赠与的财产，作为夫妻，我有权获得一半。"

"你想得美，别做梦了！"

"那你既然这样说，我买的房子，你也别想要一半。"

"凭什么？"

"凭什么？房产证上写的是我爸爸的名字，就凭这！"

"你房产证上写的你爸爸的名字？为什么不写我的？"

"你房产证上也没写我的名字啊？"

"我的房子是我父母买的，不是我买的。"

"我父母生我养我三十年，含辛茹苦，花了那么多钱，我买套房子给他们养老，有什么不可以？这过分吗？"

"我不管，反正，你做得不对！"

"扯淡，我哪里错了？自古以来，百善孝为先，没有父母，哪有我？"

"那你以后和你父母过吧！"

"我是很想和我父母一起住，你不想住这就滚，别在这烦我，唧唧歪歪的。"

"那我们离婚吧！"

"离就离，我还怕了你不成？我可不是以前的我了，我离了你，还能再找个小姑娘，我看你挺着大肚子，能找个什么样的？谁还要你？"

"你，你……"黄依彤气得脸色发青，说不出话来。

"你什么？没想到吧，你也有今天？"李文博笑着说。

"你不要欺人太甚！"

"什么？我欺人太甚？你也不想想你当初是怎么欺负我的？老子以后统统还给你，原封不动，我还没和你算利息呢！"

黄依彤气得直翻白眼，她知道李文博现在故意整她，也不想多说，回娘家了。黄依彤到了家，倒头就睡，妈妈问她："依彤，你怎么了？"

她闭着眼睛，不说话，妈妈更着急了："依彤，你这是咋了？谁惹你生气了？你说话呀！"

她把头埋进被子里，还是不肯说话，妈妈意识到不对劲，肯定是李文博和她吵架了，她打电话给李文博，兴师问罪。她说："李文博，你到底想怎么样？你想把我女儿气死，是不是？"

李文博不疼不痒地说："谁气她了？我忙着布置新房，哪有空闲答理她啊！"

"你究竟和依彤说了什么？把她气成那样！"

"活该，自作自受！"

"你什么意思？"

"难道她当初对我的时候，就没有想到会有今天吗？"

"你的心也太狠了，这么喜欢计较？都什么时候了，不是折磨人吗？"

"折磨人？当初，你们折磨我的时候，难道就没想过我的感受吗？"李文博愤怒地说。

"你这种人心眼太小，我没工夫和你闲扯！"

李文博要的就是这种效果，搬起石头砸自己的脚，那只有两个字，活该。

黄依彤气得躺了两天，也不想吃饭，心里乱乱的，咽不下这口气，简直是受了莫大的羞辱，她不会低头，不会屈服的。其实，在很多时候，李文博和黄依彤吵架，都是黄依彤有错在先，作为大城市的女孩子，她天生的有一种家庭优越感，我比你出身好，你什么事都必须听我的。李文博不吃她那一套，你让我对你俯首帖耳？做梦吧！作为一个有骨气的男人，怎么能不要人格和尊严？

平常，两个人吵架，明明是黄依彤的错，但是黄依彤的妈妈不管这些，她袒护女儿，要李文博赔礼道歉。李文博就是不道歉，自己没错，凭什么？

黄依彤在娘家待了一个星期，李文博一个电话都没给她打，你不是喜欢回娘家吗？那就住那吧，爱住到什么时候，就住到什么时候，不管你！婚姻，到了这种地步，已经是千疮百孔、摇摇欲坠了，离婚，只是早晚的事。

李文博按照自己的设计方案，把房子布置好了，他再也不用担心黄依彤让他滚蛋了。李文博给黄依彤打电话，让她回来离婚，黄依彤不想离，这个时候离婚，不是让人笑掉大牙吗？

黄依彤不肯离婚，李文博就分居，我慢慢等，有的是时间，你能耗得起吗？按理说，夫妻之间不能这样，但是李文博实在太恨她了，他想，我本善良，都是你一步一步把我逼上梁山的，我对你忍让，你得寸进尺，我对你仁慈，你对我凶残，我对你微笑，你拿刀捅我，还能怎么办？

转眼，两个星期过去了，李文博也没有给黄依彤打一个电话，他似乎已经忘了她的存在。第三个星期，李文博正在上班，黄依彤发了条短信，告诉他，她妈妈住院了。李文博心想，你妈住院，关我鸟事？他没有回短信，直接删除了。

黄依彤见李文博没有回短信，以为他没收到，又发了一条，这下，李文博看都没看，直接删除。过了一会儿，黄依彤沉不住气了，打电话质问李文博："你为什么不回我的短信？"

李文博冷笑着说："那是你家的事，关我屁事？"

"你什么意思？"

"什么意思？你家的事，别找我！"

"你是女婿，不找你，找谁？"

"女婿？你是儿媳，我父母病了，你是怎么做的？"李文博的仇恨又被点燃起来，直接挂了电话。

想想当初，自己父亲生病住院，没钱，带了自己两千块钱工资回家给父亲治疗，黄依彤不让带，还搜身，最后，还是自己的同事梁雪借给了他两千块钱，他这才把父亲送到了医院。这样的奇耻大辱，李文博怎么能忘记？现在，黄依彤的母亲住院了，想让他过去帮忙，李文博肯定不会去，凭什么？

黄依彤见李文博不去医院看她妈妈，气得不得了。她妈妈患的是腰椎间盘突出，之前，一直疼得不得了，每天晚上睡不着，现在住院了。住院的第三天，要做手术了，黄依彤挺着个大肚子，也帮不上什么忙，爸爸又出去办事了，一时回不来，这下，可把她妈妈急坏了。

第二天，黄依彤回家了，满脸杀气，还没进房，李文博已经嗅到了浓烈的火药味。李文博躺在沙发上看电视，一个娱乐节目，搞笑的，黄依彤抓过遥控器就扔了出去。

李文博说："你干什么？"

黄依彤气得满脸通红，她进了卧室，把床上的东西一件一件地拽下来，丢到地上，用脚狠狠地踩，一边踩一边骂："你他妈的看这些乱七八糟的东西，不觉得很无聊吗？

"你嘴巴给我放干净点！"李文博发怒了。

"怎么？你还想打我？有种你打啊！"

"你最好给我放尊重点，不要给脸不要脸。"

"你再给我说一遍！"黄依彤冲到李文博的面前，怒目而视。

李文博看着黄依彤，简直怒发冲冠，他实在忍不住了，一把揪住黄依彤的衣领，怒吼道："你不要以为你怀孕了，我不敢打你。"

黄依彤说："你他妈的今天要不打我，你就没种！"

李文博恼了，一巴掌打到了她的脸上，黄依彤像发了疯一样，与李文博厮打起来，她哪是李文博的对手，李文博抬手又是一耳光，把黄依彤打得跌坐在地上，李文博愤愤地出去了。

黄依彤捂着红肿的脸，坐在地上大哭，一边哭，一边骂。李文博以前是个好男人，一个十足的好男人，可是，就毁在黄依彤这个泼妇的手里。他要活活气死这个死女人，你不是不肯离婚吗？不离婚我就折磨死你！当婚姻只剩下互相折磨，可想而知，这是一种什么生活。

李文博想用酒精来麻醉自己，他找了个餐馆，喝得大醉。他歪歪扭扭地回到家，黄依彤坐在床上还在哭，满地都是撕碎的衣服和照片，李文博瞪着血红的眼睛，喷着酒气说："你这下满意了吧？"

黄依彤撕碎了李文博和她的合影，彻底伤了李文博的心，李文博的情绪一下失控了，他抓住黄依彤的衣领，又打了她两耳光，打完，他指着她的鼻子说："你给我滚远点！"

黄依彤也有些麻木了，任凭李文博吼，不做声，也不反抗，她知道，打不过李文博，如果反抗，会招来李文博更严重的反抗，她心如死灰。

两人都没有好好反省婚姻矛盾的根源，特别是黄依彤，个性太好强了，说一不二。婚前卿卿我我，一日不见如隔三秋，甚至顶着父母强大阻力走到了一起。可婚后对婚姻美好的憧憬却被柴米油盐取代了，从而，一些鸡毛蒜皮的小矛盾也在日益增加。而且，黄依彤无休无止的怀疑心理与大城市女孩的傲慢，让李文博无法忍受。长此以往，夫妻关系会越来越冷，矛盾越来越大了，婚姻也几乎走到了尽头。这样的婚姻，还能拯救吗？

从此以后，李文博每天都很晚回家，或者干脆不回家，就算回家，也喝得醉醺醺的，倒头就睡，对于黄依彤，你爱怎么样就怎么样。黄依彤开始依然还是和李文博吵、闹、骂，最后，也许是吵累了，两个人几乎都没有什么话说了，形同陌路。

李文博经常在办公室里睡，简直把办公室当成家了，因为，他一回到家，就感到特别的压抑。一个男人到了不想回家的地步，除了在外面有情人、有情妇，那就是对自己的老婆已经没有任何感情了，这样的婚姻，也就是一具空壳。

家，没有温暖，冷冰冰的，李文博内心的孤独和痛苦无处诉说，他都快憋出病来了。梁雪看在眼里，并很担心李文博，她几次想和李文博谈谈，

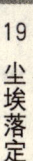

但每次都是欲言又止。

李文博很少回家，这让黄依彤本来就敏感的神经变得更加的敏感，她表面上无动于衷，但是内心极度的不满和仇恨，她始终想搞清楚，李文博究竟在外面有没有女人？有几个女人？她一直在找李文博出轨的证据。

黄依彤不是一个轻言放弃、轻易认输的女人，她决定把家里装上监视器。趁着李文博不在家的时候，她请人在家里装了针孔摄像头，客厅和卧室各装了一个。装好了针孔摄像头之后，黄依彤变得温柔体贴起来，她的目的只有一个，让李文博放松警惕，麻痹他，以便捉到证据。女人常常在男人放松警惕的时候，出其不意，给男人温柔的一刀、致命的一击。很多男人经过了大风大浪，却不明不白地死在女人的手里。

李文博每天下班，都在外面喝得醉醺醺的，他之所以这样，就是麻醉自己，不想与黄依彤说话。黄依彤在家住了几天，回娘家了，说是安胎，实际上是给李文博单独的空间，如果黄依彤在家，李文博肯定不敢带女人回家。

黄依彤一走，李文博每天下班在家栽花种草，松土施肥，有时练练书法，有时画画，这些都比较符合修身养性。黄依彤在娘家也没闲着，时刻密切地关注李文博的一举一动，她守株待兔。

一天下班，李文博回到家里，正在做饭，有人按门铃，李文博以为是黄依彤回来了，开了门一看，门口站着一个年轻的女人，二十多岁的样子，长头发，很漂亮，从衣着来看，应该是一个有品位的女人，穿的都是名牌。李文博不认识，问："小姐，请问，你找谁？有什么事吗？"

"哦，对不起，我是楼上的，我晒的衣服掉到你家阳台上了，能进来拿吗？"那个女人说。

"当然可以，请进！"李文博说。

"谢谢！"

"不客气！"

李文博把那个女人让进了房间，很快，那个女人从阳台上拿到了她的衣服，一个白色的胸罩和一条红色的三角裤。女人不好意思地说："收衣服时，不小心掉下来了，打扰了！"

"没关系！"

看着女人出门，李文博笑着摇了摇头。正要关门，那女人又转回身，说："我就住你们楼上，有空过来玩！"

李文博听到她邀请自己，感觉很奇怪，虽然是一句客气话，但让他觉得有些意外，现在，基本都是钢筋水泥把每家每户被隔绝得互不来往，别说楼上楼下了，就是住对门有的都不认识，这个女人居然邀请自己过去玩？简直有些不可思议。

出于礼貌，李文博很客气地点点头，说："好，再见。"

晚上，李文博吃过饭，躺在沙发上看电视，不知道什么时候，李文博有些困了，准备洗澡睡觉。突然，门铃响了，李文博心想，难道黄依彤回来了？

李文博开门一看，原来还是那个女人，只见她穿着睡衣站在门口，他心想，都这么晚了，还有什么事？他正要问，那个女人说："不好意思，这么晚了还打扰你，想请你帮个忙，可以吗？"

"什么事？你说吧！"李文博笑着说。

"我家的灯坏了，全都不亮了，你能帮我看看是怎么回事吗？"

"哦，电源还有电吗？"

"不知道怎么回事，我洗完澡，一开空调，突然就不亮了。"

"哦，也许是保险丝熔断了，走，我去帮你看看。"

"那谢谢你了，你看，都这么晚了，还打扰你，真不好意思！"

"没关系，反正我也没事，睡得晚！"

"我打维修电话，别人不来，说明天白天再来修，天这么热，真受不了。"

"是啊，现在不用空调，真不知道该怎么才能睡得着，天气真的是太热了，像火炉。"

"唉，真是太热了！"

说着，到了那个女人家门口，开门进去后，里面黑黑的，只有一个应急灯在客厅里发出一点微弱的光，李文博说："你们家的保险丝在哪里？"

"那里，你看！"

李文博拿起应急灯，打开盒子，仔细一检查，果然是保险丝熔断了，

天气热，电器用得多，保险丝承受不了。李文博说："保险丝断了，换个就行了！"

"哦，我去给你拿！"

不一会儿，李文博换好了保险丝，房间里的灯亮起来了，李文博一看，房间装修得真豪华啊，大理石的地板，红木的家具，真皮沙发，背投高清电视，客厅里还放了很多古玩和玉器，这样的装修，没有几十万，肯定搞不了！

李文博十分惊讶，那个女人说："我老公在北京出差，经常不在家！"

李文博心里一动，心想，她和我说她老公经常不在家什么意思？我又没问。

想到这，李文博说："哦，你老公是做什么工作的啊？"

"开公司的。"

"很不错，大老板！"

"来，请坐，喝点茶，你看，我只顾说话，忘了给你倒茶了！"

"不客气！"

那个女人拿出一包上等的碧螺春，给李文博泡了一杯，顿时，房间里茶香四溢。

"请用茶。"

"谢谢！"李文博喝了一口，顿时神清气爽，心旷神怡。

"真是好茶！"李文博赞叹道。

"这是我去苏州旅游带回来的，我老公喜欢喝茶，经常在外奔波，我就特地带了一些回来。"

真是一个体贴的女人，这样的女人，不仅漂亮，又温柔体贴，简直堪称完美，为什么自己就没遇到这么好的女人呢？唉，简直让人嫉妒。

李文博正在胡思乱想，那个女人又说："对了，我忘了介绍自己了，我叫张婉怡，请问你怎么称呼？"

"我叫李文博。"

"今天多谢你帮忙，有时间来做客，邻居也是一种缘分。"张婉怡笑着说。

"是啊，是啊。"

李文博仔细打量这个女人，张婉怡穿着一件红色的吊带丝绸睡裙，皮肤白皙，玉洁冰清。李文博不由得暗暗赞叹，这个女人好有气质啊！

坐了一会儿，李文博感觉太晚了，站起来说："时间不早了，不打扰你了，我先回去了。"

"谢谢你！"

"不客气！"

出于礼貌，临出门时，李文博说："有事您说话！"

"好的！"

回到家里，李文博辗转反侧，怎么也睡不着，他失眠了。那杯清香的碧螺春，让李文博感受到了特别的温柔和体贴，一个男人，有这样的女人做老婆，夫复何求？李文博感慨万千，女人和女人差别就是这么大！黄依彤啊黄依彤，你要是稍微能为我着想一点点，我李文博也不会亏待了你呀？

第二天，李文博睡了一天，天快黑的时候，黄依彤回来了，阴沉着脸，好像别人欠她三千块钱似的。李文博没有理她，夫妻两个到了无话可说的地步。

李文博睡了一天，肚子有些饿了，准备出去吃点东西。他起来洗了个澡，换了身干净的衣服，正要出门，门铃响了，开门一看，张婉怡站在门口，她说："李先生，麻烦你一下，我家的电视不显示图像了，你能帮我看一下吗？"

"好！"

李文博应了声，和张婉怡上楼了。到了她家，李文博一检查，原来是电视的有线接头松了，插紧后，马上好了。

张婉怡笑着说："真是不好意思，又麻烦你了！"

"不客气，没事。"李文博说完，出去吃饭了。

到了一家小餐厅，李文博点了两个菜，随便吃了点，又去超市买了点日用品。一进家门，黄依彤坐在沙发上看电视，她冷冰冰地说："那个女人是谁？"

"怎么了？"李文博警觉起来，感觉气氛不对。

"我问你那个女人是谁？"

"楼上的，怎么了？有什么问题？"

"哼，我不在家，才几天，又勾上了，连我都不放在眼里了！"

"你这话什么意思？我警告你，你不要和我没事找事啊！"

"我没事找事？女人都找上家门了，你还说我没事找事？"

"浑蛋，你不要想当然好不好？邻居，你也怀疑？"

"邻居？你骗谁呢？上门不是一次两次了吧？你以为我是白痴，什么都不知道？"

"什么？你说什么？"

"还装糊涂？昨天晚上，她拿着内衣，在家里走来走去，你还想抵赖？"

"你怎么知道？"

"反正我知道，你不要狡辩了。"

"她是衣服掉到了我们家的阳台上，下来拿而已，不是你想象的那样，你不要误会。"

"误会？哪有这么多误会啊？你仔细想想，我们结婚以后，怎么那么多的误会？"

"是你自己太敏感了！"

"我敏感？你和她出去，这么久才回来，你说，我怎么敏感？怎么相信你？"黄依彤越说越激动，难以控制自己。

"我是帮她调电视有线，没待三分钟，我就出去吃饭了，你要不信，可以到小区值班室查看录像。"

"你帮她调有线？你是电工？她安装电视，没有售后服务啊？凭什么轮到你去给她调？"

"这不是邻里之间帮个忙，举手之劳嘛，有你这么想的吗？"

"她给你发工资吗？凭什么？你这不是有鬼吗？"

"我懒得和你废话。"

李文博出去了，他不想和黄依彤争吵。黄依彤看着监视器里那个女人在自己房里走动，怒火中烧。她越想越不甘心，越想越委屈，越想越咽不下这口气，她去找闺密吴柳诉苦。

吴柳正在家看电视，见黄依彤心情不好，她说："彤姐，你又怎么了？"

黄依彤叹了口气，无奈地说："唉，那个死人花花肠子太多了，和那么多女人不清不白,我实在受不了了。"

"彤姐,你想开点,看开点,别太计较了,男人都一个德行,你别为这事气坏了身子,别忘了,还有小宝宝呢!"

"这日子实在没法过了,大吵三六九,小吵天天有,我想离婚了。"

"离婚?彤姐,你这就不明智了。"

"为什么?反正,现在我们也没共同语言了,他对我都无话可说了,不离,还等什么?再说,现在离了,我也许还能找个比他更好的!"

"是吗?彤姐,不是我说你,设想一下,你现在离开他,但你真的能找到一个爱你的男人吗?希望比较渺茫。为什么?因为,你结过一次婚了,你还能嫁个未婚的男人吗?如果找离过婚的,有几个好的呢?好的能离婚吗?而他就算离了,还能找个更年轻的,男人有钱,很容易做到,而你就惨了,如果找不到合适的男人,你会同样孤独、寂寞,或许现在的情况就是最好的,在你没有找到合适伴侣的时候希望你不要离婚,我的意思你明白吗?"吴柳说。

"未必我就不如他!"

"彤姐,你有多大的把握会比他强?"

"我自身条件也不错啊,何况,我家也有点钱,找个男人还不是很容易的事。"

"容易是容易,问题是,万一人家看中的是你家的钱,把你钱骗走后再甩了你,怎么办?"

"好男人多的是,我们单位一个同事,我发现他很宽厚善良,成熟稳重,还有幽默感,而且还对我很不错。"

"你清醒点,到时,你一个刚离婚的女人能像初恋似的?"

"我就不信,离婚了,我会不如他!"

吴柳见黄依彤不服气,她笑着说:"你怎么还不明白?对男人而言,男人如果能娶一个未婚女人,当然不会把离婚女人作为首选,况且已婚女人可能有孩子。这与男人如能娶个处女的话,也当然不会把非处女作为首选是异曲同工的。就此而言,在某些男人眼中,离婚女人相对于未婚女人就会贬值。"

"你的意思是说，我还是不能轻易离婚，对吗？"黄依彤瞪大了眼睛问吴柳。

"是的，彤姐，该说的，我都说了，你自己好好考虑一下吧！"吴柳说。

黄依彤和吴柳聊了半天，吴柳仔细帮黄依彤分析当前他们两个人的情况，劝说黄依彤不能轻易离婚，否则，对她没好处。

黄依彤仔细想了想，感觉也是，现在离婚了的女人往往都在贬值，而离婚后的男人，不但没贬值，相反都在升值。离婚，对她来说，不到最后一步，绝不能离。

回到家，李文博满脸怒气地看着黄依彤，眼睛里仿佛要喷火，他手里拿着摄像头，质问黄依彤："这是怎么回事？"

黄依彤一惊，心想，坏了，他怎么知道了？但她还是很镇定地说："我是怕小偷偷东西，提防小偷的，怎么了？有什么问题吗？"

"黄依彤，你真是太过分了！这回，我绝对饶不了你！"李文博用力地把摄像头摔到黄依彤的面前。

夫妻之间也应该有隐私权，这是毫无疑问的，如果夫妻之间不保留隐私，生活很难想象，也许处处是尴尬。有人说，夫妻之间还保留什么隐私权，天天在一块吃，一块睡，还有什么隐私不隐私的？事实上，这种观点是错的，不信吗？那试想一下，如果一个女人不要隐私，你敢在老公面前换血迹斑斑的卫生棉吗？他见了，不患性冷淡才怪，一年都不会和你做爱！有些女人不给老公留一点点空间，长久以来，老公早晚会对你没兴趣。她们一心只想着寸步不离，只想着黏着老公，但却不知道距离产生美的道理。红烧排骨好吃，天天让你吃，保证你看着红烧排骨就想吐！

黄依彤的做法让李文博十分恼火，他接受不了，一个大男人，连最起码的一点点尊严都没有了，活着还有什么意思？李文博指着黄依彤的鼻子说："我警告你，这事没完，等着离婚吧，给我滚出去！"

"让我滚，别忘了，这房子也有我的一半。"黄依彤不甘示弱地说。

"什么？你有一半？是我自己挣的钱买来的。"李文博说。

"法律规定，夫妻关系续存期间，所得的一切利益，都是属于夫妻共同财产，既然是共同财产，自然也有我一半。"

其实，黄依彤之所以这样说，主要还是为了吓唬李文博，希望他能因此退缩，改变主意，这套房子，可是耗尽了他的心血，买得也不容易，分他一半财产，等于从他身上剜肉。他舍不得，一心疼，就会望而却步。然而，黄依彤却没想到，一个男人如果对女人没有感情了，哪怕是净身出户，也不在乎，死缠烂打都没有任何作用。

李文博被彻底地激怒了，他瞪着血红的眼睛说："你做梦吧，老子就是烧了砸了，也不会给你一块砖头。"

"话别说得这么绝，你不信，就等着法院来判吧！"黄依彤满不在乎地说。

"如果你敢要我一分钱，我打断你的腿。"

"那你会坐牢的！"

李文博气得满脸通红，他说："离婚协议我写好了，你签字吧，如果不签字，那我们就分居，我耗死你！"

黄依彤嘲讽说："你以为我会留恋你？你把自己当成刘德华还是周润发啊？"

"那你为什么不签字离呢？"

"我说了，你买的房子是夫妻财产，有我一半，你同意，我自然会签字离婚。"

"滚，你想都别想！"

"那我就不签字！"

"你不签字是吧？好，我看你能耗到什么时候？"

"你好好考虑房子的事吧，到底有没有我的一半？想好了，告诉我！"

"你想得美！"

"不服，那就等着法院的判决吧！"

"奉陪到底。"

不过，李文博虽然嘴上这么说，但他心里还是很清楚的，因为法律规定，两个人结婚后，工资等都属于夫妻共同财产。李文博冷静下来一想，既然她要房子的一半产权，就全给她吧，她肚子里的那个小生命，是自己的骨肉，房子就算是改善孩子的生活环境了。毕竟孩子出生后，也需要一个很好的家庭环境。想到这，李文博对黄依彤说："好，我把房子给你，这下你满意了吧？老子净身出户也要和你离婚。"

"我又不喜欢你，谁怕谁啊？"

"我告诉你，离婚后，你可以征婚，广告词这样写：少妇，丰满靓丽，因夫花心而离婚，车房俱备。"

黄依彤一听，脸气得一阵红一阵白，她骂了声"无耻"然后回娘家了。

看着黄依彤走了，李文博开始清理自己的东西，他宁愿一个人，做个穷光蛋，也不愿意再和这样的女人有任何关系了。这一场婚姻，是他的第一次婚姻，但他却觉得像是过了一个漫长的世纪，他每天都活得那么累、那么压抑，简直都快要崩溃了。离婚，是最好的选择！离婚，是最明智的选择！离婚，是最正确的选择！

工资是夫妻财产，李文博虽然有些不甘心，但是也没有任何办法。自己好不容易从月薪不到两千块钱熬到了一万多，付出了那么多的艰辛和努力，在职场摸爬滚打，现在倒好，要给她一半。黄依彤每天在娘家打麻将，看电视，什么都不做，却要分享他的一半血汗钱，这简直太难受了。黄依彤自从怀孕后，干脆就辞职不上班了，天天玩，反正自己家里有钱，又饿不着，为什么不玩呢？

老子把钱花光，看你怎么办？李文博找出自己的工资卡，去了商场，买了件两千多块钱的衣服，又买了一双一千多元的皮鞋，还买了四瓶茅台酒，这还不解恨，李文博又买了部五千多块钱的手机，卡里的钱还没用完，怎么办？李文博找了一家五星酒店，包了间总统套房，长驻"沙家浜"。我一分钱都不给你，气死你！

李文博住进五星级酒店之后，天天享受，他要好好地给自己放松放松，不然，就太对不起自己了。以前，自己任劳任怨，勤勤恳恳，无论什么家务都是抢着干，还经常被拉到老婆娘家去干活，每天，吃也没吃好，睡也没睡好，玩也没玩好，天天都是拼命地工作、赚钱，现在，也该自己好好享受享受了。

住进酒店的第三天，李文博手机响了，他一看，是同事陈娜打来的，陈娜急切地说："李经理，你在哪里？你老婆出车祸了！"

"什么？出车祸了？"李文博吓了一大跳，心一下提到嗓子眼了。

"在十字街路口，我刚才路过这里，看见她过马路，被车撞倒了，流了好多血！"

"啊？天哪，你快点帮我叫救护车，我马上过去！"

李文博急忙冲出办公室，向十字街跑去。到了十字街，远远地，李文博看见围了一群人，一辆别克轿车歪歪扭扭地停在一边，风挡玻璃碎了一地。

依彤怎么样了？她要不要紧？李文博的心紧张得不得了，几乎连步子都迈不开了，他跌跌撞撞地冲进人群，只见黄依彤浑身是血地倒在斑马线上，奄奄一息。

这时，交警也赶来了，拍照，处理现场，维持交通秩序。

"依彤，依彤，你醒醒，我马上送你去医院！"李文博大声地喊她。

"老公！"黄依彤慢慢地睁开眼睛，看着李文博，用力地吐出两个字。

"老婆，你坚持住，我现在就送你去医院！"李文博急切地说。

"老公，我不，不行了，你能，能告诉我，你究竟有没有去找过小姐？"黄依彤又断断续续地吐出一句话。

"我没有，真的没有！"李文博说。

"那就好，那就好！"

这时，120救护车赶到了，李文博抱起黄依彤，黄依彤在他的怀里，耷拉着手臂和双腿。李文博心里害怕极了，他不知道黄依彤到底伤得有多重？

医生的检查结果是，黄依彤的双腿断了，粉碎性骨折，下半身瘫痪，以后只能坐轮椅了，孩子，自然也没保住。李文博如晴天霹雳，他惊呆了。

黄依彤的父母和妹妹也得到消息，赶到了医院，黄依彤的妈妈呼天抢地，几乎要昏倒过去。

"这个天杀的司机，你是扫帚星啊，害了我女儿，我和你没完！"黄依彤的妈妈哭着说。

"妈，您别哭了，我没事！"黄依彤努力装作没事的样子，安慰妈妈。

"孩子，你怎么办啊？这以后的日子可怎么过啊？"妈妈哭着说。

"妈，我真的没事，休息一段时间就好了，只是，宝宝没了！"说着说着，黄依彤的眼泪也忍不住掉了下来，她装作坚强，可是，自己还是没能战胜脆弱。

"这个该死的肇事司机，我不会饶了他！"妈妈说。

很快，事故的调查结果也出来了，肇事司机闯红灯，将正在斑马线上行走的黄依彤撞飞，司机承担全部责任。要赔偿黄依彤医药费、误工费、青春损失费共计三十二万元。

很快，李文博公司里的人都知道了黄依彤出车祸的事，大家议论纷纷。

"文博，她流产了，你就可以离婚了！"一个同事劝他说。

"是啊，是啊，这下没顾虑了，离了婚，她就完了！"另一个同事说。

李文博摇了摇头，其实，他心里很痛苦，虽然平时和黄依彤的感情不好，但是，一日夫妻百日恩，还是有感情的，现在老婆出了车祸，孩子也没了，老婆是最需要他关心和爱护的时候，这个时候怎么能提出离婚呢？就算是将来，也不能提出离婚啊！

李文博忙前忙后，买来高级营养品给黄依彤滋补身子，让她安心养伤。每天李文博都给黄依彤按摩，帮助她血液循环。

黄依彤看着李文博说："你这下可以和我离婚了，想好什么时间了吗？"

"如果你不出车祸，我也许会和你离婚，但你现在生活不能自理了，我怎么能丢下你不管呢？"李文博说。

黄依彤震惊了，她的眼圈红了，顿了顿，她说："你想好了吗？还来得急，我现在没有腿了。"

"以后，我就是你的双腿！"李文博说。

"老公！"黄依彤一把拉过李文博，把头埋在他的怀里，大哭了起来。

"老公，我错了，我以后会好好爱你的，也会好好地爱你的父母，否则，天打雷劈！"

"傻丫头，别学我，说胡话，你好好的，比什么都好！"李文博含着眼泪，笑了！

这两年的婚姻生活，让李文博身心疲惫。黄依彤虽然残疾了，但是他内心平静了很多。虽然他现在不能结束这段婚姻，但是未来的日子也无人知晓。

图书在版编目（CIP）数据

结婚！离婚／瞿凯明著．—重庆：重庆出版社，2010.7
ISBN 978-7-229-02127-6

I.①结… II.①瞿… III.①长篇小说－中国－当代
IV.①I247.5

中国版本图书馆CIP数据核字(2010)第086117号

## 结婚！离婚
JIEHUN！LIHUN

瞿凯明 著

出 版 人：罗小卫
策　　划：吴红菊
责任编辑：陶志宏　袁宁
责任校对：周玉平
装帧设计：道一设计·郭小军

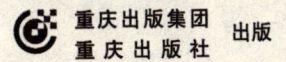

重庆出版集团
重庆出版社　出版
重庆长江二路205号　邮政编码：400016　http://www.cqph.com
北京市业和印务有限公司印刷
重庆出版集团图书发行有限公司发行
E-MAIL:fxchu@cqph.com　邮购电话：023-68809452
全国新华书店经销

开本：690mm×980mm　1/16　印张：17　字数：249千
2010年7月第1版　2010年7月第1次印刷
ISBN 978-7-229-02127-6
定价：24.80元

如有印装问题，请向本集团图书发行公司调换：023-68706683

版权所有　侵权必究

北京文通天下图书有限公司

北京市海淀区联慧路99号1号楼A单元A1901室（100088）

文学·历史·人文·军事·生活

# 读者回函卡

**文通天下** LAND OF WISDOM BOOKS

谢谢您购买我们策划的图书，请将读者回函卡详细填好后寄回，我们将不定期寄上文通天下图书**最新图书资讯**，并有机会被邀成为文通天下图书Bookslife书友会会员，享受**量身定制的阅读服务**，定期获取为Bookslife会员提供的**赠阅图书**。

姓名：＿＿＿＿　电子信箱：＿＿＿＿＿　QQ：＿＿＿＿

联络地址：＿＿＿＿＿＿＿＿＿＿＿＿＿＿＿＿＿＿＿＿

电话：(公)＿＿＿＿　分机＿＿＿＿　(宅)＿＿＿＿

身份证号码：＿＿＿＿＿＿＿＿＿＿＿（此即您的读者编号）

生日：＿＿年＿＿月＿＿日　性别：☐男 ☐女

职业：☐军警 ☐教师 ☐学生 ☐公务员 ☐文化业 ☐制造业 ☐金融业 ☐资讯业 ☐销售业 ☐其他

教育程度：☐硕士及以上 ☐大学 ☐专科 ☐高中 ☐初中及以下

购买方式：☐书店 ☐网购（☐当当、☐卓越、☐其他）☐其他

**喜欢阅读的种类：**（可复选）

☐文学 ☐商业 ☐军事 ☐历史 ☐旅游 ☐艺术 ☐科学 ☐推理 ☐传记
☐生活、励志 ☐教育、心理 ☐其他＿＿＿

**您从何处得知本书的消息：**（可复选）

☐书店 ☐网络 ☐报纸杂志 ☐广播 ☐电视 ☐书讯 ☐亲友 ☐其他＿＿＿

**本书优点：**（可复选）

☐内容符合期待 ☐文笔流畅 ☐具实用性 ☐版面、图片、字体安排适当
☐书名有冲击力 ☐封面精美 ☐封面语吸引人 ☐其他＿＿＿

**本书缺点：**（可复选）

☐内容不符合期待 ☐文笔欠佳 ☐内容保守 ☐版面、图片、字体安排不易阅读
☐价格偏高 ☐书名不好 ☐封面不精美 ☐封面语不吸引人 ☐其他＿＿＿

您对我们的建议：＿＿＿＿＿＿＿＿＿＿＿＿＿＿＿＿＿＿＿＿＿＿＿＿＿＿＿＿＿＿